古典文學研究輯刊

二四編

曾永義 主編

第8冊

湯學探勝（下）

龔重謨 著

國家圖書館出版品預行編目資料

湯學探勝（下）／龔重謨 著 -- 初版 -- 新北市：花木蘭文化事業有限公司，2021〔民110〕

目 2+210 面；19×26 公分

（古典文學研究輯刊　二四編；第 8 冊）

ISBN 978-986-518-570-1（精裝）

1.（明）湯顯祖 2. 學術思想 3. 明代戲曲 4. 戲曲評論

820.8　　110011664

古典文學研究輯刊
二四編　第八冊　　ISBN：978-986-518-570-1

湯學探勝（下）

作　者　龔重謨
主　編　曾永義
總編輯　杜潔祥
副總編輯　楊嘉樂
編　輯　許郁翎、張雅淋、潘玟靜　美術編輯　陳逸婷
出　版　花木蘭文化事業有限公司
發行人　高小娟
聯絡地址　235 新北市中和區中安街七二號十三樓
電話：02-2923-1455 ／傳真：02-2923-1452
網　址　http://www.huamulan.tw 信箱 service@huamulans.com
印　刷　普羅文化出版廣告事業
初　版　2021 年 9 月
全書字數　301319 字
定　價　二四編 20 冊（精裝）台幣 45,000 元

湯學探勝（下）

龔重謨 著

目次

上　冊

三翁比較

莎士比亞無法比擬湯顯祖

對湯顯祖，一般對他有所瞭解的知道他是明代大才子，劇作家，寫《牡丹亭》的。他與莎士比亞是同時代人，都以戲劇成就而聞名於世，且兩人逝於同年。日本學者青木正兒在其論著《中國近代戲曲史》中驚歎：「東西劇壇偉人，同出其時，亦奇也。」新中國成立後，為弘揚優秀民族文化遺產，不知是誰在什麼時候，什麼場合，將湯顯祖譽稱為「中國的莎士比亞」和「東方的莎士比亞」藉以以彰揚湯顯祖，以致這一譽稱廣為流傳至今。

有洋文造詣頗深的陳國華（北京外語大學教授），對此頗有微詞。2014 年 4 月 21 日他做客騰訊網以「權威」架勢發話：「湯顯祖無法比擬莎士比亞」，「湯顯祖不是中國的莎士比亞，他是中國的湯顯祖。我國古典戲劇水平遠沒有達到莎士比亞戲劇的高度。」還有人在微博中撰文《湯顯祖與莎士比亞的差距》，將湯顯祖與中國戲曲都大大貶損了一番：「湯顯祖與關漢卿、王實甫、孔尚任，無疑是中國戲曲家的領軍人物。然而，耐人尋味的是，即使將這『四大金鋼』捆在一起，也比不上一個莎士比亞。」〔註 1〕

稱湯顯祖為「中國的莎士比亞」或「東方的莎士比亞」本是借勢定位的比附，並沒有表達出我們為有湯顯祖這樣世界級文化巨人的自豪感，相反還有幾份民族自信不足之嫌，不稱也罷。然我要說的是：陳教授是與洋文打交道的專家，對莎士比亞就是崇拜這很正常，無可厚非，但不宜把他奉為神壇上的供品。

「湯顯祖無法比擬莎士比亞」之說我不敢苟同。首先，湯顯祖是歷史的

〔註 1〕http://club.history.sina.com.cn/thread-1967040-1-1.html.

真實存在。他的「臨川四夢」是獨立創作沒有冒名之嫌疑，而莎士比亞戲劇早幾個世紀以來就一直有一群人否定是莎士比亞寫的。否定者推出了 50 多名為「真」莎士比亞的人選，主要的有劇作家愛德華・德・維爾、弗朗西斯・培根和詩人克里斯托夫・馬洛等。莎士比亞戲劇的真正作者是誰？是一人所寫還是多人的合作，都沒有一個令人信服的說法。這一真一假怎能比高低？

我認為，對莎士比亞最有發言權應是英、美國家的研究者。我關注了近幾年來，英、美研究人員為還原莎士比亞的本來面目取得的新成果。原來所謂莎士比亞竟是這樣一個人：他生長在英國的斯特拉特福小鎮，沒有受過多少教育，當過肉店學徒，做過農村小學老師，因在托馬斯・魯西爵士的莊園偷獵鹿，被抓獲之後挨了打，才被迫離開斯特拉特福德前往倫敦。先是在劇院當馬夫、雜役和替補演員，據說後當上編導並成為劇院股東，同時兼做生意，還是個投機倒把的奸商。就是這樣一個未受過多少教育的小混混，長大成人也未表現出有任何文學天賦的平庸之輩，無法想像他離開家鄉 20 年後竟能成為名揚世界的戲劇大師。莎士比亞的傳記很多，但沒一部可靠，對他的生平和創作生涯的許多細節都只是通過他的作品和人們對那個時代的瞭解去推測。《莎士比亞其人》（卡爾文・哥夫門著），《莎士比亞的魔術小組》（A・J・伊文斯著），《莎士比亞是個秘密》（喬治・愛里奧・施維特著），這三本書作者都一致論證了莎士比亞不是莎士比亞戲劇的作者，而是一個剽竊別人榮譽的普通演員。莎士比亞留下遺囑僅見財富遺贈，沒有一處提及他有任何文學作品及其產權，也沒有暗示在他一生中寫過任何一部戲劇或詩歌。〔註 2〕

自十九世紀起，質疑莎士比亞戲劇非莎士比亞所作之聲不絕於耳。因為莎劇充滿細膩的宮廷生活描寫，還有異國場景，出身鄉間小鎮的莎士比亞沒有接觸的事物怎能寫得出來？於是有人提出真正的作者應是某貴族人士，他怕與娛樂界沾上關係有損尊嚴，便把自家作品交給莎士比亞發表。莎氏是當時倫敦「環球劇院」的演出班底。〔註 3〕

日前，英國又有兩著名莎士比亞劇演員雅各比和賴倫斯（賴倫斯還曾擔任莎士比亞環球劇場藝術總監）站出來，說莎劇博大精深，涉獵法律、歷史和數學等眾多領域，而歷史書上記載的莎士比亞出身寒微，並未接受高等教育，難以想像他能以優美文筆寫出極富文化內涵的作品。雅各比說：「我覺得

〔註 2〕來源：2009 年 4 月 21 日香港《大公報》。

〔註 3〕來源：2009 年 4 月 21 日中國新聞網。

莎劇應該是一群人共同努力的結晶」，「難以想像有人能兼通那麼多門學問，有那麼豐富的閱歷，以一人之力寫就戲劇集。我覺得過半的莎劇出自德・維爾之手。」〔註 4〕

英國《每日郵報》網站 2013 年 3 月 31 日報導，英國阿鮑里斯特威斯大學的研究人員深入探索了莎士比亞的「別樣生活」。通過翻查法庭文件和繳稅記錄發現，莎士比亞在長達 15 年的時間裏，多次惡意囤積糧食、與其他富商一起哄抬價格，然後把糧食以高價出售獲取巨額利潤。1598 年 2 月，莎士比亞因在饑荒時期非法囤積玉米並高價叫賣而被起訴。〔註 5〕

英、美「莎學」研究者的大量證據顯示：「威廉・莎士比亞」是愛德華・德・維爾使用的一個筆名，此人是第 17 代牛津伯爵，是當時公認的劇作家、抒情詩人。而那位威廉・莎克斯比爾（William・Shakspere 即假冒的莎士比亞）僅僅是一個富有的商人。他因為做生意前往倫敦，同寫作戲劇沒有任何關係。在莎克斯比爾生前，沒人認為他是這些作品的作者，他自己也從未宣稱他就是那些作品的作者。直到莎克斯比爾死後 7 年（1623 年），出版商才出版了第一版的對開本莎士比亞戲劇集。編輯在引用的序言材料中暗示作者是一位來自斯特拉特福鎮的男人。這個莎克斯比爾生活在倫敦約 20 年，沒有任何人見過這位偉大的演員和劇作家。儘管莎克斯比爾被認為是英國最偉大的作家和著名的演員，但在他的家鄉似乎沒有人意識到他是個名人，也沒有任何關於他的不尋常的故事。更令人驚訝的是，人們回憶起他時只是說他離開家鄉時很窮，而回來時很富有。這一變化令他的朋友和鄰居感到好奇。然而事實是在他活著的時候，沒有一位他的朋友、鄰居甚至是家人將莎克斯比爾稱作一位演員、一位劇作家、一位詩人或是任何類型的文學人物。他的故居沒有任何留有他手跡的劇作原稿，或是任何草稿、殘片、未發表的或是未完成的著作。除了 6 個在法律文件上的簽字外，沒有任何他的手跡、筆記、手冊、備忘錄、日記，或者一封私人的信件保存下來，也沒有商業信件保存下來（甚至他最早的傳記作者也沒有報告說見過任何一行他的手跡）。從這些記錄來判斷，很明顯莎克斯比爾根本不是一個作家。連拜倫和狄更斯這樣的大作家也懷疑莎士比亞是否寫過那些作品。狄更斯還表示「一定要揭開莎士比亞真偽

〔註 4〕來源：2007 年 9 月 12 日正北方網《英國演員質疑莎翁真實身份，疑莎劇是集體創作》。

〔註 5〕來源：2013 年 4 月 2 日中國日報網。

之謎」。

美國聯邦最高法院大法官史蒂芬斯日前作出權威性的判決：莎劇作者另有其人，是十七世紀的牛津伯爵愛德華·德·維爾（Edward de Vere）。〔註6〕

湯顯祖生長在藏書四萬多冊的書香門第，受過良好的教育。少小穎異不群。年 14 歲補縣學諸生才華就受到督學的推崇。19 歲已很博學。21 歲中舉就才名遠播，「海內人以得見湯義仍為幸」。「《牡丹亭》一出，幾令《西廂》減價。」他的著作有家傳《玉茗堂全集》木刻板，至今我還找到殘板 30 多片。他的作品決無偽作的嫌疑。我們姑且將莎士比亞的戲劇認作莎士比亞寫的，也不能貿然說「湯顯祖無法比擬莎士比亞」,「我國古典戲劇水平遠沒有達到莎士比亞戲劇的高度」。判斷一個作家的價值與地位不是看他的作品數量，而是看他創作出作品是否有思想深度與藝術感染力。曹雪芹僅一部《紅樓夢》，瑪格麗特·米切爾僅一部《飄》，前者被稱作永恆性的文學典範，後者入選《影響世界的 100 本書》。塞萬提斯雖有作品多部，但也只有《唐吉訶德》一部稱之為世界文化的瑰寶。湯顯祖一部《牡丹亭》就奠定了他在世界文壇可與莎士比亞比肩而無愧色的地位。以湯顯祖的《牡丹亭》與莎士比亞的《羅密歐與朱麗葉》比較，這兩部題材極為近似的劇作，主角都是為情而死，而《牡丹亭》中的杜麗娘不僅為情而死，還要為情死而復生，劇本的思想深度上顯然比《羅密歐與朱麗葉》高了一個層次。何況湯顯祖的「後二夢」(《南柯記》與《邯鄲記》）在寫作技巧上更加純熟，譏刺鋒芒更加銳利，撥開劇本佛道的面紗，劇作的思想性更加積極。

我們也應客觀看到，莎劇在世界的傳播遠比湯劇廣，這有比劇作更為重要的歷史與政治原因。劇作的傳播是語言和文字的傳播。大英帝國曾經侵略過全球 90%的國家，主宰了世界的科技、文化和經濟貿易長達三個多世紀之久。在實行領地環球霸權中也進行文化侵略，推行他們的英語。英語至今成是事實上的世界語。而我們中國長期處於封建專制到半封建半殖民地的落後挨打地位，中國戲曲要走想出國門沒有英國那樣的語言傳播條件。但湯顯祖的劇作一旦走出國門，它施展出來的藝術魅力為西方觀眾所傾倒。如 1930 年梅蘭芳在美國演出《牡丹亭》的折子戲《遊園驚夢》和《春香鬧學》為時兩個來月，轟動了整個美國，每場結束至少叫簾（謝幕）15 次之多。當時美國曾有人這樣評論:「中國劇，雍容大雅，位置之高，分量之重，為世界戲劇之冠。」

〔註 6〕來源：2009 年 4 月 21 日中國新聞網。

白先勇的青春版崑曲《牡丹亭》歷時海內外「八年的演出，場場爆滿」。湯顯祖的劇作照樣可以用西方尚禮尚雅的芭蕾舞劇形式來表現。中國民族舞劇《牡丹亭》和中國芭蕾舞劇《牡丹亭》最近幾年在歐洲和澳洲演出，「讓全場觀眾為之陶醉、感動，掌聲經久不息。」這樣的事實，說明了陳教授說《牡丹亭》「真正從語言、思想角度來看，無法與莎士比亞相比擬」未免言過其實。

再考察《牡丹亭》一劇問世後對觀眾產生精神共鳴恐怕是莎劇難以企及：如揚州女子金鳳細，讀《牡丹亭》成為她最大的嗜好，臨死時，交代家里人將《牡丹亭》放在棺木裏給她殉葬；杭州女伶商小玲，色藝雙全，名噪一時，因婚姻不能自主。「鬱鬱成疾」。每扮杜麗娘，「真若身其事者，纏綿淒婉，淚痕盈目」。有一次，她演《牡丹亭》中的《尋夢》一折時，當唱到「待打拼香魂一片，陰雨梅天，守得個梅根相見」，熱淚盈眶，隨身倒臺而死；才女馮小青因遭受封建婚姻折磨，讀《牡丹亭》後，感觸萬分，寫下了極其沉痛的詩篇：「冷雨幽窗不可聽，挑燈閒看《牡丹亭》。人間亦有癡於我，豈獨傷心是小一青。」不久，馮小青也憂鬱而死。湯顯祖劇作在青年婦女中產生如此振撼人心的社會效果又豈能說「我國古典戲劇水平遠沒有達到莎士比亞戲劇的高度」？

筆者在對湯顯祖的生平著作進行全面研究後，深感湯顯祖對人類文化的貢獻不僅只是戲曲。首先他是個有作為的政治家。在遂昌政聲冠兩浙。《明史》以直節名臣為他立傳，記載了他的政治作為。而湯顯祖的文化建樹又是多方面的，涉及政治、哲學、文學、藝術、史學、教育、宗教等諸多學科。除戲曲創作與理論成就堪稱世界一流外，文學上是詩文辭賦大家、八股文能手；「唯情觀」的哲人；教育實踐家；被人遺落的史學大家（他以新的觀點重修《宋史》，並校定了《冊府元龜》）；書法從僅存的幾幅可見其書法也別具一格，風流蘊藉，勁健瀟灑，是那種典型的學人書法，絲毫不遜於時人；宗教上對佛、道都有精研，尤對佛學深下工夫，30 歲就在南京清涼寺登壇說法。再論莎士比亞與湯顯祖的人品道德，一個是投機倒把的奸商，一個是抗疏論劾時弊的直節名臣，兩者有天壤之別。因此，我們完全可以自豪地說：不是「湯顯祖無法比擬莎士比亞」，而是莎士比亞無法比擬湯顯祖。

湯顯祖與塞萬提斯

前言

共同生活在十六世紀晚期和十七世紀初的湯顯祖與塞萬提斯，一個在東半球的中國，一個在西半球西班牙，彼此不知道對方的存在。然從十五世紀初大明帝國曾命鄭和七次下西洋，尋求海外世界，途經 30 多個國家和地區，並登上了美洲大陸；87 年後，西班牙女王支持一個相信地球是圓的，從歐洲西航可到達東方的印度和中國的意大利人哥倫布，帶著她寫給印度君主和中國皇帝的國書，率航從西班牙向東方探索。但四次的航行並沒有走出西半球，錯把新大陸——美洲當成東方的亞洲。然塞萬提斯卻在《堂吉訶德》第二部《獻辭》中用開玩笑的口氣說：「最急著等堂吉訶德去的是中國的大皇帝。他一個月前特派專人送一封中文信，要求作者——或者竟可以說懇求作者把堂吉訶德送到中國去，他要建立一所西班牙語文學院，打算用堂吉訶德的故事做課本：他還說要請我去當院長。」〔註 1〕可見，新航路開闢後，改變了以往相對隔絕的局面，使世界連成一個整體，促進了世界各國的交流、影響與融合。此時的塞萬提斯，雖不知道東方有個同道湯顯祖，但知道東方有個大國叫中國，那裡的國王叫皇帝。

經過漫長的四個多世紀後，塞萬提斯還有英國的莎士比亞，終在 2016 年的 9 月 24 日在東方的湯顯祖故里撫州市牽手了。這是全球第一次共同紀念這三位文學巨匠逝世 400 週年。西班牙塞萬提斯故鄉阿爾卡拉和英國莎士比亞

〔註 1〕朱景冬《塞萬提斯評傳》封底，百花文藝出版社，2009 年 2 月版。

故鄉斯特拉福德都派代表團遠涉重洋來參加紀念活動。然從 19 世紀以來，湯顯祖與莎士比亞的比較研究成果不斷，但湯顯祖與塞萬提斯的研究卻鮮有人問津。其實莎士比亞的生平更是一團迷霧，傳記寫他的生平和創作生涯許多都是通過他的作品和人們對那個時代的瞭解去推測，而湯顯祖與塞萬提斯兩者生平面目基本清晰，作品出於本人之手沒有爭議，可比的內容較真實豐富。茲我就湯公與塞翁這兩位東西方不同民族的文化巨匠生平與著作試作比較，以作引玉之磚，並就正於方家。

一、共處的時代

塞萬提斯和湯顯祖都生活在由盛而衰的時代。美洲發現後，西班牙人對新大陸進行了殘酷的殖民掠奪，成了「海上霸主」。16 世紀末，腓力普二世多次對外開戰，隨著「無敵艦隊」被英國擊潰，西班牙殖民帝國急遽衰弱。16 世紀前半期因資本主義生產關係的出現，出現傳播人文思想的學者，但遭到反動統治的摧殘。到 16 世紀後半葉，西班牙的人文主義文學在同貴族騎士文學和宗教勢力的鬥爭中得到大發展，湧現許多優秀的作家，以小說、戲劇成就最大。塞萬提斯小說的《堂詰訶德》就是向「騎士文學」發難代表作。

湯顯祖生活在明嘉靖、隆慶、萬曆三朝。這是中國封建主義走向崩潰，資本主義出現萌芽的時代。明王朝的國勢如潰瓜，手一動而流液滿地。思想界王陽明的心學，動搖了程朱「存天理，去人慾」的倫理規範。以王艮、何心隱和李贄等為代表的泰州學派強調人的自心自性的醒悟，要求人性解放。文學、戲劇領域，出現一批離經叛道，追求人性解放的作品。湯顯祖的「臨川四夢」就是這一時期中國戲曲高揚人文精神，揭露中、晚明黑暗社會現實的代表作。

二、家世與求學

塞萬提斯於 1547 年 9 月 29 日生於西班牙中部阿爾加拉·德·恩勒斯鎮，施洗禮日期是 1547 年 10 月 9 日；三年後的 1550 年 9 月 24 日（農曆八月十四日）湯顯祖生於江西臨川縣城東文昌里。塞萬提斯遠祖努尼奧任過市長，祖父是法官，是個破落貴族。父親是個善吟作歌謠的潦倒終身的外科醫生。母親操勞過度早衰。因為生活艱難，塞萬提斯從小和七個兄弟姊妹跟隨父親從一個城市遷住另一個城市過著顛沛流離的生活，直到 1566 年（19 歲）才定居馬德里；湯顯祖遠祖湯季珍是唐代名臣，蘇州籍，任撫州路宣慰使任內為國捐軀，葬撫州，後舉家遷撫州。城東文昌里是其後代定居的祖地。到湯顯祖高祖子高公這一代，已是臨川城內家有良田百餘畝、藏書萬卷的耕讀世家。從天祖湯伯清到湯顯祖父親這五代人，學歷最高是秀才，沒人中舉，也沒人做官，但在當地有一定的社會地位。祖父是秀才，被考選為國子監的貢生，是個奉信道教的隱士；父親是個主張積極入世儒學者，他督教湯顯祖這一代讀書求功名。少年時代的湯顯祖在這個書香人家接受良好的教育。

塞萬提斯從小機靈，十分喜歡讀書。七八歲在其親戚家的維埃拉斯學校裏開始讀書和寫字，便對閱讀非常感興趣，「哪怕在街上遇到帶字的爛紙也要拿來讀」。約 8 歲父親節衣縮食讓他上當時最好的學校——天主教耶穌會的學校，14 歲（1561 年）進到塞維利亞大學預科學習，這是他的最高學歷；湯顯祖少小穎異不群，5 歲開始在家塾接受父親的啟蒙教育，當年就能對對子，而且連對幾次都不怕。12 歲就有詩作。從 13 歲至 17 歲拜鄉里名師徐良傅與羅汝芳門下，為他的文學和理學打下良好的基礎。

塞萬提斯家境貧寒，進不了大學深造，西班牙沒有科舉制度，也做不了科舉夢，只有闖蕩社會，讀社會大學；湯顯祖家境殷實，受教育條件比塞萬提斯幸運得多。14 歲開始參加科舉活動，院試才華驚動學政，當年就中了秀才。21 歲中江西鄉試第八名舉人。這時他已很博學，才名鵲起，不僅精通古文詩詞，而且能通天文地理、醫藥卜筮諸書，人們以能見得湯顯祖為榮幸，文學才華早熟似比塞萬提斯表現更為突出。

塞萬提斯 22 歲（1569 年）塞氏去到意大利充當紅衣主教的隨從，常住羅馬，到過意大利許多城市，有機會接觸了當時許多文人學士，同時也利用主人豐富的藏書，讀到許多拉丁文的經典著作和意大利的優秀作品；27 歲告別了軍人生涯，又在意大利閱讀了彼特拉克、薄伽丘、阿里斯托、博亞風多等名家的作品；湯顯祖從 22 歲開始到 31 歲，在京試中屢遭挫折，按中國的科舉制度，京試落榜的湯顯祖曾兩度進全國只有兩所的官辦最高學府——國子監遊學深造。

三、社會經歷

湯顯祖本志在從政，「以修身、齊家、治國、平天下」為己任而積極投入科舉。中舉後，對仕途充滿了信心，宣稱：「某頗有區區之略，可以變化天下。」

(《答余中宇先生》)「歷落在世事，慷慨趨王術。神州雖大局，數著亦可畢。了此足高謝，別有煙霞質。」(《三十七》) 即打算在政治上大顯身手幹番事業後便隱居林下；塞萬提斯也懷有政治抱負，日思夜想為國家建功立業，以致常睡不好覺，做些白日夢。他既多愁善感，又想像奇特，常恨自己生不逢時，沒趕上祖先榮耀時的光景。

湯顯祖一生壯心被抑，飽受「廹鬱」的煎熬，令「天下惜之。」(蔣士銓《玉茗先生傳》) 21 歲鄉試中舉後，對仕途已雄心勃勃，可在 28 歲和 31 歲兩科京試，當朝首輔張居正為了兒子高中來拉攏湯顯祖陪考，湯視作「處女子失身」加以謝絕，因而遭到報復而落第。張居正死後，才中了個低名次的三甲進士，又遇新任輔臣來籠絡，湯顯祖照樣拒絕，從而失去了選考庶吉士的機會。進內閣做高官沒有臺階，只得到留都南京任太常寺博士閒職。在南京，「從官廹鬱」，對政局多有不滿，常和同僚中後成了東林黨的核心人物議論朝政，以致第一次進京考核就受人中傷，七品太常博士四年任職期滿也未得遷升，改官詹事府主簿，還降了半級官階。熬到萬曆十七年 (1589)，40 歲的湯顯祖升為六品禮部主事，卻遇災荒漫延全國。神宗派出的救災官員卻無錢不貪，湯顯祖誤認這是他政治作為的機會，憤然上《論輔臣科臣疏》揭發時弊，卻被神宗貶到廣東徐聞任典史。一年多後量移浙江遂昌縣知縣。在任五年，勤政愛民，政聲冠兩浙，深受百姓愛戴，可就是得不到遷升，「變化天下」壯志難伸，於是棄官歸里。三年後還被當局奪去了官職，成一介平民；賽萬提斯的一生受盡了「苦」的磨難，余秋雨先生說他命運苦得令人「心疼」。23 歲 (1570 年) 的他不勘作個羅馬作紅衣主教的隨從，渴望有更大的作為。正在此時，西班牙爆發了與土耳其人海戰，他毅然棄筆從戎，參加了地中海沿岸基督教國家組成的聯合艦隊，抗擊土耳其艦隊的進犯。在著名的勒邦多海戰中，帶病衝上敵艦，驍勇無比，身負三處重傷，成了左手致殘的「獨臂英雄」。因左手殘廢而無晉升機會，出生入死的四年軍旅生涯被迫結束。他帶著聯軍統帥與西西里總督給西班牙國王的推薦信踏上返國的歸途，不料在海上遭到土耳其海盜綁架。因交不出高額贖金，被擄至阿爾及爾做了五年囚徒，到 1580 年已經 34 歲的塞萬提斯，才被親友們籌資把他贖回。一個以英雄的身份回國的塞萬提斯，並沒有得到腓力普國王的重視，終日為生活奔忙。他一面從事文學創作，一面在政府裏當小職員，曾幹過軍需官、稅吏，接觸過農村生活，也曾被派到美洲公幹。可他從 40 歲到 64 歲多次被捕下獄，原因有受鄉紳誣陷、繳不了該收的稅款，也有遇一位鄉紳在他家門前被刺或為女兒陪嫁事這樣無妄之災。就連他那不朽的《堂吉訶德》也是在監獄裏構思和開始寫作的。

四、文學成就

（一）詩歌

塞萬提斯一開始是以詩歌創作走向文壇。他從小熱中詩藝，一生酷愛作詩。他視詩為美的象徵，是最崇高的藝術，是陽春白雪，是無價純金。雖然他的詩歌成就與小說和戲劇比起來是微不足道，並為自己的詩才而抱憾：

> 我一向勤奮通宵不寐，
> 似以為有些詩人天分，
> 怎奈上蒼不肯賜我恩惠。
> ——《帕爾納索斯之行》

青少年時代，他寫過很多的謠曲，自己最滿意的是一首《嫉妒》。他的第一首詩是 14 歲（1561 年）那年寫的十四行詩《悼念堂娜伊莎貝爾·德·瓦盧瓦王後》，熱情頌揚了伊莎貝爾王后的一生，1569 年發表在他的老師奧約師的著作中。他的《拜謁塞維利亞吾王腓力二世陵墓》十四行詩，幾乎當時所有的詩選都選用了它，為他贏得了榮譽，被評為強調了「詩的人格」，「好漢的人的現實」；湯顯祖與塞萬提斯一樣，最早也是以詩歌創作而名噪文壇，年紀輕輕就是位出色詩人。26 歲就刊印了第一個詩集《紅泉逸草》；次年刊行了他在南京國子監遊學時的詩作《雍藻》，惜已佚；接上又將 28 歲至 30 歲之間的詩作結集《問棘郵草》刊行。徐渭讀後，大贊「真奇才，平生不多見」〔註 2〕；陳石麟評他的詩文：「所著古文詞，雄渾博大，堅潔深秀，直可與同叔（晏殊）介甫（王安石）二公，並壽千古」〔註 3〕；好友帥機贊其為「明興以來所僅見者矣。」〔註 4〕丘兆麟稱「先生制義、傳奇、詩賦昭代三異」〔註 5〕，只是「臨川四夢」問世後，他的戲曲成就掩蓋了他的詩歌成就，以致「世但賞其曲而已」〔註 6〕。湯顯祖的詩歌成就僅次於他的傳奇戲曲。

〔註 2〕《湯海若問棘郵草》，上海古典文學出版社，1958 年 6 月版。

〔註 3〕《玉茗堂全集序》，《湯顯祖集全編》〔附錄〕，上海古籍出版社，2015 年 12 月版。

〔註 4〕《玉茗堂文集序》，《湯顯祖集全編》〔附錄〕，上海古籍出版社，2015 年 12 月版。

〔註 5〕《玉茗堂選集題詞及序》，《湯顯祖集全編》〔附錄〕，上海古籍出版社，2015 年 12 月版。

〔註 6〕（錢謙益《湯遂昌顯祖小傳》，《湯顯祖集全編》〔附錄〕，上海古籍出版社，塞萬提斯的詩歌創作除一部氣勢恢宏長詩《帕爾納索斯之行》外，只有短詩 38 首，多為題贈、獻詞、書牘、讚歌、賀詞，或應酬之作。這些詩作中，有用詩《致我的主人馬特奧・巴斯克斯》作信寫給西班牙首相，陳述阿爾及爾俘囚生活的痛苦；有用十四行詩《獻給無敵艦隊的兩首讚歌》頌讚西班牙「無敵艦隊」，諷刺統帥梅迪西納公爵在戰爭中倉皇失措的醜態；還有用詩《在塞維利亞大教堂裏，腓力普二世的靈臺前》諷刺教會僧侶利用國王葬禮縱情鋪張，此為塞萬提斯最滿意的詩作；湯顯祖「詩集獨富」〔註 7〕，現存詩歌兩千二百多首，數量上比塞萬提斯多得多。最早的詩作被保存下來的是其 12 歲時寫的一首《亂後》，描述了動亂對社會的危害。十四歲時的詩作被保存才來的有 3 首，其中一首五言《射鳥者呈遊明府》，送當時臨川縣令遊明章，小小年紀竟用詩諫言地方長官重視獵鳥問題。湯顯祖的詩題材廣泛，內容豐富：有感於世事，關心民瘼；寫景寓情，壯志抒情；有讚美自然，嚮往田園；有師友交遊，寄贈懷人；還有家庭悲歡離合。他的詩作涉及生活面很廣，洞見社會各個方面，其中有揭發饑荒實為人禍給百姓帶來的苦難，如《饑》、《丁亥戊子大饑疫》等，發出了「精華豪家取，害氣疲民受」的呼號，為同時代作家所罕見。湯顯祖本是務政的，不忘用詩針砭時弊，在《感事》詩中，抨擊最高統治者派出大批礦監稅使搜刮民脂民膏；在《聞都城渴雨，時苦攤稅》詩中，譏刺苛重的賦稅對百姓的痛苦。

塞萬提斯的詩歌創作受埃雷拉、維加、萊翁修士、貢科拉、克維多五位名家的影響，他們的作品散發著人文主義思想。塞萬提斯的詩歌無論在類型、結構樣式、韻律、格調方面都打著他們詩歌的烙印；湯顯祖對古典詩文「積精焦志」，在《與陸景鄴》信中坦言自己曾好華麗的六朝詩風，後學宋詩，從而形成自己的風格。他主張作詩要依基本法則，但又「通其機」即懂得變化。在《答張夢澤》信中說他的詩「三變而力窮，詩賦外無追琢功。」所謂三變，就是從六朝詩風，到「四十以後，詩變而之香山（白居易）、眉山（蘇東坡），文變而之南豐（曾鞏）、臨川（王安石）。」〔註 8〕湯顯祖的詩文創作受以上先賢的文風影響，體現了對擬古派「後七子」文風的批判。

2015 年 12 月版。

〔註 7〕沈際飛《玉茗堂選集題詞及序》，《湯顯祖集全編》〔附錄〕，上海古籍出版社，2015 年 12 月版。

〔註 8〕錢謙益《湯遂昌顯祖傳》，《湯顯祖集全編》〔附錄〕，上海古籍出版社，2015 年 12 月版。

塞萬提斯的長詩具有自傳色彩，談自己文學創作成就，還借太陽神之口展示了他不平凡的過去；湯顯祖也用詩談自己的經歷，如詩《三十七》寫他從出生的穎異、受祖母寵愛，少年有文名，中舉後的志向，及官場的失意，寫到三十七歲還是個太常博士，是典型的自傳詩。他還用詩《訣世語七首》作遺囑，交待自己的後事。

（二）戲劇

塞萬提斯不僅是小說作家、詩人，同時還是戲劇家。當他七八歲在耶穌會學校讀書時，就迷上了戲劇。這時家住科爾多瓦常有外來的木偶劇團演出，他常去觀看，受到戲劇藝術的薰陶。約 18 歲在塞維利亞上學時，有位老師是喜劇作家，常把自己寫的劇本讓學上排練，然後公演，吸引一些上層社會人來看，促使了塞萬提斯的戲劇創作欲望，就開始寫劇本。寫了哪些劇本，已無從查考，只知從 1580 年到 1586 年六七年中，寫的劇本有二三十個，有喜劇也有悲劇。被保存下來的除《八齣喜劇和八齣幕間短劇集》外，還有單篇的《努曼西亞》和《阿爾及爾的交易》兩部。這是至今能看到的塞萬提斯的戲劇創作的全部成果；湯顯祖的文化建樹也是多方面的，戲劇成就為他贏得世界戲劇大師的盛譽。他家有藏書四萬多卷，不僅有經史子集，古文辭賦，而且還有舉世難尋的元人院本千種。他從小讀了不少元人院本，精彩處都能一一背誦。其父輩都有彈琴拍曲的愛好，尤其是他的伯父年輕時從事過戲曲活動，歸家後還常在月朗星稀的夜晚彈琴拍曲唱戲。湯顯祖青少年時，有宜黃人譚綸好戲曲，在浙江台州任太守（後升兵部尚書）時訓鄉兵抗倭寇，愛好當地海鹽腔，父死回家守制，帶軍中海鹽腔戲班回宜黃傳教唱弋陽腔的宜黃戲藝人。該腔後與宜黃土調鄉音結合成宜黃化的海鹽腔，從業藝人發展有千餘人，臨川為這一新腔劇種的傳播活動中心。湯顯祖在家庭與鄉里的文化環境裏接受了戲曲藝術薰陶。他故鄉朋友中，不少都是擅登場演唱的戲曲愛好者。處女作《紫簫記》就是他與少年時代結社朋友在南京會聚時自編自演的消遣之作。

塞萬提斯從事戲劇創作的重要原因是經濟拮据。被海盜囚禁五年回到馬德里的塞萬提斯處於失業狀態，這時西班牙的戲劇蓬勃發展，馬德里已有了兩座固定露天劇場，劇場經理每每要不斷換劇本。塞萬提斯認為寫戲能較快在文學上獲得成功並有好的經濟收入，便從寫詩轉到寫劇本。塞萬提斯對自己的編劇才華頗為自負：「我寫了二三十個劇本，卻從未在舞臺上丟人現眼，也沒有人對它們喝倒彩、扔垃圾」〔註 9〕；湯顯祖是進士出身的官員，志在政治大局上幹「變化天下」的大事，奈因仕途壯志未酬，又深諳戲曲這一藝術形式的社會功能，於是他要用戲劇來救世，通過戲劇情節打動人的情感，喚醒人們對現實世態的覺悟。他的劇作「有譏有託」，從小試牛刀的《紫簫記》開始就敢於觸及時事，干預生活。他的「臨川四夢」都是政治戲。「四夢」完成後，「把人情世故都高談盡」，寄望「世上人夢回時心自忖」，胸中塊壘既得到宣洩，就沒有必要再寫戲，故他的劇作不多，只有四部半傳奇。

塞萬提斯戲劇的一大特點是向現實世界取材。他以被俘到阿爾及爾期間的囚徒生活為題材，創作的劇本有喜劇《阿爾及爾的交易》、《被囚禁在阿爾及爾》、《西班牙美男子》和《偉大的蘇丹王後》；幕間劇《審理離婚案件的法官》也是塞萬提斯生活的寫照。他也向歷史事件取材，如悲劇《努曼西亞》便取材公元前羅馬軍隊入侵西班牙的真實的歷史事件。另一個特點是塞萬提斯的劇本和小說之間是存在一定的內在聯繫的。例如，幕間短劇中的《吃醋的老漢》出現在《訓誡小說集》裏為《妒忌成性的厄斯特列馬杜拉人》；湯顯祖的「臨川四夢」取材唐傳奇小說和明代話本進行脫胎換骨的再創造，但也有將自己的生活經歷插入劇中。如《牡丹亭》的《勸農》一齣，則是他在遂昌任知縣下鄉勸農生活的寫照；《南柯記》中的《風謠》一齣，是他從政實踐與治世理想的藝術寄託；其處女作《紫簫記》將杜黃裳影射當朝首輔張居正，道出了張居正學禪的生活經歷；《邯鄲記》的《奪元》齣中崔氏用金錢行賄朝中權貴，致盧生在會試中從「落卷中翻作第一」，這是對他會試中拒絕首輔張居正結納而遭落第經歷的影射。

在藝術手法上，塞萬提斯在《努曼西亞》一劇中用死屍亡魂出場，營造陰森恐怖，令人毛骨悚然的舞臺氣氛和驚心動魄的藝術感染力；湯顯祖在《牡丹亭》的《冥判》《魂遊》《幽媾》《歡撓》《冥誓》等齣中都出現鬼魂和陰曹地府，但湯顯祖筆下杜麗娘的鬼魂是完全美化和理想化了的，是作者理想中「情之至」者的影子，故沒有恐怖可怕之感。塞萬提斯為了拓展了戲劇的表現空間，還在喜劇《爭美記》中出現了墨林術士的幽靈，以荒誕的形式，諷刺了當時盛行的騎士小說；湯顯祖的《南柯記》和《邯鄲記》，用荒誕離奇的夢境，揭露官場的險惡，感歎「人生如夢」。

〔註 9〕《八齣喜劇和八齣幕間短劇集・序》，陳眾議《西班牙文——黃金世紀研究》，譯林出版社，2007 年。

（三）杜麗娘與唐吉訶德

湯顯祖是世界戲曲大師，代表作是《牡丹亭》；塞萬提斯被尊為歐洲近代現實主義小說先驅，代表作是《唐吉訶德》。《牡丹亭》的主人公杜麗娘是二八妙齡的官宦人家的少女；《唐吉訶德》的主人公唐吉訶德是一個 50 多歲的下等的鄉村紳士。現將這一東一西，一老一少、一男一女兩個不同文學樣式的主人公扯到一起，來考察一下他們的相通之處：

1. 創作動因

湯顯祖身處程朱「存天理，滅人慾」為官方正統理學時代，因政治失意，「胸中魁壘，陶寫未盡，發而為詞曲。」〔註 10〕他創作《牡丹亭》，借夢境的創設，「因情成夢，因夢成戲」，〔註 11〕塑造了杜麗娘這個人物形象，通過其對自由愛情的熾熱追求，達到宣揚「滅天理，存人慾」，以「情」反「理」的目的；塞萬提斯渴望功名，追求人人平等的人文主義理想，在疆場上拼搏，與惡勢力抗爭，卻終生貧困，受盡苦難和屈辱。他的理想與殘酷現實之間永遠無法彌合，於是通過藝術創造和藝術想像寫出了《堂吉訶德》，展現了他追求的人文主義理想。塞萬提斯自己說：「《堂吉訶德》為我一人而生，我為他一人而活；他行事，我記述，我們兩人融為一體。」〔註 12〕騎士文學是盛行於中世紀的西歐的封建世俗文學，在塞萬提斯生活的年代雖大勢已去，但西班牙的專制王權還在用騎士的榮譽和驕傲鼓動封建貴族去建立世界霸權，美化封建關係的騎士文學的幽靈並未散去，還在侵淫人的思想作祟社會。塞萬提斯憎恨騎士制度和美化這種制度的騎士文學，於是寫作《唐吉訶德》「攻擊騎士小說」，「把騎士小說那一套掃除乾淨」，〔註 13〕喚醒人們從脫離現實生活的無邊無際的幻想裏覺醒過來。

2.「理之所必無，情之所必有」〔註 14〕

湯顯祖筆下的杜麗娘所追求的愛情是因塾師講授《詩經・關雎》「講動情場」，在夢中與一柳夢梅書生幽會。醒後尋夢中情人不得相思而亡。三年後，

〔註 10〕錢謙益《湯遂昌顯祖傳》《湯顯祖集全編》〔附錄〕，上海古籍出版社，2015 年 12 月版。

〔註 11〕《復甘義麓》，《湯顯祖集全編》卷四十七。

〔註 12〕《堂吉訶德》（下冊《獻詞》），楊絳譯，人民文學出版社，1979 年版。

〔註 13〕《堂吉訶德》（上冊《前言》），楊絳譯，人民文學出版社，1979 年版。

〔註 14〕《牡丹亭記題詞》，《湯顯祖集全編》〔附錄〕第三十三卷，上海古籍出版社，2015 年 12 月版。

夢梅赴京應試，借宿梅花觀中，與麗娘鬼魂再度幽會。柳夢梅依麗娘囑咐掘墓開棺，杜麗娘起死回生，兩有情人終成眷屬。杜麗娘的這種因「夢而死」、「死而復生」的幻想情節在現實環境裏是不可能實現的，是「理之所必無」，可是在夢想、幻遊的境界裏，她終於擺脫了禮教的束縛，實現了夢寐以求的願望。也就是說，從情來的角度來看，至情所到，金石為開，任何人間奇蹟都可能發生，為「情之所必有」；沉迷於讀騎士小說的唐吉訶德，見聳立風車當兇惡的巨人，便持長矛刺去，被轉動的風車拋到空中；路見兩隊羊群卻視作兩支交戰的大軍，便衝上去攻打一方；把皮酒囊當作巨人的頭顱，把羊群當作魔法師的軍隊。在他眼裏，處處有妖魔為害，事事有魔法師搗亂，因此他到處不分青紅皂白，對著臆想出來的敵人橫衝直撞，亂劈亂刺。這種以幻想取代現實，按常理來看實屬荒誕無知，滑稽可笑，為「理之所必無」。然塞萬提斯創作這部小說的意圖「是要摧毀騎士文學在世俗間的信用和權威」,「把騎士文學的萬惡地盤完全搗毀」。堂吉訶德那種脫離現實、荒謬絕倫的騎士行為，正說明了騎士小說是「荒謬絕倫」，應該將其「地盤完全搗毀」，豈不是「情之所必有」。

3. 夢幻與愛情

湯顯祖的戲劇最大的特點是以「夢」為劇情的中心，故他的四部傳奇戲曲叫「臨川四夢」；塞萬提斯的小說《唐吉訶德》的情節不是因夢而展開，然唐吉訶德其實也是在做夢，做的是「騎士夢」。一部《唐吉訶德》就像湯顯祖的「後二夢」一樣是個長夢。唐吉訶德因遊俠行為屢遭失敗而醒悟，即是他「騎士夢」的覺醒；杜麗娘的夢幻愛情起於人的青春覺醒，從「驚夢」到「尋夢」，從夢裏到現實，從人間到地府，出生入死，最終回到現實是在皇帝的介入下得以「圓夢」，表達了對人的天然之情的執著追求。堂吉訶德的愛情連夢幻都沒有，完全是他的主觀想像，只是柏拉圖式的精神愛戀，因為他想像中的心上人杜爾西內亞從來就沒有出現過，但唐吉訶德無論得意或失意、寂寞還是熱鬧時無不都想到她，並為她卻受盡了磨難，嘗盡了屈辱，實為可笑、可悲又可歎！

4. 悲劇還是喜劇

《牡丹亭》是悲劇還是喜劇一直爭議不斷。臨川人游國恩教授認為「全劇籠罩著一股悲劇的氣氛」〔註 15〕；趙景深教授肯定「《牡丹亭》是悲劇」〔註 16〕；

〔註 15〕游國恩等編《中國文學史》，人民文學出版社，1993 年第 92 頁。
〔註 16〕趙景深《〈牡丹亭〉是悲劇》,《江蘇戲劇》，1981 年第 1 期。

我追隨趙老，認為「杜麗娘為情而死是悲，為情死而復生還是悲。回生後父親不僅不驚喜，還堅決不肯和女兒女婿相認，並斥女兒為『色精』。柳夢梅中了狀元還遭岳父的弔打，即便是在皇帝面前麗娘理清了生死事實的真相，頑固的杜寶仍不肯釋懷，麗娘只得痛哭呼喊『爹啊！』在皇上壓力下，杜麗娘一家雖勉強團圓了，但留下疑慮與悲傷，留下父女、夫妻和翁婿之間沒有完全縫合的情感裂痕。這種團圓是悲劇的團圓。」〔註 17〕而鄭振鐸先生認為《牡丹亭》「是一部離奇的喜劇」〔註 18〕；陸煒先生則說上半部只有杜麗娘感夢而亡的幾齣有「一定的悲劇意味」，其他場都是「喜劇性的」〔註 19〕；葉長海教授說《牡丹亭》是「充滿著淒豔的風趣和幽默的色彩，又交織著沉鬱怨苦和悲傷的情調的悲喜劇」〔註 20〕。是喜劇還是悲劇？見仁見智尚無定論，但葉教授說法認同者較多；塞萬提斯筆下的堂吉訶德是個既充滿了喜劇色彩，又富於悲劇情調的人文主義者形象。他將堂吉訶德情理之中的悲劇結果在意料之外用喜劇的形式表現出來。俄國批評家別林斯基說：「在歐洲所有一切著名文學作品中，把嚴肅和滑稽，悲劇性和喜劇性，生活中的瑣屑和庸俗與偉大和美麗如此水乳交融……這樣的範例僅見於塞萬提斯的《堂吉訶德》。」英國大詩人拜倫說：「《堂吉訶德》是一個令人傷感的故事，它越是令人發笑，則越使人感到難過」；德國的希雷格爾把堂吉訶德精神稱為「悲劇性的荒謬」或「悲劇性的傻氣」；而海涅對堂吉訶德精神則「傷心落淚」和「震驚傾倒」。

從藝術手法上來看，杜麗娘和堂吉訶德都是悲喜劇的結合體，都具有喜劇外套下的悲劇內涵。

五、文學主張

塞萬提斯與湯顯祖不僅是文學作家，同時還是有建樹的文藝理論家。他們都沒有文論方面的專著，塞萬提斯的文學觀念僅散見於其大量作品中及其序言裏；湯顯祖的文學主張散見他的劇本題辭、序跋、書信、文章以及對一些著作的評點中。他們所觸及的都是文學創作中最為重要最為核心的理論問題。

〔註 17〕龔重謨《湯顯祖大傳》，上海人民出版社，2015 年 12 月版，第 232 頁。

〔註 18〕鄭振鐸《插圖本中國文學史》，人民文學出版社，1963 年，第 861 頁。

〔註 19〕陸煒《下半部〈牡丹亭〉淺談》，《劇影月報》1992 年 9 期。

〔註 20〕《牡丹亭》的悲喜劇因素》，《中國古典悲劇喜劇論集》上海文藝版社，1983 年。

1. 塞萬提斯主張文學必須「摹仿自然」。在《堂吉訶德》的序言裏，他借朋友之口說：「它（《堂吉訶德》）所有的事只是摹仿自然。自然是它唯一的範本；摹仿得愈惟妙惟肖。你的書也愈加完美。」「戲劇是人生的鏡子」，「戲劇的原則是模仿」〔註 21〕等等。塞萬提斯所說的「自然」即生活的真實，強調為學必須真實地反映現實，反映人生。塞萬提斯的「摹仿說」來源於古希臘哲學大師亞里士多德提出的詩只能「摹仿行動」的論斷，但塞氏用自己的創作實踐，將摹仿的對象由人的行動擴展到人的情緒和心理，整個自然界。因此塞萬提斯所說的「摹仿」意味著「再創造」，是對亞里士多德「摹仿說」的繼承與發展，給舊的理論賦予了它全新的活力與生命力；湯顯祖則主張文學創作是「主情」說。他認為「世總為情，情生詩歌」（《耳伯麻姑遊詩序》），是人的思念、歡樂、怒怨、愁苦等各種真實自然情感的宣洩。這種「情」是「感物」而起，「緣境起情，因情作境」（《臨川縣古永安寺復寺田記》）。前一個「境」是指社會生活，即生活真實；後有個「境」指的作品的藝術環境，體現在他的戲劇創作中即「因情成夢，因夢成戲」。湯顯祖提倡「文章之妙，不在步趨形似之間。自然靈氣，恍惚而來，不思而至」，要求作品「尚真色」，抒「真情」，「不真不足行」，作者要「意有所蕩激，語有所託歸」（《點校虞初志序》）；戲劇作品要達到「入人最深，遂令後世之聽者淚，讀者顰，無情者心動，有情者腸裂」（《焚香記總評》）的效果。湯顯祖還認為，時代是不斷發展的，藝術作品應「文情不厭新」（《得吉水劉年侄同升書喟然二首》）；「文情」的「新」，體現在「因」（繼承）「革」（創新）關係上，既不能「因」而不「革」，一味擬古，也不可「革」而不「因」，割斷歷史，自我作古。

如果說，塞萬提斯的「摹仿」說是追求真實自然以對泛濫於社會的騎士文學輕靡浮躁文風的抨擊，摒棄落後文學形式，倡導人文主義精神的話，那麼湯顯祖的「主情」說，則是對他所處的嘉靖、萬曆年間以李攀龍、王世貞為首「後七子」打出「文必西漢，詩必盛唐」口號，將文學創作引向模仿剿襲的邪路的批判。這種「情」在思想上是對程朱正統「理」學的挑戰，為被禁錮的人的個性解放吹進了春風。

2. 塞萬提斯強調文藝具有「娛人」和「教人」的社會功能。他認為，文藝要能「喚醒一切熱情」。一部精心結構的戲，能起到「詼諧的部分使觀客娛樂，嚴肅的部分給他教益，劇情的發展使他驚奇，穿插的情節添他的智慧，

〔註 21〕《唐吉訶德》，楊絳譯，人民文學出版社，2003 年，第 367 頁。

詭計長他識見，鑒戒促他醒悟，罪惡激動他的義憤，美德引起他的愛慕」，達到「供人正當的娛樂，免得閑暇滋生邪念」〔註 22〕；湯顯祖在《宜黃縣戲神清源師廟記》中則對戲曲寓教於樂的社會功能作了極其精彩的描述：「使天下之人無故而喜，無故而悲。或語或嘿，或鼓或疲，或端冕而聽，或側弁而咍，或窺觀而笑，或市湧而排。乃至貴倨弛傲，貧嗇爭施。瞽者欲玩，聾者欲聽，啞者欲歎，跛者欲起。無情者可使有情，無聲者可使有聲。寂可使喧，喧可使寂，饑可使飽，醉可使醒，行可以留，臥可以興。鄙者欲豔，頑者欲靈。」戲曲這種藝術甚至能解決政治家解決不了的問題：「可以合君臣之節。可以浹父子之恩，可以增長幼之睦，可以動夫婦之歡，可以發賓友之儀，可以釋怨毒之結，可以已愁憒之疾，可以渾庸鄙之好。……孝子以事其親，敬長而娛死；仁人以此奉其尊，享帝而事鬼；老者以此終，少青以此長。外戶可以不閉，嗜欲可以少營。人有此聲，家有此道，疫癘不作，天下和平。豈非以人情之大竇，為名教之至樂也哉。」〔註 23〕他認為戲道是「名教」，戲神清源師與儒、釋、道三教教主地位同等，為他建廟立祠。

3. 在表現方法上，塞萬提斯主張語言「簡明、樸實，雅訓、恰當」，「力求文章能悅耳和諧，能表現你的主旨，意思能明白易曉，不至流於蕪雜或晦澀。」情節要求做到完整無缺，反對騎士書的「支離破碎」，風格要求「自然愉快」，反對騎士書的「粗獷」和「荒誕」；湯顯祖對表現方法的論述要比塞萬提斯豐富得多。最著名的是「凡文以意趣神色為主」。「意」指作品立意；「趣」指作品中情節新穎奇特；「神」指作品傳神、韻味；「色」是辭采，也就是語言；對戲曲「出之貴實」（以現實為依據），「用之貴虛」（合理的虛構）。在語言上，他自己有不斷探索過程：《紫簫記》辭藻華麗，駢四儷六，被批評為「此案頭之書，非臺上之曲」；改作《紫釵記》，脫胎換骨，語言上仍有「沉麗之思」，但已克服了駢儷之病；《牡丹亭》的問世，「於本色一家，亦惟是奉常一人——其才情在淺深、濃淡、雅俗之間，為獨得三昧」〔註 24〕；「二夢（《紫釵記》、《牡丹亭》）已完，綺語都盡」（《答羅匡湖》），即華美綺麗的語言已然用盡，因而《邯鄲記》與《南柯記》的曲辭都比較淡雅本色。

〔註 22〕《唐吉訶德》，楊絳譯，人民文學出版社，2003 年，第 366 頁。

〔註 23〕《湯顯祖集全編》，上海古籍出版社，2015 年 12 月版。

〔註 24〕王驥德《曲律・雜論》，《中國古典戲曲論著集成》（四），中國戲劇出版社，1982 年 11 月版。

湯顯祖與塞萬提斯兩位文學大師，他們在東西方不同的區域心息相通，不謀而合，用親身大膽的創作實踐，取得登峰造極的文學成就，又總結出了具有代表時代前進方向的文學理論，給後世文壇以積極深遠的影響。

六、唏噓的身後

塞萬提斯一生歷盡坎坷，窮困潦倒。為謀生，他做過布匹販賣，也當過掮客類的中間人，甚至為賣唱乞丐編寫歌詞等多種工作，直到晚年依然經濟拮据。為了緩解生活困境，他在 57 歲時將《唐吉訶德》書稿賣給書商。在去世的前二年，不僅完成《唐吉訶德》第二部的寫作，還寫了另一個長篇《貝雪萊斯和西吉斯蒙達歷險記》，雖比不上《唐吉訶德》但也是被認為是「精彩之極」的書。湯顯祖也是窮老蹭蹬，「白頭還是債隨身」。他不失操守，以高潔玉茗花自喻，不去拜官府，也不作客打秋風。從「平昌赤手而歸」，「棄一官而速貧」，為「治生誠急」，他「不得已」「奉幣捧筆」，為認識與不認識的「村翁寒儒」作「小墓銘時義序」之類的「承應文字」，令他文學「聲價頗減」。他雖沒有小說創作，但對小說集《虞初志》和《續虞初志》進行了評點推介，擴大了該書的影響與價值。他還花了很多時間，修訂《宋史》，校訂《冊府元龜》等史書，對新的文學樣式詞集《花間集》進行評點，提高了詞學地位。這些成果體現了湯顯祖的文化建樹的多方面。

塞萬提斯在長期的勞累中身患肝水腫和肝硬化重病，1616 年 4 月 22 日在貧病交加中逝於馬德里；湯顯祖因父母接連去世：「先慈之哀，繼以先嚴」，「創巨痛深」，「頹憊眩瘠，無復人形」，1616 年 7 月 29 日（據徐朔考證）在玉茗堂溘然長逝。在彌留之際，塞萬提斯還為長篇《貝雪萊斯和西吉斯蒙達歷險記》寫了「獻詞」，成了他的絕筆；湯顯祖在彌留之際，寫下了具有反世俗傳統的《訣世語》七免：免號哭、免請僧人念佛超度、免用牲畜祭祀、免燒化紙錢、免寫長篇奠章、免好棺木、免久厝延擱盡快埋葬，體現了他真正看透人生的豁達態度和廣闊胸懷；而他回給門人甘聲伯的問病信和詩《忽忽吟》，則成了他的絕筆。

塞萬提斯逝後被草草安葬在馬德里蛙鳴街的三位一體赤足教團修道院墓地，連墓碑也沒有立，只有他的朋友烏爾維納用詩為他寫了墓誌銘，可後來因修道院的翻修竟連墳塋也長期下落不明。只是在塞氏去世已兩百多年後的 1835 年，馬德里才為他建立了一座紀念碑，將《堂吉訶德》中的堂吉訶德和侍從桑丘兩個人物，高立雕像在馬德里廣場。直到 2015 年 3 月 17 日才從馬德里傳來消息，說塞萬提斯的遺骸已在馬德里市中心的特里尼塔里亞斯教堂內找到；湯顯祖逝後歸葬祖墳靈芝山。他的墓塋比塞萬提斯更遭不幸，「甲申（1644 年）鼎革」，明亡清興，清兵攻克撫州，湯家靈芝山家族墓葬群被「蹂踐且平」，湯顯祖的墓連墓碑都都沒有。光緒二十九年（1903）清明，臨川知縣江召棠為湯重立了新碑，並親自撰寫了碑文。文革中，湯公的墓碑被當作「四舊」砸爛，墓冢也被挖（據我調查挖出不少瓷碗，未聽說挖出了骸骨），後來在墓地蓋起了冰棍廠。到 1982 年為紀念湯顯祖逝世 366 週年，當地文化部門在沒有挖到湯的遺骸的情況下，將湯墓遷到城西人民公園內。湯公遺骸今落何處？2017 年 8 月 28 日江西省文化廳和撫州人民政府新聞發布：考古發現城東靈芝山湯顯祖家族墓園，有明清湯家六代墓葬 42 座，其中一座確定是湯顯祖墓。然開挖後未見遺骸，只得「義仍湯公之墓」殘碑一塊，刻有「湯臨川玉茗先生之墓」壓棺石兩截，連墓誌銘也沒有，令人唏噓！湯顯祖的遺駭何去處？我在 10 年前發表過一篇小文《滄桑興毀湯公墓》，對湯顯祖的墓作過這樣的推斷：「《文昌湯氏宗譜》載《祖基復還記》中說，1645 年戰亂湯家墓冢遭『蹂踐且平』，有可能就已被毀。如果這次僅是將墓堆表面蹂踐平，那麼湯墓至今也許還在靈芝山被鎮在冰棒廠之下」〔註 25〕我希望撫州有一天也能像西班牙馬德里尋找塞萬提斯遺駭一樣出現奇蹟，向世界宣布：湯顯祖的遺骸已找到。祝願這一天能早日到來！

結語

湯顯祖與塞萬提斯可作比較研究的之處很多，他們都懷有建功立業的政治理想，因壯志難酬而從事文學創作。他們命運多舛，經歷坎坷，生活困頓，精神壓抑，然給人類留下了文化遺產極為寶貴與豐厚。他們今天能為世人如此尊崇，固然是因他們的文章，然又不完全是，還有為世人所傾慕的高潔品格，永不向惡勢力低頭的錚錚鐵骨。晚清光緒年間的臨川知縣江召棠為湯顯祖重立墓碑同時還豎了一副石刻題聯對其作了評價：「文章超海內，品節冠臨川」。今天的湯顯祖已和賽萬提斯、莎士比亞並肩為聯會國教科文組織通過的世界 100 個文化名人之一，我要將這副楹聯改動一下用作對湯顯祖與塞萬提斯兩人的表彰：「文章超海內，品節揚全球」。塞萬提斯的墓地雖沒有墓碑，

〔註 25〕《湯顯祖研究通訊》，2008 年第 1 期。

但有他的朋友烏爾維納用詩為他寫了墓誌銘：

行人，旅行者，
賽萬提斯葬在這裡；
泥土蓋沒了他的肉體，
沒有蓋沒他的名字。
總之，他走完了他的路；
但是他的名字沒有死去，
他的作品沒有死去，
它是毋庸置疑的瑰寶，
它可以從這種生命，
走向另一種生命，
沒有遮掩的面孔。

湯顯祖的墓沒有挖出墓誌銘，他後人保存的兩部清代《文昌湯氏宗譜》也沒有湯顯祖的墓誌銘的記載，烏爾維納用詩為塞萬提斯寫的這篇墓誌銘正可作湯顯祖墓誌銘的代言，因為它道出了普世人的心聲：泥土蓋沒了他們的肉體，沒有蓋沒他們的名字。這兩位世界文化巨匠走完了他們的路；但是他的名字沒有死去，他們的作品沒有死去。他們是世界文化的瑰寶，已從這種生命走向了另一種生命！

（出席第二屆「文化傳承和創新國際論壇」論文，2017 年 9 月 2 日改定）

湯顯祖、莎士比亞、塞萬提斯肖像芻議

2016 年 9 月 25 日，全球共同紀念湯顯祖、莎士比亞、塞萬提斯逝世 400 週年活動在湯顯祖的故里江西撫州市隆重舉行。十五臺戲劇花車巡演，精彩紛呈。其中載有這三位世界文化巨匠的塑像的花車格外引人注目，人們都想看他們長什麼樣？然而，湯顯祖、莎士比亞和塞萬提斯的形象是那個樣子嗎？或者說全國各地有關紀念他們的活動或書刊報中配合文字宣傳刊載的湯顯祖、莎士比亞、塞萬提斯的肖像是他們的形象嗎？我感到難以用「是」與「不是」來回答，還是將我所收集到的有關資料，試作芻議吧。

一、撲朔迷離的莎士比亞肖像

莎士比亞 1616 年逝世後，到目前為止，世界上號稱是莎士比亞肖像的畫作多達 100 多幅，而每一幅畫作都有這樣或那樣的疑點，無法令人信服。也就是說，沒有一幅肖像得到所有人認可是其真實相貌。就塑像而論，有兩尊形象公認為可信度高：一尊是由馬丁・德羅肖特製作的銅板雕像，最早出現在莎士比亞戲劇最重要的版本（「第一對折本」）扉頁上，歷來被學界視為珍寶；另一尊是在其故里斯特拉特福德聖三一教堂上的半胸像。據說是莎士比亞的繼子定做的，莎士比亞的遺孀也親自看過。然而這兩尊形象都是在莎士比亞死後才出現的，沒有確切證據證明莎士比亞生前曾有人給他畫過像。他的外貌也沒有留下切實描寫。被公認最接近莎士比亞真實面目的是其故里斯特拉特福德聖三一宮墓地的那尊半身塑像，但經專家考證，那是歐洲一位名叫德魯斯豪特的年輕雕刻師的作品。專家們認為，德魯斯豪特的作品實際上是臨摹《弗勞爾：莎士比亞》，本身也是一個虛構的莎士比亞形象。專家通過對畫面所用顏料的精微檢測後發現，《弗勞爾：莎士比亞》中的兩種顏料——鉻黃和法國藍是在 1818 年至 1826 年才開始廣泛應用。肖像館指出，這幅繪製在木板上的肖像應該是在 1818 年至 1840 年間完成，這就否定了它是在莎士比亞生前完成的觀點。很有意思的是，莎氏墓地半身塑像本是手持一袋穀物，這就令一些研究者聯想到莎士比亞戲劇在他逝後 150 年後之所以被人質疑是否是莎士比亞所寫？是否與塑像手持穀物有關係？因為莎氏囤積穀物溢價倒賣給鄰居的奸商行為是有案可查。在 17 世紀，英國評論家們用新古典主義來衡量莎劇還被視為「粗野」，算不上是藝術；到 18 世紀，評論界重新審視了莎劇的震撼力，莎氏一下子成了天才的代表，「翱翔的雄鷹」。莎氏墓地的莎士比亞肖像也隨著起了變化，「手持一袋穀物」也被「手持軟墊和羽毛筆」所取代。試想想，莎士比亞的塑像竟能隨著評論家的不同聲音而起著變化，焉能令人相信這塑像最接近其本人的「真面目」？

2009 年 3 月 9 日，英國媒體報導稱，一個叫科布家族，自 18 世紀初收藏一幅肖像是目前世界上唯一存世的莎士比亞肖像，創作時間是 1610 年，時年 46 歲，為莎氏逝世的六年前。當然也避免不了引發爭論，但世界最頂級的專家認為，此畫主人公就是莎士比亞本人。

圖 1：據英媒報導，科布家族收藏的莎士比亞肖像

臺灣「中央社」2015 年 5 月 19 日報導：植物學家及歷史學家葛瑞菲斯（Mark Griffiths）在 16 世紀一本 1484 頁的藥草書中發現了莎翁肖像畫。畫中的莎士比亞 33 歲。英國歷史學家稱作發現莎士比亞生前唯一肖像畫。但同樣受到一些人士的質疑。

圖 2：在 16 世紀的藥草書中發現的莎翁肖像畫

2014 年 4 月 23 日，新疆網報導：「世界唯一莎士比亞肖像畫作真蹟」目前由一位新疆籍商界人士收藏。該人士已將該「孤本」畫作全權委託給烏魯木齊一家名為「智行昊遠文化傳播公司」的機構，於近期「進行世界巡展」並委托出手。

圖 3：新疆籍商界人士收藏的莎士比亞肖像

據「可以確信的權威鑒定」，該畫作在國外的市場估值達 4 億英鎊，即至少價值人民幣 40 億元！許多業內人士看後揭穿這是「龐氏騙局」，即利用新投資人的錢來向老投資者支付利息和短期回報，以製造賺錢的假象進而騙取更多的投資。

上述三個機構或個人都聲稱「世界唯一莎士比亞肖像畫作真蹟」。莎士比亞肖像撲朔迷離，每一幅莎士比亞肖像畫都曾經被認為是真的，然後又被另一代人否定，因為每個時代的人們都要想像或創造出一個自己的莎士比亞，莎士比亞肖像焉能有真的存在？！

二、「塞萬提斯的肖像沒有一幅是真實的」

圖 4：馬德里皇家學院保存的塞萬提斯肖像（1600 年）

「塞萬提斯的肖像沒有一幅是真實的」。這是西班牙皇家學院塞萬提斯中心對塞萬提斯的肖像所作的《說明》。塞氏肖像現在能看到的主要有：

一、馬德里皇家學院保存的作於 1600 年的塞萬提斯肖像；

二、1738 年倫敦版《唐吉訶德》中的塞萬提斯肖像；

三、1739 年海牙版《訓誡小說集》中的塞萬提斯肖像；

四、1879 年愛丁堡版《唐吉訶德》中的塞萬提斯肖像。

其中以 1911 年一個叫阿爾比奧爾的先生獻給西班牙馬德里皇家學院的 1600 年塞萬提斯肖像被認為最可信、最準確。塞萬提斯自己在《訓誡小說集》

前言中也談到，著名畫家和詩人胡安・德・哈烏雷吉曾給他畫過像。時間是1600年。然而，這幅身穿著帶皺褶上衣的肖像不是據本人真容而畫，而是據塞萬提斯在《訓誡小說集》中對自己作自我描繪而畫，其真實性可想而知。

塞萬提斯對自己形象作的描繪是：「瘦長的臉，褐色的頭髮，平展開闊的前額，歡悅的眼睛，彎彎的、長得比例適中的鼻子；銀白色的鬍子……小小的嘴巴，為數不多的幾顆牙齒……排列得更差。」「中等個子，不高也不矮；臉色健康，白裏透黑；背有點駝；腿腳不大靈便。」「發表時也許作者連署名都沒有的作者畫像。這個人通常名叫米格爾・德・塞萬提斯・薩阿維德拉。」沒有證據證明在塞萬提斯寫這段話時，由哈烏雷吉畫的塞萬提斯的肖像就存在。

塞萬提斯這段描繪自己體貌特徵的話不是作於1600年，而是過去好久後才寫的。塞萬提斯在《訓誡小說集》前言中也有說明：「既然這一切已屬過去，我也就變成沒有一張肖像陪襯的人。」可見，在塞萬提斯沒說這段話以前，不曾有人給他畫過像。據有人考證，這幅畫像本不是哈烏雷吉的作品。因為哈烏雷吉似沒有任何畫作被保存下來。塞萬提斯和哈烏雷吉是否在1600年以前就相識也沒有任何證據。塞萬提斯住馬德里，哈烏雷吉是塞維利亞人，兩地相距500多公里，1600年之前他們是否已相識，1600年他們如何見了面，沒有誰說得清楚。哈烏雷吉是家在塞維利亞有一定地位的家庭，而塞萬提斯此時還沒有出版《唐吉訶德》，還是個默默無聞、地位卑微的人，憑什麼哈烏雷吉會給塞萬提斯畫像？再說哈烏雷吉生於1583年11月，1600年頂多是個17歲青少年，而塞萬提斯已是52歲的老年。一個乳臭未乾的小傢伙又是什麼原因給一個長輩年齡者畫像？他倆怎樣建立起不一般的友情關係？這些都沒人可說得清楚道得明白。

三、湯顯祖的畫像以假亂了真

湯顯祖、莎士比亞、塞萬提斯三位文化巨匠唯有湯顯祖生前確有畫師為他畫過像。畫的還不是一次而是兩次：一次是在南京任上（已失傳）；另一次是辭官歸里10年後，遂昌派專業畫師到臨川為湯寫真。湯在南京任職時是否過畫相，囿於見聞，我沒有看到有關史料，不敢妄加肯定，而遂昌派畫師到臨川為湯公畫像卻有湯本人詩作《十年後，平昌士民齎發徐畫師來畫像以祠，遣之四首》為證。詩題告訴我們，畫像時間是湯棄官歸家已十年（萬曆三十六年，1608年）。地點是臨川。畫師是徐侶雲。遂昌士民派畫師為湯公畫像是因他五年遂昌知縣，勤政愛民，吏民感其德，想到他棄官歸家已十年，又逢他 60（虛歲）生日，議定在眠牛山麓為湯建生祠，要畫他的肖像置祠內奉祀。畫像原本雖已失傳，但道光十八年（1838）揚州人陳作霖據徐侶雲原作臨摹像幸被保存了下來：清瘦的面容，留幾撮短須，冠戴烏角巾，身披鶴氅衣，一幅隱士裝束。這是至今唯一存世最接近湯顯祖本人真容的畫像，為古典文學研究家、著名紅學家俞平伯先生所收藏。遂昌成立湯顯祖紀念館後，俞平伯家人無私捐贈給該紀念館。現掛在遂昌湯顯祖紀念館廳堂。

圖 5：唯一存世最接近湯顯祖本人真容的畫像

然而現在能見到最多的卻不是這幅畫像，而是清末書畫家葉衍蘭的贗品。葉衍蘭（1823～1897），廣東番禺人。咸豐二年（1852）舉人。咸豐六年（1856）進士。翰林院庶吉士。官至軍機章京，直極垣二十餘年。同時他還是書畫家和詞人。書工小篆行楷，畫擅繪明清學者遺像。他精繪了自顧炎武至魏源明清間學者遺像 117 幅，並附以小傳。所謂的湯顯祖肖像，料想就是其中的一幅。葉衍蘭有孫葉恭綽（1881～1968），是當代書畫家、收藏家和政治活動家。新中國成立後，他曾任中央文史館副館長，曾將老祖父所畫遺像影印傳世。國家博物館所收藏後，將視作湯顯祖遺像的一幅發布網上，成了公共資源，任人下載。葉衍蘭出生在湯顯祖逝後的 207 年，他們不可能見面。湯顯祖形體本清瘦羸弱（「清羸故多疾」），棄官歸家後，已像東晉陶淵明一樣，常扛著鋤頭在田園幹農活到日落：「今朝得見柴桑叟，落日寒園自荷鋤。」（《平昌齋發弟子數人從師吳越，里居稍有來問者二首》）陳作霖臨摹徐侶雲的湯顯祖寫真像無論是形體還是精神面貌，符合這一時期湯顯祖的真實。而葉衍蘭所畫湯顯祖已是三綹長鬚，頭戴浩然巾，身著寬袍，顏容圓潤。這不是湯顯祖南京為官身份的著裝，而像 50 歲上下棄官歸里的處士穿戴，這與湯顯祖本清瘦面龐和棄官歸家後的精神面貌不夠符合。葉衍蘭所畫若是湯顯祖，也只是他臆想中的湯顯祖。

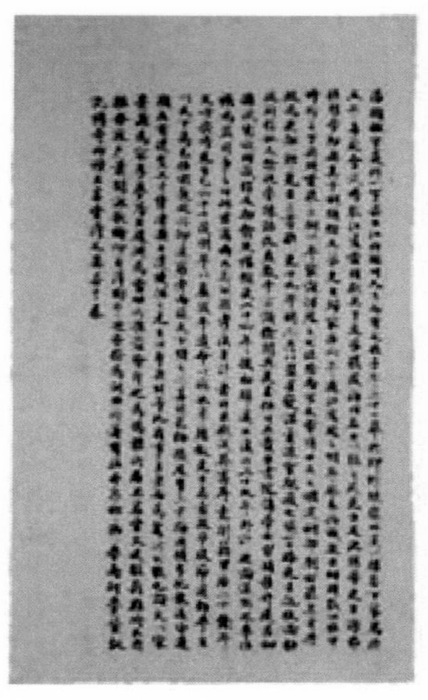

圖 6：被誤傳的清代葉衍蘭所畫的湯顯祖畫像

然而令人大跌眼鏡的是，據武漢大學鄒元江教授研究考證，葉衍蘭所畫壓根兒畫的不是湯顯祖，而是「與湯顯祖打過筆仗的沈璟」〔註 1〕。這些年來，「沈冠湯戴」「以訛傳訛」，既忽悠了自己，還帶出國門忽悠了英國人。如果葉氏所畫的是沈璟，同樣不是沈璟原貌的寫真，也只能是葉氏主觀想像。沈璟沒有生前曾畫過肖像的記載。沈璟與葉衍蘭隔朝 200 多年，不可能見面。

為紀念湯顯祖逝世 400 週年，湯顯祖故里撫州市在 2016 年推出的「臨川版湯顯祖畫像」。撫州之所以推出該畫像是要把「每個撫州人心中都有一個湯顯祖」，聚焦到「40 歲上下的中壯年時期的湯顯祖」。認為這是湯顯祖「進入仕途後，家庭生活穩定和諧，常常博覽群書，潛心於藝術創作」，「反映了湯顯祖體悟人生善惡、執著追求至情的心性〔註 2〕」。為此，聘請江西師範大學美術學院副教授，知名美術家王燕精心創作。王教授依據湯氏家譜《湯若士傳》中「體玉立，眉目朗秀」的描寫及湯顯祖後裔相貌特徵，「兼收了清代葉衍蘭所繪畫像的神韻」，「冠巾及服飾反映了人物生活的時代，微翹的髯鬚表現狷介傲骨」，「將其眼睛刻畫成丹鳳眼，具備東方漢民族男子的特點」。我對

〔註 1〕轉引自《紀念湯顯祖逝世 400 週年活動畫上句號》，《新華日報》2017 年 1 月 3 日。

〔註 2〕《湯顯祖故里江西撫州首發臨川版湯氏畫像》，中國新聞網，2016 年 9 月 6 日。

繪畫一竅不通，實無資格對它說三道四。然我僅知一點，那就是畫人物肖像應是「肖似」「逼真」。要達到此效果，必須要對湯顯祖 40 歲上下這一歷史時期處境有基本的瞭解與研究。

那麼 40 歲上下的湯顯祖是什麼樣的處境呢？40 歲的湯顯祖雖升了他一生中最高的官位禮部主事，並不表示這是他人生的「黃金期」。他人生「黃金期」應是 21 歲鄉試中舉，海內人都以能見湯顯祖感到榮幸。那時他雄心勃勃，自謂「神州雖大局，數著即可畢」（《三十七》），「頗有區區之略，可以變化天下」（《答余中宇先生》），即表示要在政界大顯身手幹一翻事業。然自京試受挫開始到他出仕任官、棄官歸家直至終老，湯顯祖都在「迫鬱」中度過。留都「從官迫鬱有三年」（《吹笙歌送梅禹金》），不甘下僚，壯心被逆；改作《紫簫記》為《紫釵記》，雖體現他創作思想的飛躍，但為的是打發無聊時光；首次作進京京察就受人攻擊，官位從正七品的太常博士調為從七品的詹事府主簿。升禮部主事，湯也曾表達要效忠朱明王朝，但災荒遍全國，朝庭派出的救災官員趁火打劫無錢不貪。湯憂國憂民，憤然上疏揭發時弊，矛頭直指神宗，被貶廣東徐聞典史。這是 40 歲上下歷史真實的湯顯祖，與作者所表現「進入仕途後，家庭生活穩定和諧，常常博覽群書，潛心於藝術創作」，「反映了湯顯祖體悟人生善惡、執著追求至情的心性」並不怎麼相符。畫像「兼收了清代葉衍蘭所繪畫像的神韻」，然這種「兼收」陰差陽錯選錯了對象，因為那是葉氏為沈璟而表現的「神韻」。然陳作霖臨摹的湯顯祖肖像看不出髯鬚是「微翹」。湯顯祖的眼也不是丹鳳眼。為「表現狷介傲骨」和「東方民族」，王教授作如此整容，這恐與「肖似」「逼真」背道而馳。如果王教授所畫僅是他個人創作中的藝術追求，那也無可厚非，但打出的是「臨川版湯顯祖畫像」，這就為這幅畫像貼上了正宗與權威的標簽。然而我認為，可稱「臨川版湯顯祖畫像」，唯有道光十八年（1838）陳作霖臨摹的一幅，這是徐侶雲對湯顯祖本來面目的寫真，且畫於湯顯祖棄官歸家的臨川。作為世界戲曲大師的湯顯祖，此時「臨川四夢」已完成，才真正「體悟人生善惡，執著追求至情的心性。」沒有第二幅比這更有資格配稱「臨川版湯顯祖畫像」。

中國古代肖像畫要求「寫真、寫心、傳神」。「寫真」放在首位。「寫形」需要「傳神」，而「傳神」又以「寫形」為基礎；沒有「形」也就沒有「神」。清代畫家沈宗騫說：「神出於形，形不開則神不現」。有了照相機的今天，對人物肖像畫已要求「用眼睛做照相機，仔細地把他拍下來」，這也就是寫真。

圖 7：臨川「整容」版湯顯祖畫像（王燕畫）

湯顯祖肖像真真假假以假亂真的現象，已引起湯學界研究人員的關注與非議。香港城市大學教授鄭培凱近撰文批評說：「湯顯祖的像比較混亂。比如做版畫的，畫得有點像魯迅，出了郵票又像蘇東坡。湯顯祖家鄉給他立了個像，我覺得像司馬遷；他當縣令的地方，浙江遂昌也給他立了個像，這個非常威武。」〔註 3〕還有廣東徐聞貴生書院和廣西潿洲島在當年湯顯祖登島觀海處都各自塑有湯顯祖的塑像，已成了當地一道旅遊風景點，供遊人瞻仰合影。然湯顯祖到徐聞是不入品的貶官，是他的人生低谷。儘管他一路遊來很豁達，自視如漢代陸賈為漢高祖安定天下出使南越，然他內心充滿了對社會對人生的痛苦思考，應該是這兩尊肖像所體現的神韻。另，2017 年撫州市還聘請中國美術學院教授楊奇瑞創作一尊湯顯祖與莎士比亞合體的青銅雕像。湯公雕像手執毛筆身穿中國傳統儒士服裝；莎翁雕像手握鵝毛筆身著西方經典服飾。該像的一尊由撫州市贈給了莎士比亞故里斯特拉福鎮，被安放在英國莎士比亞故居花園，向世界各地慕名而來的遊客開放；另一尊樹立在撫州市湯顯祖紀念館，作為中英兩國文化交流的見證。這樣的雕像不知是僅作代表中英兩國的文化符號還是選取人物各自最有意義的歷史階段？對湯顯祖這樣文化名

〔註 3〕《揭開《牡丹亭》穿越 400 年的秘密》，《新聞晨報》，2016 年 7 月 1 日。

人的肖像塑造的真偽得失，關係到其真實面目昭示，關係到準確認知我們的傳統精品文化，其意義不僅僅只是一幅肖像。

三位世界文化巨匠的肖像，唯湯顯祖有最接近本人真容的畫像存世，我們應倍加珍惜。在繪製湯顯祖肖像時，請畫師們不要舍本逐末，妄加「材料」整容成主觀想像中湯顯祖，以假亂了真。2016 年 9 月，中宣部領導在京出席「紀念湯顯祖逝世 400 週年座談會」，「強調禮敬優秀傳文化，增強中華文化自信，傳承好先人創造的精神財富」。包括肖像在內的歷史真實的湯顯祖昭示在世界面前，這是我們每位文化工作者禮敬湯顯祖文化，傳承好湯顯祖創造的精神財富，「把最具標誌性的文化符號宣介出去，充分展示中華文化的獨特魅力，讓世界瞭解一個文化的中國、多彩的中國、博大的中國」的神聖責任。

2017 年 6 月 13 日脫稿於海口

湯公與莎翁在戲劇中對時間處理的異同

湯顯祖與莎士比亞是同時代人，他倆是東西方文化的代表。比較他倆對戲劇中時間的處理的異同，有助瞭解東西方戲劇的異同。

西方戲劇自古希臘開始，就按時間、地點、行動三一致的規律進行寫作，情節時間一般不超過二十四小時。但莎士比亞的戲劇則除《暴風雨》一劇外，基本上都打破了「三一律」的侷限，戲劇時間想寫多長就寫多長。在他的戲劇時間中，最短的是《錯誤的喜劇》為一天，最長的《哈姆萊特》和《馬克白》是幾個月。而湯顯祖的戲劇時間更為天馬行宮，短的是三年，長的六十年。

莎士比亞戲劇題材大都取於歷史、傳說和故事，而湯顯祖戲劇多取材於唐人傳奇（《牡丹亭》取於明人話本《燕居筆記》，故事發生在南宋）。莎士比亞把前人題材改編成戲劇時，往往將時間集中，如《羅密歐與朱麗葉》原來民間故事是四十五天時間，莎士比亞集中為四天。但湯顯祖將傳奇小說改成戲時，則基本不變小說情節時間。

莎士比亞之所以要把時間集中，是因為他的戲劇在時空環境上雖不是再現生活環境，但是他的演出舞臺有一部分是建築舞臺裝置，另一部分才是時空舞臺的變換，每一場戲中，舞臺仍然是固定的。而湯顯祖的戲劇舞臺是可以流動的，舞臺只是供給演員的一個表演場地，而不是戲劇環境的再現。在角色未上場前，舞臺不具特定環境，也無一定的時間，只有當角色進行一番虛擬表演以後，觀眾從演員的唱、做、念、打中默認到舞臺的特定的時空。

在莎士比亞每個戲劇場面中，演出時間與戲劇中的情節時間大體相符，而湯顯祖戲劇中時間是有彈性的，可作快速運動，也可作慢速運動。作快速時，走一個圓場就表示從一個地方走到了另一個地方，途程走了百十里；作慢速時，唱一段慢板就表示過了五更天，剎那間的事成倍地拉長，進行纏綿悱惻的表演。

莎士比亞戲劇很像話劇，它一般分五幕，每幕又分若干場，用幕、場來切割戲劇時間來服從演出時間；湯顯祖戲劇則分三十、四十至五十多出不等，用齣（即折）來切割戲劇時間使之適應演出時間。

莎士比亞劇本每一場只標故事發生的地點，不標時間，時間都在第一、二場內通過演員的臺詞交代出來。如《羅密歐與朱麗葉》故事發生的時間就是通過班伏里奧回答蒙太古夫人問話而交代出來的。《哈姆萊特》故事發生時間是通過勃那多的臺詞交代出來的。湯顯祖的戲劇他每齣既不標時間也不標地點。時間、地點都是靠演員唱念交代出來的。如《南柯記》戲劇時間是發生在「唐貞元七年暮秋之日」便是通過淳于棼臺詞交代出來的，《紫釵記》戲劇時間的發生是「元和十四年春之日」便是通過李益的臺詞交代出來的，而《牡丹亭》戲劇時間發生在春天是通過杜麗娘臺詞交代出來的。

莎士比亞戲劇由於他的結構比較緊湊，第一幕便進入情節主線，戲劇節奏較快，而湯顯祖戲劇結構比較鬆散，前幾齣往往與情節主線沒有多大聯繫，節奏一般都較慢。

莎士比亞戲劇的時間觀念比湯顯祖較為突出。以題材最為相似的《羅密歐與朱麗葉》與《牡丹亭》比較，《羅密歐與朱麗葉》的戲劇時間真可謂不浪費一分鐘，四天時間，白天晚上都安排有戲。演出中，處處讓劇中人與臺下觀眾感到時間的迫切性。而《牡丹亭》的時間觀念卻十分恍惚，情節時間跳躍很大，有現實，有夢境，有人間，有地獄，體現主動超越性。

莎士比亞的戲劇也寫夢，如《麥克佩斯》中寫有麥克佩斯夫人夢驚；也寫鬼，《麥克佩斯》和《哈姆萊特》也都寫了鬼。但是湯顯祖筆下的鬼是情鬼，是美的鬼，是可以和人進行幽會的鬼，是慢節奏的鬼，而莎士比亞筆下的鬼，則是令人恐怖的，是快節奏的鬼。他們共同點都是借鬼寫人，推動情節的發展，展現劇本的主題。

再談湯顯祖與利瑪竇

利瑪竇是意大利的職業天主教傳教士，湯顯祖是江西臨川仕途出身的著名戲劇家、文學家。把這兩人扯在一起是因湯顯祖有一首《端州逢西域兩生破佛立義，偶成二首》的詩，已故浙江大學教授徐朔方先生就此寫了篇考證文字《湯顯祖與利瑪竇》。筆者除撰專文從七個方面對徐先生這篇文章核心內容提出質疑外，茲又從湯氏與利氏兩人的家庭背景、求學經歷、宗教信仰及對中國民俗文化的不同態度作番比較，也談一談湯顯祖與利瑪竇。

湯顯祖生於 1550 年，後二年利瑪竇出生；利瑪竇卒於 1610 年，六年後湯顯祖逝世。湯顯祖活了 66 歲，而利瑪竇只活了 58 歲。他倆所處的時代，哥倫布已發現美洲新大陸，麥哲倫率船隊作環球航行已將新的航線開通，東西兩半球相互隔絕歷史宣告結束，經濟全球化初露端倪。16 世紀末，西方耶穌會士找到澳門這個窗口，捷足先登來華佈道傳教。傳教士在傳教佈道的同時帶來了西方先進的科學技術文化，使中國在經濟融入世界的同時，文化也融入世界。「利瑪竇實為明季溝通中西文化第一人」〔註 1〕。湯顯祖 1591 年深秋遊澳門與第二年春在肇慶遇西方天主教傳教士，實為中國士大夫文人最早接觸西方文化第一人。他倆雖失之交臂，但他們共同生活在晚明社會，代表東西方兩種不同的思想與文化在隱形中相碰撞。比照他們不同的成長環境、人生追求、宗教信仰及對中國民俗文化的態度，能看出東西方兩種文化在交流中的融合與衝突。

〔註 1〕方豪《中西交通史》（重排本）第 692 頁，臺北中國文化大學出版社，1983 年版。

湯顯祖出生在文化底蘊深厚，才人輩出的江西臨川縣。湯家是當地有名望的書香門第。他是長子，「生而穎異不群」，且有6個兄弟，13歲從名儒徐良輔學古文詞，17歲到南城從姑山再次從「王學左派」再傳弟子羅汝芳深造理學。父親湯尚賢是個務實的讀書人，他改變了上幾輩讀書不做官的家訓，「恒督」湯顯祖以「儒檢」，積極參加科舉，期望正如對他的起名——顯祖耀宗。

利瑪竇出生在意大利馬切拉塔城，這裡離文藝復興中心之一的佛羅倫薩不遠。父親醫生出身，曾任教皇國市長與省長（那是意大利尚未統一，該城歸教皇國管轄），母親是天主教徒。利瑪竇兄弟八人中也居長，少小「異穎聰敏」，在名師孟尼閣的指導下，接受啟蒙教育。16歲就讀完了中學，這時他的父親已做了省長。父親對長子抱著很大的期望，把他「送到羅馬京都，就名師習諸學之蘊奧」，「以科第期之，冀紹家聲」。

湯顯祖在求學中遇到兩位良師，對他一生影響很大，那就是徐良輔與羅汝芳。前者是文學老師，後者是理學老師；利瑪竇在大學學習中，也遇到兩位名師，對他的一生產生重大影響，那是克拉維烏斯（也稱丁氏）和貝拉明。前者是著名數學家，後者是著名的辯論家。然而，當湯顯祖所處的晚明「一天到晚地在四書五經內翻筋斗，尋求其所謂仁義道德，自以為除經書再也沒有其他學問」的時候，遠在意大利的利瑪竇便在文藝復興思潮影響下，「如瘋似狂地在爭向新知識的道路上冒險奔跑」。〔註2〕

湯顯祖是處在儒釋道「三教同一」的社會風氣裏，儒學是他的思想根基。祖父、祖母好道信佛，從小對他深有影響。壯年遇名僧達觀，更深明佛理。雖然「玄宮焚館，一再周旋」，「悠然有度世之意」，但終未能被「打破寸虛館」。〔註3〕湯氏科舉多折，仕途多舛，「胸中魁壘，陶寫未盡，則發而為詞曲」，〔註4〕成就攀上中國傳奇戲曲的最高峰，成為與西方莎士比亞比肩的世界戲劇大師。

利瑪竇求學一帆風順。幼小就跟神父讀書，在羅馬一所大學學法律期間，和耶穌會士的有來往，內心慢慢起了變化。19歲加入耶穌會，第二年在耶穌

〔註2〕林金水《利瑪竇與中國》，中國社會科學出版社，1996年版。

〔註3〕〔明〕釋真可《紫柏老人集》卷二十三《與湯義仍》之一：「十年後，定當打破寸虛館也。」即十年後將度湯顯祖出家。

〔註4〕《湯遂昌顯祖》，錢謙益《列朝詩集小傳》（丁集中）上海古籍出版社，1983年版。

會的羅馬學院開始讀神哲學。25 歲時，總會長派遣利瑪竇等四位傳教士從羅馬到印度里斯本，充當傳教士，從此以此為天職，且終身未娶，為傳播天主福音，鞠躬盡瘁，死而後已。他在中國 28 年，在教案頻起的困境中，歷盡艱辛，起死回生，在佈道天主福音的同時又將西方先進的科學技術也傳來中國，被稱為「西學東傳第一師」〔註 5〕「人類歷史上第一位集歐洲文藝復興時期的諸種學藝，和中國四書五經等古典學問於一身的巨人」。〔註 6〕

湯顯祖一生中最為崇拜、對他產生深遠影響的除老師羅汝芳外就是李贄和達觀。他曾說：「見以可上人（達觀）之雄，聽以李百泉（李贄）之傑，尋其人吐屬，如獲美劍。」〔註 7〕湯顯祖與李贄只有神交，並沒有會面。湯顯祖在南京任禮部主事，得知李贄的《焚書》在湖北麻城出版，便寫信託蘇州朋友訪求。湯顯祖與達觀的交誼緣起他中舉去南昌西山拜謝座師張岳，經雲峰寺對蓮池照影搔首，掉下髮簪，即題詩於牆壁。後被達觀看見，認定詩人未出仕即有出世思想，有心度他出家。20 年後他們才在南京相會。此後頻繁交往。湯貶官徐聞，達觀就想去看他；後任遂昌知縣，達觀跋山涉水造訪；湯棄官回臨川，達觀又先後兩次來到了臨川。李贄、達觀先後遇害京城獄中，湯都作詩哀悼，並在對友人信中表達對他們的被害而無能營救的愧疚之情。

利瑪竇與李贄和達觀也有直接與間接的交往。1599 年利瑪竇北上南京，適逢李贄作客於此。本性不肯輕易謁見達官顯貴的李贄，因久聞利瑪竇的大名，不惜紆尊枉駕，登門拜訪。兩人暢談宗教許久。李贄認為：「基督之道是唯一真正生命之道。」〔註 8〕體現他對外國學者和外國文化的融合胸懷。李贄送給利氏兩把摺扇，並在上面親筆提了兩首小詩，還對利瑪竇所作的《交友論》倍加讚賞，命人謄錄，加上自己的按語，寄回湖北加以傳播。1600 年，利瑪竇進北京朝覲萬曆皇帝，途經濟寧，在劉東星的主持下，兩人再次會面。利瑪竇對李贄的看法是：「到中國十萬餘里……今盡能言我此間之言，作此間之文字，行此間之禮儀，是一極標緻人也。中極玲瓏，外極樸實。」〔註 9〕利瑪竇談到李贄的評價是：「此人放棄官職，削髮為僧，由一名儒生變成一名拜

〔註 5〕汪前進《西學東傳第一師——利瑪竇》，科學出版社，2000 年版。

〔註 6〕日・平川祐弘《利瑪竇傳》，光明日報出版社，1999 年版。

〔註 7〕《答管東溟》，《湯顯祖詩文集》卷 44。

〔註 8〕〔意〕利瑪竇〔比〕金尼閣著《利瑪竇中國劄記》（何高濟、王遵仲、李申譯）第 253 頁，廣西師範大學出版社 2001 年出版。以下有引該書均為同一版本。

〔註 9〕〔明〕李贄《續焚書》卷一，中華書局，1959 年版。

偶像的僧侶，這在中國有教養的人中間，是很不尋常的事情。」稱他是「儒家的叛道者」。〔註10〕

如果說利瑪竇與李贄之交體現出一副彬彬有禮的君子風度，那麼他對達觀則暴露其世俗小人之心胸。利瑪竇傳教南北，與佛門中人多有接觸。普通僧侶在他眼中簡直就是「撒旦教士」，並且懶散無知、聲名狼藉。而對三淮（即雪浪洪恩）、達觀（即紫柏真可）與憨山德清等高僧，利瑪竇一無好感。達觀是晚明四大名僧之一。他是個關心時政的和尚，萬曆二十六年（1598）冒著生命危險為停止礦稅進京而奔走呼號。由於達觀「名聲顯赫」，進京後博得上至「顯貴乃至宮裏的后妃」下至普通百姓的歡迎。利瑪竇要「破佛立義」，達觀是個大障礙，不惜放言中傷，說達觀把這些人「都引入了歧途」，是個「奸詐狡猾，熟悉所有宗教派別，視情況需要而充當各派辯護人」。但利瑪竇也不得不承認「這個達觀是個相當有學問的人」。當達觀表示想會見他們時，利瑪竇拒絕，說：「最好避免和這個人的卑賤階層有任何接觸。這個大騙子的傲慢簡直無法容忍。」當達觀因涉嫌宮廷罪案受刑而死時，作為一個講「仁慈」基督徒，不僅不予同情，還輕蔑嘲笑說：「他的名字成了那些枉自吹噓不怕肉體受苦的人的代號，但是他忘記了自己的吹噓，當他挨打時他也像其他凡人一樣地呼叫。」〔註11〕

湯顯祖是寫夢戲的戲劇大師，日常生活中也是個多夢、善夢，沉溺於夢想的人，留下的紀夢、吟夢詩文有20多篇（首）。「知向夢中來，好向夢中去。來去夢亭中，知醒在何處？」〔註12〕他把人間一切現象都看成夢。「夢是一種願望的滿足」（弗羅依德語），解夢者以夢預兆現實人生，作家以夢來補償現實人生。前者屬紀夢，後者為造夢。湯顯祖紀夢又造夢，而且是個造夢的聖手。他的「臨川四夢」劇作都是以夢作為劇情的中心，獨顯其劇作特色。利瑪竇當然也做夢。而他的最大願望就是進京傳教。他說：「假如不能在南北兩京到皇宮裏宣講福音，求得他們的許可，允許我們在中國境內自由傳教，傳教就得不到保障，什麼事情都不能做成。」〔註13〕因此，利瑪竇就紀有這樣一個夢：

〔註10〕《利瑪竇中國箚記》第252～253頁。

〔註11〕《利瑪竇中國箚記》第307～308頁。

〔註12〕《夢亭》，《湯顯祖詩文集》卷20。

〔註13〕轉引自《集權與裂變——1368年至1644年中國的故事》第193頁，上海文藝出版社，2005年版。

> 夢見他遇到一個陌生的行人向他說：「你就這樣在這個龐大的國家中游蕩，而想像著你能把那古老的宗教連根拔掉並代之以一種新宗教嗎？」原來，自從他進入中國時起，他始終是把他的最終打算當作絕密加以保守的。所以他答道：「你必定要麼是魔鬼，要麼是上帝自己，才知道我從未向人吐露的秘密。」他聽到回答說：「根本不是魔鬼，倒是上帝。」看來好像他終於找到了他一直在尋找的人了，他跪在這個神秘人的足下，含淚請求他：「主啊，既然你知道我的想法，為什麼不在這困難的事業中助我一臂之力？」說完這話，他趴在地上哭，泣不成聲。到最後他聽見保證的話時才感到一陣安慰：「我將要在兩座皇城裏向你啟祥。」那和上帝曾在羅馬答應幫助聖依納爵的話，字數完全一樣。他仍在夢裏，恍惚進了皇城，完全自由而安全，沒有人反對他的到來。〔註 14〕

經過多方努力，到萬曆二十九年利瑪竇終於進入北京，並得到神宗的嘉賞，以合法地位在京居留傳教，並取得很大成功。死後神宗賜給他葬地。

夢因情而生。日有所思，夜才有所夢。如果說湯顯祖「因情成夢，因夢成戲」，取得了成功，用夢補償了現實人生；那麼利瑪竇則是「因情成夢，夢京傳教」，託夢預兆了現實人生，滿足了願望需求。

當利瑪竇生活在中國的時候，戲曲是中國人主要娛樂形式，「遍及全國各地」。他在廣東英德、江蘇的鎮江、南京和山東臨清等地，都看過戲曲、雜技及花燈等盛大民間表演活動。然而他對中國的戲曲極懷偏見，認為「都起源於古老的歷史或小說……很少有新戲創作出來。」也許，作為一個基督徒，他對長達十多個小時無節制地一邊吃喝一邊看表演難以接受，特別是有些「戲班班主買來小孩子，強迫他們幾乎是從幼就參加合唱、跳舞以及參與表演和學戲」更是不可容忍，因而利氏把這種演出活動說成「是這個帝國的一大禍害，為患之烈甚至難於找到任何另一種活動比它更甚，簡直是罪惡的淵藪了」。〔註 15〕這和湯顯祖則視戲曲為「為名教之至樂」，「可以合群臣之節，可以浹父子之恩，可以增長幼之睦，可以動夫婦之歡，可以發賓友之儀，可以釋怨毒之結，可以已愁憒之疾，可以渾庸鄙之好。然則斯道也，孝子以事其親，敬長而娛死；仁人以此奉其尊，享帝而事鬼；老者以此終，少者以此長。

〔註 14〕《利瑪竇中國箚記》第 205 頁。
〔註 15〕《利瑪竇中國箚記》第 18～19 頁。

外戶可以不閉，嗜欲可以少營。人有此聲，家有此道，疫癘不作，天下和平。」〔註 16〕兩者情同水火，毫無共同之處。

湯顯祖從徐聞經肇慶北歸是 1593 年春。這時的天主教在中國傳教還屬初步探索階段。利瑪竇繼承的還是沙勿略在日本的傳教路線。主張從教義上批判佛教的信仰，以贏得社會威信，從而得到所在國對基督教的尊重與皈依。傳教士羅明堅 1581 年用拉丁文寫成，1584 年譯成中文出版的第一部天主教護教文獻《天主實錄》（又名《新編西竺國天主實錄》），其中第三章就是對佛教及民間宗教的批判。湯顯祖詩《端州逢西域兩生破佛立義，偶成二首》印證了當時這種傳教路線的存在。但此時傳教士們剃鬚斷髮著僧衣，自稱「天竺國僧」。他們以為中國僧侶也與西方僧侶一樣，在政治上有特權，在社會上有地位，從而自願將自己劃入和尚和道士一類。但他始終不忘其宗教本位。李贄與達觀同是佛僧，李是半路出家，相信「基督之道是唯一真正生命之道」，利瑪竇對他就友善；達觀是名振東南的職業名僧，對天主教有異議，是他傳教的挑戰對手，便胸懷「刻骨仇恨」。湯顯祖從江西過庾嶺去徐聞，在南雄乘湞水到達韶州。湞水與西江在韶州城外匯合成北江。利瑪竇新落成的天主教堂就在城西河對岸的光孝寺的江邊。湯顯祖的行船當從其門前經過。不管湯顯祖是否注意到這所教堂沒有，但在封閉的韶州山城，來個模樣有異的外國人總是一大新聞。湯顯祖定會從外界傳聞中知道利瑪竇到了這裡。特別是湯顯祖還訪問了南華寺，也會從長老處得知有個利瑪竇曾從這寺去了韶州蓋了教堂。湯顯祖在韶州沒有像李贄那樣，在南京時得知利瑪竇的來到就前去「登門拜訪」。他沒有跨進利瑪竇的教堂門坎，無意結交利瑪竇，更談不上懷著強烈的求知欲去向這位外國學者請教什麼學問。「黃金作使更何疑」的一個「疑」字可發掘他不去拜見利瑪竇的原委。利瑪竇等在中國傳教期間，中國士大夫階層中，既有堅決支持從而成為忠實信徒者，如瞿太素、徐光啟、李之藻等。也有一批反對派，在肇慶、韶州和南京都發生了教案事件，便是與反對派的衝突。但更多人是審慎與懷疑，湯顯祖就在這類人之列。這些洋和尚來到中國，既不從事生產，又不外出化緣，還蓋著漂亮的房子，生活還不拮据，他們的資金從何而來？人們紛紛傳言說他們有煉金術。就連李贄也有懷疑。他在給友人信中說：「但不知到此何為，我已經三度相會，畢竟不知到此何干也。意其欲以所學易吾周孔之

〔註 16〕《宜黃縣戲神清源師廟記》，《湯顯祖詩文集》卷 34。

學，則又太愚，恐非是爾。」〔註 17〕利瑪竇等自稱「西僧」，既批佛反對偶像崇拜，但在傳教中不時還借用佛家術語，人們搞不清他們到底要來幹什麼。在韶州，湯顯祖到了利瑪竇家門口也不拜訪利瑪竇，可回程經肇慶時又遇見兩個傳教士，這怎麼解釋？我認為，這是湯顯祖已遊歷了澳門和香山，接觸了西方文化，看到了沿海開放經濟和西方生活方式與內地的不同，促使了他對思想觀念上的轉變與對現實的思考，從對外來文化從疑慮、審慎到包容、開放。他已想瞭解「西僧」面目及其所宣揚的教義。「二子西來跡已奇」的一個「奇」字表達了當時多數中國人對待外來文化的心態。從利瑪竇到南雄拜客，所到之處，人山人海，尾隨的人群，使他無法步行，只得坐轎子開路，便是封閉的中國看到洋人所產生的一道「奇」的風景線。湯顯祖是高智才人，又是普通人，他也好「奇」，當然他不僅僅是像普通人那樣對洋人形貌異樣而「奇」，而是對外來文化、新的外來宗教要探索「奇」的奧秘。因此，他北歸途中經肇慶閒而無事，便去觀看了他們的傳教活動，聽了傳教士宣講的天主教義，並用詩記下他的見聞。從詩的內容，看不出他與傳教士作過什麼親密的交談。

正因為湯顯祖在肇慶會見的傳教士不是利瑪竇，他們沒有利瑪竇的那樣的學問與機鋒，所宣講的教義沒有對湯顯祖思想產生明顯波動。此後，湯顯祖與傳教士再也沒有任何往來。如果此次會見的真的是利瑪竇，憑利瑪竇那學貫東西淵博知識和他那從小訓練有素，能把大名鼎鼎的三淮和尚辯贏的雄辯口才，若針對湯顯祖的人生遭遇說法，使湯顯祖思想產生了強烈震撼，也像李贄一樣，認定「基督之道是唯一的真正生命之道」，那「四夢」中「後二夢」就不是現存面目的「後二夢」，《牡丹亭》也可能不是現在面目的《牡丹亭》，歷史上的湯顯祖也很可能不是以戲曲成就而揚名天下的湯顯祖。

「自言天竺原無佛，說與蓮花教主知」一句徐先生詮釋為「是利瑪竇在湯顯祖面前頌揚天主，破除佛教的一次傳教活動」，我認為不是在湯顯祖一個人面前，而是像耍猴戲一樣在公眾面前頌揚天主教；告訴佛祖啊！我們西方已沒有佛教了，就連佛教發源地印度也不存在佛教了。「天竺」本是古印度稱謂，但西方天主教傳教士到中國自稱「天竺國僧」；佛教於公元 6 世紀起源印度，到 12 世紀在本土消亡（現存的印度的佛教是 19 世紀後由斯里蘭卡重新傳入）。「蓮花教主」指的是佛陀。相傳創造世界的大梵天是坐在蓮花上出生。

〔註 17〕〔明〕李贄《續焚書》卷一，中華書局，1959 年版。

從佛祖教義上看，現實世界是穢土污泥，而佛教則使人不受塵世污染，似蓮花出水。因此釋迦牟尼佈道的座位就叫「蓮花座」，「西方三聖」之首的阿彌陀佛為西方極樂世界的教主，又稱「蓮花智」。「蓮花」實為佛祖的象徵，「蓮社」就是佛家的結社。東晉僧慧遠居廬山，與劉遺民等同修淨土，中有白蓮池，因號蓮社。唐代詩人戴叔倫興元元年（784）至貞元元年（785）在湯顯祖家鄉撫州任刺史，曾作詩《赴撫州對酬崔法曹夜雨滴空階五首》，其之二詩云：「高會棗樹宅，清言蓮社僧」〔註18〕

（原載《撫州社會科學》2006年第3期。）

〔註18〕《全唐詩》卷二七四第3098頁，中華書局，1960年出版。

發現考證

再談湯顯祖家傳全集殘版的發現與尋找

尋找湯顯祖著作的木刻版片事轉眼過去了 36 年，當初發現與尋找的經過我這個親歷者撰文說得一清二楚。文章收入到正式出版的專題文集，但能讀到者極為有限。該事當年蒙趙景深教授在《文學遺產》將消息刊出後，家鄉很多人都知道了這是有價值文物，但發現尋找到的不是他們自己人和所在的文化主管部門，有些人心裏很是不平衡，有一二位通文墨者不惜編造不同版本，搶發地方報和江西文物雜誌。「大道不暢，小道必猖」。他們的版本，模糊了事實，混淆了視聽，欺騙了讀者。我一直想找個影響較大的刊物，將當年發現與尋找真事經過再次刊載出來，以正視聽。現在終於有了這樣的機會。

1982 年，國家文化部、中國戲劇家協會、江西省文化廳、江西省戲劇家協會要為逝世 365（後改正為 366）週年的明代戲劇家湯顯祖在其故里撫州召開紀念大會。為迎接這個規模空前的盛會，江西人民出版社於 1978 年 11 月發函來我區組稿編寫湯顯祖的傳記。我被主管部門物色與羅傳奇、周悅文合作共擔此任務。1979 年 3 月 30 日，我們三人共赴浙江遂昌、杭州、南京、蘇州、上海和廣東徐聞等地搜集湯顯祖資料回到南昌，計議下一步在省城應拜訪的對象，繼續發掘資料。周悅文同志建議在南昌拜訪一下江西中醫學院教授傅再希先生。傅是個老臨川，年過 80 高齡，不僅醫術精湛，且古典文學深厚，對故鄉文化名人也很有研究。他家曾藏有明版《玉茗堂集選》等多種。1956 年 6 月中國藝術研究院戲曲史專家黃芝岡先生為寫《湯顯祖年譜》來臨川調查資料，便是由他介紹情況。這個意見立即得到我和羅傳奇的贊同。由於周與傅老家有舊交，訪傅老的任務就由悅文同志去完成，我和羅傳奇到省圖書館查資料。

4 月 1 日悅文同志訪傅先生回來告訴我們：傅老原藏有的湯顯祖文字資料在十年動亂中已全部付之一炬，但他提到現臨川縣溫泉公社榆坊大隊湯家村曾藏有湯顯祖著作的木刻板，還說解放前撫州六水橋有個紳士叫廖朗山，曾想捐資將殘缺版片補刻完整，恢復原貌，但未能如願。傅老還特別提到，這些版片在文革前他還在榆坊親眼看見過。臨川溫泉榆坊湯家村是湯顯祖同父異母弟寅祖後裔族居之地。這樣一提，我便想起徐朔文先生箋校的《湯顯祖詩文集》中有湯顯祖侄孫湯秀琦在康熙甲戌（1694 年）為《玉茗堂全集》作的序，開篇說：「先《玉茗集》舊有韓求仲（敬）、沈天羽（際飛）二刻，近皆散軼無存。乃阮氏凌雲（峴）、正嶽（嵩）二甥，有志斯道，傑然裒貲而梓之。悉照韓刻舊本，而《玉茗》之大觀復成。」〔註 1〕湯秀琦是湯顯祖逝後湯家又一博學鴻儒。他天啟五年（1625）生，康熙三十八年（1699）卒。其文章品節有祖風。16 歲中秀才名聲鵲起，18 歲參加鄉試，副主考閱卷讚歎拔第一，主考卻以文格過奇而置於副榜。53 歲以歲貢（國子監的生員的一種）赴京廷試，各省督學爭相迎聘為幕，但秀琦不附風雅，藏在主考李石臺府中不出，後輾轉回鄉。55 歲名震京師，王公巨卿爭相與其交結。68 歲才應督學之邀，就任江西鄱陽縣教諭。我們想：這刻本是否就是阮峴、阮嵩根據韓敬的舊本翻刻的《玉茗堂全集》呢？我們都認為，即使是，經過十年的文化大革命，也是難以保存下來的。

回到撫州，我們把在南昌從傅再希先生瞭解到的《玉茗堂全集》版片線索向地區文化局領導作了彙報，提出了要到榆坊瞭解情況，試作尋找，得到局領導與地區文化站的積極支持，並由地區文化站站長吳林抒與臨川縣圖書館掛了電話，要他們館徐潤科同志陪我一同前往溫泉榆坊。4 月 22 日我和徐潤科到了溫泉公社榆坊大隊，找到了正在田間耘禾的大隊會計。會計也是湯秀琦的傳人，我說明來意後，他感到愕然，說是從來沒聽說過這裡還有什麼湯顯祖的木刻板。後我要他去找一些五十歲以上的老人來大隊座談。前來參加的男女社員只能講出一些弓庵公（即湯秀琦）少小聰穎好學的一些遺聞軼事，對湯顯祖著作木刻板事均一無所知。我與徐潤科同志都感到，要想在這個村子尋到版片是不可能的事了。但我還是沒有完全死心，心想：即使版片現在不存在，也總有人知道這裡曾經確實有過這東西，以及後來又是怎樣被

〔註 1〕《玉茗堂全集序》之三，《湯顯祖集》（詩文集），徐朔方箋校，中華書局，1962 年版。

搞掉，不然傅再希老先生怎能憑空說出他文革前曾在這裡親眼看到過。因此我想了一下，認為此事應找那些讀過些古書，且對村上前朝後古的事能說出子丑寅卯來的人來瞭解。我向大隊會計提出物色這樣的人選。這時前來參加座談的人還沒有散，大家一致推薦正在大隊小學當民辦老師的湯清華。湯清華時年 51 歲，是全村年紀較大者中文化最高的一個。他正在上課，被叫到大隊部。在聽懂了我們此行的目的後，他若有所思地說：「啊！是有這麼回事。我曾聽我父親說過，說是若士公（湯顯祖號）留下來的書，是我們湯家的財富，原堆放在湯祐生和湯利生家的樓上，要不搞掉，起碼也要兩三板車才能拉完，經過文化大革命，看來這東西現在是不可能存在了。」他還提到傅再希之所以知道此事，那是因為傅老曾與該村湯雪亞（已故）是土地革命時的戰友，解放前後傅都到過這裡。此時的我，雖然對木刻版片的存在已不抱希望，但既然來了，管他有沒有也要到堆版片樓上看一下。我和湯清華等幾個熱心社員爬上了湯祐生家廂房的樓上一看，一塊版片也沒有找到，只有盛放木刻版的架子還在。這時我的心情是，雖然版片不復存在，但總算落實了這地方曾確實藏有《湯顯祖全集》的康熙木刻版，也算是沒有收穫的收穫。

湯祐生家藏有版片的正房

湯祐生家的正房和盛放版片木架的廂房

我們正收拾東西準備乘車返回撫州，大隊會計見狀，忙說快到中午了，已派好了飯，要我們吃過中飯後再走。我與徐潤科坐在大隊部一張像乒乓球桌式的會議桌前，等候派了飯的社員來叫我們吃飯。這時參加座談的還有一些社員沒有散去，和我們在會議桌前閒聊。正在此時，一位 80 多歲滿頭白髮的老太太，步著金蓮來到大隊部，也坐在大隊會議桌的一角。只見她愁眉不展，且喃喃自語，說什麼「我兒子是個好人吶，他沒有做過什麼壞事吶……」之類的話，好像要向我們訴說事兒。我向坐在我旁邊的一位社員詢問說：「這位老太婆說些什麼？」有瞭解她情況的一位社員告訴我說：「你知道她是誰嗎？她就是你們市房產公司造反派頭頭湯××的母親。最近他兒子被抓起來了，聽到你們是撫州來的，以為是來調查他兒子的問題，便趕到大隊部來了。」這樣我便走上前向老太太解釋說：「老人家，我們不是來調查你兒子的問題，我們是來尋找木刻版片。就是你們祖上的若士公寫過許多文章用木板刻字印成書的那種版片。」我一邊說一邊指著東西進行比劃講給她聽。這老太太名叫傅樣今，丈夫湯祐生（早已亡故）都是湯秀琦的後代。當她聽懂我的意思後大悟道：「啊！那個東西過去放在我老大（指湯祐生的哥哥湯利生）樓上，常見他拿來劈開當柴火燒。我覺得怪可惜，順手撿了幾塊放在我家樓上。」她這麼一說，立即轟動了整個村子。我和大隊幹部及湯清華等幾個人登上湯祐生家住正房樓上，從各個角落（有的當著陶壇罐的蓋子）全都撿來，一數大小共 27 片。有的是原版一整塊，有的是破碎成兩塊或三塊。其中有一塊是木刻版《玉茗堂全集》的終頁。我和幾個幫我同找的社員將尋找到的這些版片在湯利生家樓上放著盛版片的架子旁與拍了照片。過了有兩年，我被借用為玉茗堂影劇設「湯顯祖陳列室」寫陳列大綱，突想到當初尋找版片很忙亂，一些角落還沒有細找，1981 年 4 月 28 日我邀起地區文博所的鄧作新同志一同去榆坊再尋找，終於又尋得五片而歸。有一片是《玉茗堂全集》的首頁。這樣在榆坊尋到的雖是 32 片殘版，卻有該刻版《玉茗堂全集》的首頁和終頁。首頁是尺牘卷，刻的是《奉張龍峰先生》和《答舒司寇》兩封信，終頁刻的是《豫章攬秀樓賦》的最後部分。其他版片刻有《還魂記》《紫釵記》和《南柯記》的部分曲目，還有詩、文、賦、尺牘的部分文字。

1979 年 4 月 22 日，作者（左二）在臨川縣溫泉榆坊大隊尋找到湯顯祖家傳《玉茗堂全集》木刻殘版現場

發現與尋找到的部分殘版

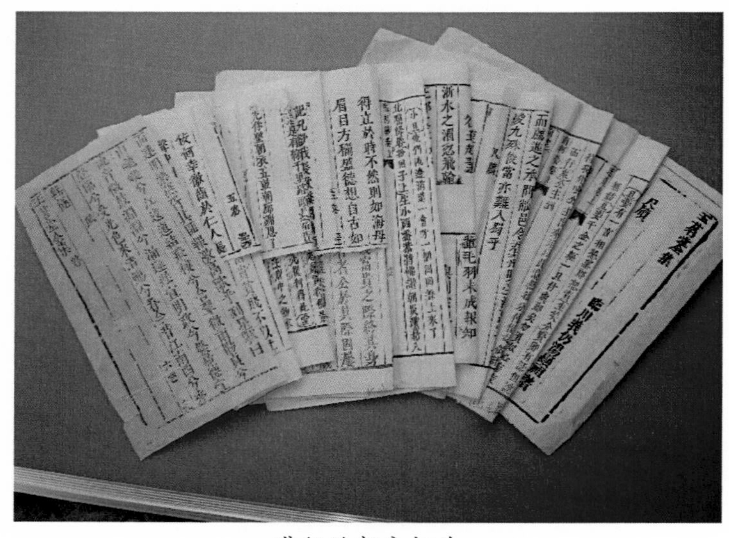

殘版的部分拓片

據我記憶，當時身上帶的錢不多，離開榆坊村時，我除了留下回來的車費僅得 9 元錢交給付作報酬。我帶著版片乘車回到撫州。下車後，我從老汽車站肩扛著 27 塊版片徒步走到地區行署，及時將尋找情況向地區文化局作了彙報。當時撫州還沒有成立文物主管單位，我將所尋版片悉數交付給地區文化站保管。

殘版尋到後，我於 1979 年 6 月 16 日去信與我有聯繫的復旦大學教授、中國戲曲研究家、文學史家趙景深先生，告知了我們發現尋找到湯顯祖著作木刻殘版的情況，要請他對版片年代進行鑒定。趙老於當年 7 月 1 日回信給我說：「我已將此事告訴上海市文化局蔣星煜先生，他對戲曲版本極有研究。」當收到我寄去的版片拓印件後，又於 7 月 12 日又給我回信說：「這次你們尋找湯氏後代所留下來的湯顯祖著作版片，真是傳奇式的。」「你們寄來的版片的塌本我已收到，恐你們垂念，特先復此言告知。我已將塌本折迭起來，看樣子還是初期印本，分量大約不多。因為你們恰好保存了一張末頁，《玉茗堂全集》（終）六卷，十九頁，賦。劇本如《還魂記》、《紫釵記》可能是另外單行本，時《邯鄲記》、《南柯記》還未出版。我這時就寫信給上海文化局文藝研究室，請蔣星煜先生審定年代。」為此，景深先生在《文學遺產》1980 年第 3 期發了一則題為《新發現的湯顯祖家傳全集殘版》的消息。趙老在簡述版片發現經過後，就版片作了考證說：「經考證，這些殘板是康熙三十三年湯顯祖後代湯秀琦這一支翻刻的。這一刻本傅惜華《明代傳奇全目》未收。校勘比較精細，很少錯字。其中兩種傳奇都是每半頁十行，每行二十一字。」這一簡短的消息在學術界尤其是湯學研究界引起了關注，至今該版片是湯顯祖所遺留下來的有價值的文物，視作湯顯祖紀念館鎮館之寶。我接到趙老對版片年代的考證後，參照湯顯祖詩文和《文昌湯氏宗譜》中所記載的相關資料，於當年 10 月寫下了《湯顯祖家傳全集殘版發現經過》一文，收進《湯顯祖雜考》中，作學術論文提交「紀念湯顯祖逝世 366 週年學術討論會」，後又收進了我的湯顯祖研究論文集：《湯顯祖研究與輯佚》中。

杭州大學（今為浙江大學）教授、湯顯祖研究專家徐朔方先生獲知此信息，曾授命早年授業其門下，後深造於中國藝術研究院研究生部戲曲史論專業，畢業後留中國藝術研究院戲曲研究所工作的周育德（後榮升中國戲曲學院院長）先生於 1981 年 6 月專訪撫州，主要任務就是察看我們在榆坊尋找到的湯顯祖著作殘版。經請示領導，我取出較為完整的八片給他看。周先生將白紙蒙在版片上用鉛筆劃下了拓片帶了回去，然後轉寄給了徐朔方先生。徐先生根據這八頁拓片於 1981 年 8 月 20 日寫了一篇題為《關於湯氏家藏〈玉茗堂集〉板片》的短文。對版片的來源，徐先生看法與趙先生一致，都認為是「湯顯祖逝世後五年，友人韓敬編印了《湯顯祖全集》」，「清康熙三十三年（1694）湯顯祖外孫輩阮峴、阮嵩兄弟『取韓太史（敬）所次先生集，編摩考訂，捐貲重梓』」。「版片款式、每頁行數、每行字數完全和明刻本相同。」他還十分讚賞趙景深先生的報導把板片稱作「家傳」全集殘版的「家傳」二字用得「很有見地」。他認為，該版片「從康熙流傳到現在，雖然其中有後來的補刻，作為巋然獨存的湯集版片仍然值得珍視。」在徐先生看來，家傳刻版是湯顯祖的阮氏外甥「悉照韓刻舊本」翻刻，而韓本「實際上遠非全集。它既不收錄《紅泉逸草》、《雍藻》和《問棘郵草》，又不收戲曲創作」，故認為「版片附有戲曲，顯然是拼湊而成」。對刻有傳奇劇作的版片，他感到「玉茗堂傳奇傳世版本較多，而所得板片的拓本較少，還查不出它們所屬的版本系統」。〔註 2〕

從阮峴、阮嵩作的《玉茗堂全集序》中，我們可知當年他倆之所以用韓敬本翻刻的原因是「其集有韓（敬）、沈（際飛）二選本。然沈本漫滅不可校讎，余因取韓本詳為訂定，捐貲重鋟。」〔註 3〕陳石麟在清康癸酉（1693 年）為《玉茗堂全集》作的序言中談到阮氏兄弟翻刻目的與做法是「欲倡明古學，取韓太史（敬）所次先生集，編摩考訂，捐貲重梓」〔註 4〕可見阮氏兄弟的「重梓」是經過了「編摩考訂」的工作。這「編摩考訂」的工作最重要的成果便是收錄了韓本所未收的「四夢」傳奇劇作。我們從榆坊尋找到的 32 片殘版中，「四夢」中就有《還魂》、《紫釵》《南柯》「三夢」，僅缺《邯鄲夢》。可以肯定《邯鄲夢》也是翻刻了的，只是傅老太藏起的版片太少，翻刻的《邯鄲夢》版片沒有保存下來。阮氏兄弟將「四夢」傳奇收錄進《玉茗堂全集》，是深識湯公傳奇戲曲非凡價值，要讓後人看到他「才橫絕古今」的全貌。此意，陳石麟在序文中也有明言：「惟『四夢』記，真堪壓倒王（實甫）董（解元），轢轢關（漢卿）馬（致遠）。蘊義淵弘，尤空前後所未有。……而俾學人因其遺書，以想見其全，學亦未始不基於此矣。」這樣看來，「四夢」的收入，正體現了阮氏「重梓」《玉茗堂全集》版的特色，標誌《玉茗堂全集》新貌的誕生，非韓敬舊本的再現。這時《雍藻》和《問棘郵草》兩個詩文集「散佚無存」，用韓敬本所收的詩文，合「四夢」傳奇展現湯氏著作的全貌，在內容上已是有

〔註 2〕《關於湯氏家藏〈玉茗堂集〉板片》，徐朔方《論湯顯祖及其他》第 70～72 頁，上海古籍出版社 1983 年版。

〔註 3〕《玉茗堂全集序》之四，《湯顯祖集》（詩文集），徐朔方箋校，中華書局，1962 年出版。

〔註 4〕《玉茗堂全集序》之二，《湯顯祖集》（詩文集），徐朔方箋校，中華書局，1962 年出版。

機相聯的整體，焉能說成「拼湊而成」？榆坊《玉茗堂全集》若能全部保存下來，它當自成版本系統，那就是獨一無二的《玉茗堂全集》家傳版。

《文昌湯氏宗譜》載有萬昶所撰《如章公傳》云：「又以《玉茗堂集》板之久而漸蝕也，且落他人手，捐貲贖之。較讎縫闕，藏於家。」〔註 5〕知這一刻版梓成後，曾有過一段失而復得的歷史。如章公即湯梗，字可行，太學生，乾隆己丑年（1769）生，嘉慶十五年（1810）卒，係湯寅祖支下的湯顯祖第七代侄孫。他不僅捐貲贖回了版片，還做了「較讎縫闕」的工作。家譜這一記載是可信的，因為從我們所尋到 32 片殘版中，有的板已腐蝕嚴重，如刻有《紫釵記》曲目的版片；有的卻很新，如刻有《南柯記》、《還魂記》曲目的版片。這些很新的刻版當為湯梗所「縫闕」。阮氏兄弟所刻的《玉茗堂全集》之所以能保存到解放後，實有湯梗的不小功勞。徐朔方先生稱湯梗是「新發現的版片收藏者的先人」，這話我贊成。

（載上海戲劇學院戲劇學研究中心編《戲劇學》第 4 輯）

〔註 5〕《如章公傳》，萬昶撰，《文昌湯氏宗譜》，清光緒三十二修，撫州雲山鄉高橋圳上湯家村藏。

文昌里湯家是耕讀世家

對湯顯祖的家庭，「湯學」界老前輩黃芝岡說：「湯顯祖的家庭是一個衣食豐足的讀書人家。」〔註 1〕而我在《湯顯祖大傳》中介紹湯顯祖的家庭時說：湯顯祖的六世祖「湯伯清是個隱士，以耕讀傳家」，「湯家是臨川的殷實的耕讀世家」〔註 2〕。對「耕讀世家」說法，楊秋榮先生提出了不同意見。他在《多了本湯顯祖的傳記，理當喝彩》〔註 3〕評論文章中這樣說：

> 這就不對了。古人云：「五代承澤，方成世家。」例如孔子世家等。隨便搜一搜網絡解釋：「世家最早出自《孟子・滕文公》，指門第高貴、世代為官的人家。世家即是世世代代相沿的大姓氏大家族。這些世代相沿的大姓氏大家族即是世家。」這種高門大戶，怎麼可能代代耕地？只聞「耕讀之家」、「耕讀傳家久」的說法，從沒聽說過「耕讀世家」一說。諸葛亮在《出師表》裏明言：「臣本布衣，躬耕於南陽。」這謂之「耕讀世家」可也。也就是說，耕讀之家指的是靠自己勞作的布衣，他們一邊守著小塊地糊口，一邊埋首墳典以求發跡。湯家在臨川屬於「名門望族」且「藏書四萬卷」（第 9 頁），這種人家的孩子自然打小就不耕不耘，不稼不穡，一心攻讀應舉的。縱觀湯顯祖的一生，他確實是這麼走過來的。偏偏《湯顯祖大傳》稱其載耕載讀，唉，不該呀！太不該嘍！」

楊秋榮，筆名悠哉。撫州樂安縣人。在北京教育學院任教。此君勇氣可

〔註 1〕黃芝岡《湯顯祖編年評傳》第 5 頁，中國戲劇出版社，1992 年 8 月。

〔註 2〕龔重謨《湯顯祖大傳》第 12 頁，北京燕山出版社，2014 年 9 月。

〔註 3〕http://bloq.sina.com.cn/youzai8888。

嘉。2005年他創作的小說《燕園夢》自費出版後，便自封「中國小說大師」，「躋身世界文學大師行列」，在天涯社區網「擺設為期50年的『威震華夏、獨霸文壇』擂臺」，與小說作家們論高低。「中國小說大師」的話我不可等閒視之，問題涉及對湯顯祖的家族身世的認識，作為湯顯祖傳記作者的我，有進一步說清楚的必要。

關於「世家」，楊先生舉出了「最早出自《孟子・滕文公》，指門第高貴、世代為官的人家。」然從湯顯祖父親湯尚賢到天祖湯伯清前五代人，學歷最高只是秀才，沒有人中舉，更沒有人做過官，還說不上是「高門大戶」；若說「世家即是世世代代相沿的大姓氏大家族」，文昌里湯家在臨川城或可算得上。但這個大家族已不怎麼「富裕」。隆慶六年（1572）由鄰里燃起的大火，燒毀了文昌里故居，竟使他家「家徒四壁」，「直將天作屋」，過著「十載居無常」的日子。香楠峰下的沙井新居從三月動工到七月廿日移居玉茗堂，僅4個來月，憑當時的建築生產力，能建多大規模？有些工程是三兒湯開遠後來的續建。錢謙益在《列朝詩集小傳》記載了他的老師許重熙1615年曾到臨川拜謁湯顯祖看到其居所說：「所居玉茗堂，文史狼藉，賓朋雜坐。雞塒豕圈，接跡庭戶。」這樣的居所決不是使麼「高門大戶」，只像是農家小院。湯顯祖六十歲時曾向友人透露，全年一家可收租穀不滿六百石，要養連同他兄弟們的家眷、傭人在內三四十口之多。故湯顯祖「棄官一年，便有速貧之歎。」〔註4〕湯顯祖家庭是臨川城的書香門弟、「鄉紳地主」，鮮為人知的是他家還有「耕」。

我說湯顯祖的家庭是「耕讀世家」，決不是想當然的標新立異，而是有史料為據。族居在撫州市臨川區雲山鄉高橋圳上湯家村的湯顯祖後裔湯延水保存有《文昌湯氏宗譜》，卷首載有湯顯祖侄孫湯秀琦作於康熙二十九年（1690）的《祖基復還記》一文。文中說：「予八世祖伯清公，感獵翠之報，以服道耦耕傳家。值明初苛戮官吏，自矐其目，以避科舉，葬宅後靈芝園。」「獵翠」本為翡翠鳥的一種，以獵食動物生存而得名。這裡我理解為捕獵翠鳥；「以服道」謂潛心修道，也就是「讀」；「耦耕」泛指農事或務農，當然就是「耕」。「以服道耦耕傳家」明白告訴我們他的家族從湯伯清開始就以耕讀傳家。湯秀琦這段話大意說：我的八世祖（天祖）湯伯清，有感於捕獵翠鳥遭到報應的事，深信善惡終有報的天理，於是潛心修道讀書，修養心性，耕田種地以傳家。那時正是明代初期，朱元璋皇位坐穩後，殺戮功臣，屢興文字獄。湯伯

〔註4〕《答山陰王遂東》，《湯顯祖詩文集》卷46。

清為了怕做官，竟然將將自己一隻眼睛搞瞎了，以迴避科舉。逝後葬在家宅後的靈芝園。

對此事，湯顯祖為晚明四大高僧之一雲棲袾宏（俗姓沈，號「蓮池大師」）寫的《袾宏先生戒殺文序》中說得更加詳細：「征於余郡南青雲鄉，有獵翠少年，乃為一美人死。後美人死時，有大翠鳥如燕出戶飛。余先祖伯清聞之，歎曰：『心精則化，寧循其端。翠精於怨，猶能報人，況靈於翠者乎。』遂素食草履，常步耦耕，斷內人珠翠飾。恐犯為人所化牛馬蛤翠也。」〔註5〕這段話大意說：在（臨川）縣城南門的青雲鄉，有位專門捕獵翠鳥的少年，竟因為一位美麗的女人而死掉了。後來那位美女死時，變化為像燕那麼大的翠鳥從門戶中飛出。先祖伯清公聽說了這件事，歎息著說：「鳥是有靈性的，修練至精至微便會發生變化。要遵循事情的發端，翠鳥遭捕殺便生了仇怨，都能報怨於人，何況還有比翠鳥靈性更高的其他生物！」於是伯清公從此戒葷吃素，不穿用動物皮革製作的鞋而穿草鞋。常年耕作於田野。而且不准家中婦女佩戴珍珠和用翠鳥羽毛製作的飾物。他擔心殘害了生靈，死後遭到報應，變為牛馬蚌蛤和翠鳥。

這裡說的臨川文昌里湯家自湯伯清始從事耕的原因，似乎帶有荒誕迷信色彩。然湯顯祖家庭尊道拜佛，相信因果報應是他們的信仰。湯秀琦是湯顯祖的侄孫。湯秀琦稱湯伯清為八世祖，湯顯祖則稱湯伯清為六世祖。若說「五代承澤，方成世家」，從湯伯清到湯顯祖已是第六代，到湯秀琦這一代是第八代，不稱「耕讀世家」應稱什麼？

當我們遠足鄉村，在祠堂老宅還能看到殘存的「耕讀世家」（如附圖）的牌匾，而「中國的小說大師」的楊秋榮居然「從沒聽說過『耕讀世家』一說」，真是「不該呀！太不該嘍！」

〔註5〕《袾宏先生戒殺文序》，《湯顯祖詩文集》卷30。

「耕讀」是中國農耕社合最普遍的生計模式。「耕讀傳家」是通過耕作奠定發展的家業，進而督課子孫，勤奮苦讀，明白做人道理，從而世代相傳。這是中國傳統農業社會中，是小康農家所努力追求的一種理想生活圖景。清代乾隆大學士紀曉嵐名聯：「一等人忠臣孝子；兩件事耕田讀書」，蘇州個園名聯：「傳家無他法非耕即讀；裕後有良圖唯儉與勤」，道的都是古人對「耕讀」的價值判斷和人生理想。

臨川文昌里湯家正是這樣家庭：六世祖（天祖）湯伯清是個隱士，有文才，年紀很小就是縣學的生員，每次考試都名列前茅，在學界有名望。他好善樂施，能做些修橋建庵，買田供佛齋僧一類的善事，遇到災荒之年，還能捐貲賑饑。因「明初苛戮官吏」，當時睿智儒生多避而不赴科舉，湯伯清為避舉而「自矐其目」。他以耕讀「義方垂訓」，形成家風。湯顯祖五世祖（高祖）子高公，名峻明，四世祖（曾祖）湯廷用都為儒學，繼承耕讀不求功名的家風。他自己也好善樂施，成化二年（1466）臨川遇旱災大歉收，將藏於良崗莊的萬石糧食，捐獻賑饑。曾祖廷用勤學好文，也不赴科舉。祖父湯懋昭，字日新，聰慧好學，博覽群書，幼年時就補了弟子員，精黃老學說，善詩文，有「詞壇名將」之稱。明嘉靖年間，湯懋昭以《書經》考取貢生，江西按察副使許逵愛其才學，禮聘其為幕戎。湯懋昭從許逵遊歷豫章、濠州，經許逵舉薦出任安徽清遠縣丞。湯懋昭曾四次為幕賓，晚年設帳講學、桃李四方。四十歲以後，他就離開熱鬧的城東故居，到城東北 15 里的西塘莊過著以耕讀為樂的隱居生活。湯顯祖有《西塘莊池上懷大父作》云：「琴書久寥寂，桑麻歲茲長。風霜喬木陰，雨露丘園愴。」〔註 6〕「琴書」即彈琴讀書；「桑麻」泛指

〔註 6〕《西塘莊池上懷大父作》，《湯顯祖詩文集》卷 20。

農作物或農事。這正是其祖父在酉塘過「耕讀」生活的寫照。其祖父隱居處書的楹聯：「金馬玉堂富貴輸他千百倍，滕床竹幾清涼讓我兩三分」。可見，耕讀生活是湯家的人生追求和精神的歸宿，描述的是湯顯祖家族的詩化人生。

湯顯祖父親號承塘，表示要繼承酉塘志，但對「讀」的追求發生了變化。上幾代的「讀」僅為懂得做人道理，湯尚賢則鼓勵後代參加科舉，獲取功名。湯顯祖中秀才後，按其父期望積極投入鄉試和會試，但「耕讀傳家」家風未變，有《粒粒歌》一首，是湯顯祖在去世前一年寫給三兒湯開遠的。詩云：

米粒粒，我所入，不愛惜之真可泣。
書篇篇，我所箋，不愛惜之真可憐。
何足可憐何足泣，窖粟藏書爭緩急。
清遠樓頭笑一場，後輩誰開玉茗堂？
無人解種豐年玉，不作書囊作飯囊。〔註 7〕

「米粒」是「耕」的收穫，是立命之本；「書篇」是造就靈魂的工具，明白做人道理。他要後人若不願讀書，便不能以文章名世，那只有不開玉茗堂，但應作社會有用的人才，不作社會的酒囊飯袋。詩督教後人要愛惜糧食和書籍，念念不忘「耕讀傳家久，詩書繼世長」。又在《望耆兒二首》詩中說：「遊閒不是兒家業，大好歸來學種田。」〔註 8〕敦督次兒大耆，不要「遊閒」，讀書不成，那就應回家來種田。從這可聯想：如果湯家沒有從事過「耕種」，沒有從耕種的條件，何談「歸來學種田」？徐朔方先生說得對，臨川文昌里湯顯祖家族「是不脫離生產、所謂耕讀傳家的一戶鄉紳地主。」〔註 9〕

「耕讀」傳家的思想對湯顯祖的做人與做官產生著深刻的影響。他不僅將「耕讀」作家風傳承，為官後還作為治理地方的施政目標。他到遂昌任縣令後的第二天，就到縣城青雲坊和一個姓蘇的秀才聊「耕讀」事。接著建相圃書院和尊經閣，為的是：「不為峨眉風骨遠，書聲那得醉余聽。」〔註 10〕後又下鄉勸農耕：「家家官里給春鞭，要爾鞭年學種田。」〔註 11〕。湯顯祖把遂昌治理成既「耕」又「讀」，「長橋夜月歌攜酒，僻塢春風唱採茶」〔註 12〕，「風謠近

〔註 7〕《粒粒歌》，《湯顯祖詩文集》卷 17。
〔註 8〕《望耆兒二首》，《湯顯祖詩文集》卷 14。
〔註 9〕《湯顯祖評傳》第 4 頁，南京大學出版社，1993 年 7 月。
〔註 10〕《初至平昌與蘇生談耕讀事》，《湯顯祖詩文集》卷 12。
〔註 11〕《班春二首》，湯顯祖詩文集》卷 13。
〔註 12〕《即事寄孫世行呂玉繩二首》，《湯顯祖詩文集》卷 12。

勝，琴歌餘暇，戲叟遊童，時來笑語」〔註 13〕的繁榮昌盛，「耕讀傳家」的縣。

楊秋榮先生說：「打小就不耕不耘，不稼不穡，一心攻讀應舉的。縱觀湯顯祖的一生，他確實是這麼走過來的。」且看湯顯祖 30 歲前寫給大弟儒祖的詩中說：「汝兄才地本無餘，長日東皋自秉鉏。」〔註 14〕「東皋」指田園：「鉏」是鋤頭。此話很打臉，湯顯祖對自己的兄弟說我本沒有超人的才華，經常在田園躬耕農活，焉能說湯顯祖「打小就不耕不耘，不稼不穡，一心攻讀應舉的」？事實上「耕讀世家」出身的湯顯祖，不僅從小躬耕農活，且沒有闊少的優越感。在他還是 10 來歲時，和金溪的謝廷諒在家塾同窗共讀時就想做隱士，對八股文不感興趣，開始涉獵古文詞賦。謝在為湯顯祖的《問棘郵草》詩集作序時，寫到青少年時代的湯顯祖是這樣一個人：他對鄉人（鄉紳地主）、州大夫（地方官吏）不願多打交道；不愛交往「貴達」，卻愛和「無聊之士」（不得志的讀書人）交朋友，習慣過普通老百姓的樸素生活；對因窮困而盜竊的「盜賊」寄予同情；看不起私人財產，時常沒錢用。有錢時，常分錢給他人。他棄官歸家多年後，遂昌還偶有人到臨川看望他時，只見他如東晉陶淵明一樣，日落後扛著鋤頭回到家裏：**「今朝得見柴桑叟，落日寒園自荷鋤。」**〔註 15〕2016 年 11 月，撫州市文昌里新發掘出來的湯顯祖家族墓群，有湯顯祖的高祖子高公墓誌銘。銘文載：湯子高（1433～1515）諱峻明，字汝升，「負郭有田百餘畝，則躬督僮僕以耕之，蓋為為祀餉之具。此所以有耕讀之號云。」（《明故義士湯子高墓誌銘》）即明白告訴我們，湯顯祖高祖在世，家有良田百廟，親自和僮僕們一起耕作，並用「耕讀」作自己的號。這是湯顯祖家族為「耕讀世家」最明確最有力證據，而說湯顯祖「打小就不耕不耘，不稼不穡，一心攻讀應舉的」，實在是無稽之談。

以上所述我們還看到，「耕讀」家風到湯顯祖這一代沒有改變，並得到傳承和發揚。湯顯祖從青少年時期為應舉苦「讀」中沒有脫離「耕」，任地方官以抓「耕讀」施政，晚年棄官歸家更是如陶淵明，日出而作，日落而息。「耕讀」家風深刻影響著湯顯祖思想與他的人生。

（原載上海戲劇學院戲劇研究中心《戲劇學》第 3 輯。本文有小修改）

〔註 13〕《答余內齋》，《湯顯祖詩文集》卷 45。

〔註 14〕《正覺寺示弟儒祖》，《湯顯祖詩文集》卷 4。

〔註 15〕《平昌齋發弟子數人從師吳越，里居稍有來問者二首》，《湯顯祖詩文集》卷 18。

玉茗堂考

玉茗堂是世界文化名人、我國明代傑出的戲曲作家、文學家湯顯祖於萬曆二十六年（1598）從遂昌棄官歸家以後，新建用來寫作、會客、家宴和演戲的居所。這是在我國戲劇史上富有紀念價值的一座文化遺址。湯顯祖生前曾以此堂名梓行他的詩文集《玉茗堂文集》。逝後，後學們在輯刊湯氏詩文和傳奇劇作時，都紛紛冠上這個堂名，如《玉茗堂集》（韓敬輯）、《玉茗堂集選》（沈際飛選）、《玉茗堂四夢》（臧懋循刻）、《玉茗堂四種傳奇》（清乾隆二十六年刻）等。湯顯祖也因此而被後人稱為「玉茗先生」。入清後的文壇，更有文人學士以玉茗堂作湯的象徵加以贊詠。如清初臨川進士、八股文大家李來泰作有「北地琅琊方狎主，頓開大雅獨斯堂」〔註1〕、康熙七年任撫州府學教授的南昌人丁宏誨作有「起衰八代有文章，海內爭推玉茗堂」〔註2〕，這些詩作都盛讚了湯顯祖戲曲與文學成就在明清文壇上的影響與地位。

玉茗堂雖然從明代一直聞名到今天，可令人遺憾的是，這座當年「鍾鼓何皇皇，賓從殊螯螯」〔註3〕的不平凡居所，早在清順治二年（1645）遭兵火之災，已名存實亡了。對於該堂的堂名由來，堂的建築時間、規模和興廢，不啻是中外「湯學」研究者們想瞭解的一件事情，也是作為湯顯祖故里的鄉民

〔註 1〕李來泰詩《玉茗堂》，《臨川縣志・藝文》，清同治九年（1870）修，原藏臨川縣圖書館。

〔註 2〕丁宏誨詩《玉茗堂》，《臨川縣志＋藝文》，清同治九年（1870）修，原臨川縣圖書館藏。丁宏誨，字景呂，號循庵，南昌人.康熙七年在臨川任撫州府學教授，十九年轉官河北獲鹿知縣至康熙二十三年，晚年歸南昌，貧甚，博學能文，尤工詩歌，著有《刪後集》、《景呂詩集》傳世。

〔註 3〕《生日詩戲劉君東》，《湯顯祖詩文集》卷 17，上海古籍出版社，1982 年版。

對家鄉這位世界級文化名人的故居情況也有所知情。鑒於此，筆者不揣譾陋，在搜集地方文獻基礎上，結合湯氏詩文試作考論。

一、玉茗堂的命名

玉茗堂以玉茗花而命名。玉茗花即白山茶，又名玉仙花。同治九年（1870）續修《臨川縣志》卷十七載：「在府署見山堂西宋雍熙（984～987）間，郡東院產白山茶一株，康定（1040～1041）間州守崔仁冀賦之名曰玉茗。」崔仁冀的《玉茗花賦》序云：「郡之東院有山茶一本，眾雲白華。睹前太守周申甫曾有詠聲，其奇未之甚信。及夫開也，宛若瓊華，方知周公詠言不虛，思而繼之仍目之為玉茗花。暇中述賦一篇，以示好事。」〔註 4〕從而此花被稱為玉茗花。

臨川城玉茗花又是從何而來呢？《臨川縣志》載有宋黃庭堅（1045～1105）《白山茶賦》云：「此木產於臨川之崔嵬，是為麻源第三谷。」〔註 5〕「麻源」之名在撫州地區有二：一是臨川溫泉鄉馬家莊；另是南城縣麻姑山鄉（今麻源水庫附近）。黃庭堅賦中所指玉茗花應該是臨川溫泉麻源第三谷的名花特產。宋代文學家曾鞏曾作有《臨川太守寄惠玉茗》詩，詩後題云：「初惟此花與揚川后土廟瓊花天下一株。近年瓊花可接，遂散漫，而此花為獨出也。」〔註 6〕到南宋淳熙（1174～1189）年間，州守趙燏自東園移根到府署西見山堂，並建玉茗亭。南宋景定（1260～1265）郡守家坤翁作《玉茗亭記》中還提到寶應寺（遺址在今科協院內）還有此花，是從宋時東院分枝。到明代嘉靖十一年（1532）寺毀鐘移，花才枯萎。從地方文獻記載中，我們知道了臨川玉茗花在宋雍熙年間就有，來自臨川溫泉麻源第三谷，到明嘉靖十一年保應寺寺毀鐘移花枯死。也就是說，在湯顯祖出生前，玉茗花已在臨川絕跡。

由於玉茗花為無二本的天下奇花，它「純白得天真」〔註 7〕、「格韻高絕」

〔註 4〕陸游的《眉州郡燕大醉中間道馳出城宿石佛院》詩中有「釵頭玉茗妙天下，瓊花一樹真虛名」句，並自注：「坐中見白山茶格韻高絕」。

〔註 5〕宋黃庭堅《白山茶賦．有序》，《臨川縣志．藝文》，清同治九年（1870）修，原藏臨川縣圖書館。

〔註 6〕《臨川縣志．藝文》，宋家坤翁《玉茗亭記》，清同治九年（1870）修，原臨川縣圖書館藏。

〔註 7〕《生日詩戲劉君東》，《湯顯祖詩文集》卷 17，上海古籍出版社，1982 年版。

〔註 8〕、「為大人行，不與桃李爭春風」、「眾醉獨醒」〔註 9〕、「有挺生於下土，獨宣素於春風」、「成潔介之性」〔註 10〕。湯顯祖以此花為堂名，是以花的品格自喻，表示要像玉茗花那樣孤貞介潔，格韻高絕。他的一生，不隨時俗，不諛權貴，錚錚鐵骨，猶如玉茗之魂；二是「興寄高遠」，以楚人屈原為胸中的偶像。黃庭堅《白山茶賦》序云：「姨母文成君作白山茶賦，興寄高遠，蓋以自況，類楚人之桔頌，感之而後作白山茶賦。」〔註 11〕青年時的湯顯祖，躊躇滿志，立志要在政界大顯身手幹一翻事業後再退隱。出仕後，飽受仕途挫折，看清了官場的污穢，不願與明代統治者同流合污，未酬壯志便掛冠歸里，表現「類楚人桔頌」的高潔情操。

「玉茗」一詞，湯顯祖最早提到它是《紫釵記》題詞中「標題玉茗新詞」一句。該劇作於萬曆二十三年（1595），此時玉茗堂尚未建，有可能是指文昌里故宅的書齋。也就是說，這時他家書齋可能已用玉茗花來命名。其實臨川早在宋代就有人將寓所名為玉茗堂的。《臨川縣志》載宋人史繩祖詩，其序云：「郡侯家編修，約余飲玉茗堂。余舊見南豐石湖詩意，其為白山茶也。今觀其古樹奇花非山茶也。郡乘以為天下止此一株，他皆接本於此，如揚之瓊花，因成二絕呈編修。」其絕一云：

素豔絕如薝蔔朵，清芬渾是荔枝香；
奇葩與立新名字，華篇高標玉茗堂。〔註 12〕

史繩祖是四川眉山人，時任江西提舉（主管專門事務的官），他所提的玉茗堂是當時「郡侯」家的玉茗堂。「郡侯」在此是指一郡之主的知府。玉茗花既是高潔的天下惟此一本的奇花，在宋代且有那麼多文人雅士題詩讚詠，此時的撫州知府已用來作寓所名，不違情理。然而這一玉茗堂之所以沒有聞名，是因堂主官位雖不在湯顯祖之下，但沒有湯顯祖那樣的才名，所以也就不能

〔註 8〕陸游的《眉州郡燕大醉中間道馳出城宿石佛院》詩中有「釵頭玉茗妙天下，瓊花一樹真虛名」句，並自注：「坐中見白山茶格韻高絕」。

〔註 9〕宋黃庭堅《白山茶賦・有序》，《臨川縣志・藝文》，清同治九年（1870）修，原藏臨川縣圖書館。

〔註 10〕《臨川縣志・藝文》，宋家坤翁《玉茗亭記》，清同治九年（1870）修，原臨川縣圖書館藏。

〔註 11〕宋黃庭堅《白山茶賦・有序》，《臨川縣志・藝文》，清同治九年（1870）修，原藏臨川縣圖書館。

〔註 12〕《臨川縣志・藝文》，宋史繩祖《玉茗花二絕・有序》，清同治九年（1870）修，原臨川縣圖書館藏。

像湯家玉茗堂那樣堂以湯相依，湯以堂得名而共同聞名於後世罷了。

二、玉茗堂的建築時間

湯顯祖故宅本在城東文昌里，為今撫州市解放橋東湯家山（又稱靈芝山）山下的江邊。那時他家在城內唐公廟左（今市區若土路紅衛旅社對面）就建有湯氏家塾。湯顯祖幼年就在這家塾裏啟蒙讀書。隆慶六年（1572）除夕，文昌里故宅遭火災，造成住房緊張，過著「十載居無常」日子，不得不考慮另建不與鄰相連，獨門獨戶園林式的居所。湯有詩「瘴嶺夜珠回合浦，臨川小築寄香楠」〔註 13〕，該詩作於萬曆二十年（1592），說明在此以前，湯家已在香楠峰下（今實驗小學附近），其家塾旁就建築了小室，以解決住房不足的困難。到萬曆二十六年（1598）春三月，湯顯祖從遂昌棄官歸家以後，「廢里千金買宅虛」〔註 14〕，在「小築」附近，買了金溪友人高應芳的廢宅，連成一片，擴建成新的居所，實現建園林式寓所的藍圖。因這一新居附近有一水井，名叫沙井（今尚存），故又稱「沙井新居」。它包括玉茗堂與金柅閣兩部分，湯顯祖當年修建的主要是以玉茗堂為中心的一些建築。包括「蘭省堂」、「寒光堂」、「清遠樓」、「芙蓉館」、「四夢臺」等，佔地共 1000 多平方。從三月動工到「七月廿日移宅沙井」，僅四個月的時間，憑當時的建築生產力，不可能在這麼短的時間內，將這些建築全部落成，很有可能是在原高應芳廢宅基礎上進行改造裝修。有的可能是在湯顯祖去世後，三兒開遠、四兒開先的續建。「寒光堂」楹聯由湯顯祖自作，「芙蓉館」在他生前就接待過新城鄧遠遊的來訪，「四夢臺」是「自掐檀痕教小伶」進行戲曲活動必不可少的場所。可以肯定，以上這幾座建築與玉茗堂均在湯氏生前已初具規模。「四夢臺」是以四夢傳奇劇本而起名。要建「四夢臺」，必先有「四夢」本，而「四夢」中最後一夢《邯鄲記》完成於萬曆二十九年（1601），以此論推，「四夢臺」最早落成不可能早於這一年。很可能玉茗堂落成就有了「自掐檀板教小伶」小舞臺，只是到「四夢」劇作全部完成後再冠以「四夢臺」之名。

從以上可以看出，湯顯祖沙井新居從萬曆二十年以前就開始築建，到萬曆二十九年規模初具，斷斷續續，歷時十年。這是因為，湯自棄官歸家以後，

〔註 13〕《嶺外初歸，讀王恒叔點蒼山寄示五嶽遊，欣然成韻》，《湯顯祖詩文集》卷 12。

〔註 14〕《新買公南高同卿比舍，卿病廢臥久，追念昔時歌酒泫焉》，《湯顯祖詩文集》卷 14。

經濟條件也日趨貧困，有時還受朋友的接濟，在築建沙井新居中，逐漸更買廢宅擴建，一直拖到萬曆二十九年才基本完成，這符合湯顯祖當時的經濟狀況實際。

三、玉茗堂的規模

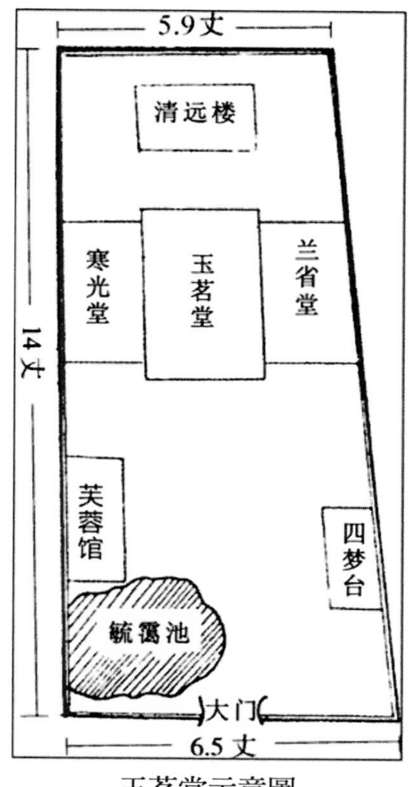

玉茗堂示意圖

玉茗堂的規模在當時是很可觀的。據光緒三十二年（1906）重修《文昌湯氏宗譜》載玉茗堂地基云：「北後東址堯牆，至西址湯鄧共牆五丈九尺；南到前東址堯牆，至西址湯鄧共牆六丈五尺；北至南公路十四丈，連門首塘一口；塘西金梶閣地基，靠陣牆北，直至鄭橫牆五丈五尺；東址公路，至西址陳牆十一；中橫東址公路，靠鄭橫牆牽至陳牆十一丈；南上東路井下，至西李牆五丈五尺；東邊公路北，至南井下二十丈零五尺，西邊靠李鄭兩姓牆角，北至南十四丈五尺。」（見附圖）佔地約 3000 多平方米。據《臨川縣志》縣治圖所標玉茗堂位置：其四周接鄰的有紫府觀（今地區印刷廠後門）；沙井巷（原地區輕化局後有一巷，因旁有沙井一口而得名）；攏子巷（今一商場後，已廢）；大臣巷（今五一菜市場旁）。也就是東從沙井西到現在新華書店，南從地區印刷廠前半部，北到五皇殿這一大片地方，佔地約 3000 多平方米。玉茗堂是家居生活部分，佔地 1000 多平方米；《宗譜》所載金棍閣地基實是金棍園的地基，佔地約 2000 來平方米。金棍閣只是金棍園上一座建築，用於遊園時歇息，不是居所。由於玉茗堂是沙井新居的中心建築，且湯顯祖用來作他的文集名，隨著湯氏文章品節的揚名，玉茗堂實際代表了整個沙井新居。390 多年過去，至今的臨川人，只知這裡是湯顯祖的玉茗堂，而鮮知這裡為湯顯祖的沙井新居。

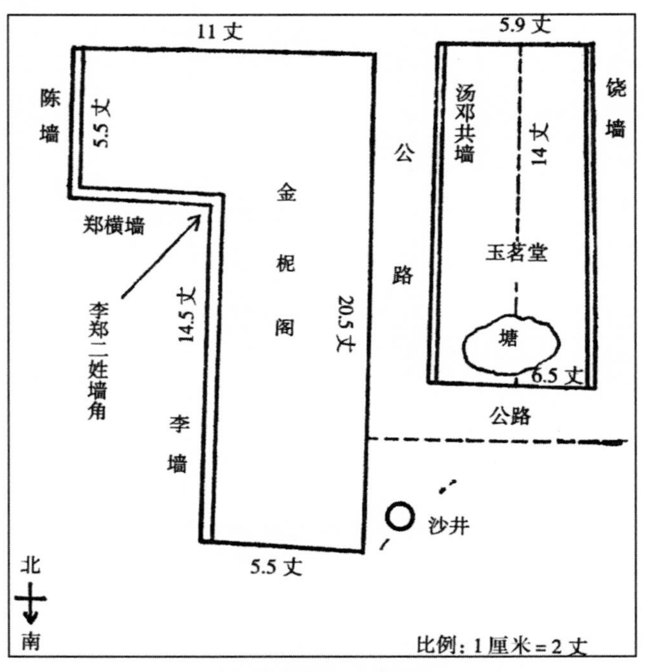

沙井新居示意圖

至於沙井新居整體規模，《文昌湯氏宗譜》載康熙五十二年（1713）湯顯祖後人寫《撫郡湯氏廨宇規模記》云：從唐公廟湯氏家塾算起，側有金棍閣，沙井巷後有玉茗堂，堂左是蘭省堂，右是寒光堂，堂後是清遠樓，堂前是芙蓉館，堂東是四夢臺。這些建築的堂內都書掛體現主人意志願望的楹聯，如湯氏家塾書的是：「光陰貴似金，莫作尋堂燕坐；天地平如水，相看咫尺龍門。」金棍閣書的是：「一鉤廉幕紅塵遠；半榻琴書白畫長」。玉茗堂書聯由崇禎進士湯顯祖門生陳大士（際泰）所寫：「古今三大業；天地一高人。」吉水狀元劉同升（湯的未過門女婿）也有書聯云：「門滿三千徒，四海斗山玉茗；家傳六七作，萬年堂構金湯。」蘭省堂楹聯由南州司徒李太虛李所書：「門牆日月高難並；袞鉞春秋贊莫能」；寒光堂楹聯為湯顯祖自書：「身心外別無道理，靜中最好尋思；天地間都是文章，妙處還須自得。」玉茗堂後有清遠樓，湯顯祖又署清遠道人大概由此樓而命名。芙蓉館（因為它位於堂西，又叫芙蓉西館），館前有石牌坊，上寫「毓靄澄華館」；四夢臺兩側書聯是：「千古為忠為孝，為廉為節，倘泥真，直等癡人說夢；一時或塊或悲，或合或離，若認假，猶如啞子觀場。」我同意有的研究者的看法，上述玉茗堂規模，不是湯顯祖在生前玉茗堂落成時的規模，有些是三兒開遠、四兒開先為官後出貲在原有基礎上的擴建。然而當初的玉茗堂也決不是如《列朝詩集小傳》說的「雞樹豕圈，接跡庭戶」的陋室。不僅能供一家起居，二期工程還有用來接待來客的住房芙蓉西館。萬曆四十年（1612），新城（今黎川）鄧遠遊（順天巡撫）來訪湯顯祖，在他家長住達半年。

玉茗堂包括金柅閣整體規模不小，而且風景優美。湯顯祖有詩云：「沙井闌頭初卜居，穿池散花引紅魚，春風入門好楊柳，夜月出水新芙蕖。」〔註 15〕可見玉茗堂前有個池塘（解放後尚存，今廢），名叫藹池，池壙裏還種了荷花，養了金絲紅鯉魚，藹池旁邊還栽了柳樹。可以說，其園林格局已初具。

四、玉茗堂的興廢

當年的玉茗堂是一座「樂坐賓筵」的熱鬧居所，到清順治乙酉年（1645），清兵攻克江西，「是秋，永寧王自閩率峒寇萬餘人據撫州。大兵（指清兵）圍之三月始克，民居焚毀。」〔註 16〕當時近城幾十里外都被擄掠，湯的玉茗堂和橋東祖居，均在這次被毀。到康熙丁未年（1667），學憲李公猶，將殘存玉茗堂門樓，寫上「名家故址」。此後，玉茗堂的地基被他姓所佔。直到了湯顯祖同父異母兄弟寅祖之孫湯秀琦（1625～1699），在康熙三十二年（1693）得知沙井巷的「玉茗堂」舊址被他人傾占，湯秀琦內聯撫州通判陸輅，外依工部尚書湯斌（當時已逝）餘威，終奪回了祖產。康熙二十三年（1684），陸輅來撫州任通判，他久仰湯顯祖文章品節，平時志趣也和湯頗為相近。抵任以後，與湯的侄孫湯秀琦結交論文，陸從秀琦處瞭解到很多湯顯祖的軼聞軼事。當陸輅問到玉茗堂故居在何處時，湯秀琦流著眼淚傷心地說：「栗里荒煙，豈

〔註 15〕《寄嘉興馬樂二丈兼懷陸五臺太宰》，《湯顯祖詩文集》卷 14。
〔註 16〕《臨川縣志·武事》，清同治九年（1870）修，原藏臨川縣圖書館。

可復問乎！」陸軫驅車前去玉茗堂遺址瞻仰，只見已是廢墟一片。陸軫想在原玉茗堂地基上建一祠，以恢復玉茗堂舊日規模。後因公事，沒有及時著手。到康熙三十二年（1693）夏，陸軫生病，宦情冷薄，思想上產有像湯顯祖那樣隱退的念頭，他感到如果不為湯氏恢復玉茗堂舊址，就談不上真的學習顯祖的品節，於是他就找到所屬六縣縣令進行捐貲。這些縣令出於對湯顯祖才名的景仰，大都很樂於資助。資金落實了，很快就在康熙三十三年（1694）在玉茗堂原址上建了一個家祠，稱作「玉茗堂祠」，並立了碑。該年秋，新堂落成時，陸軫作《鼎建湯若士先生玉茗堂祠記》，新堂上有書聯：「金梶再毓華，望秋水百川，畫圖不改王摩詰；玉茗留清遠，聽春風一曲，樓頭時見韋蘇州」。督學王公在上加一橫批：「文章品節。」更有意義的是，當落成那一天，陸軫大宴郡僚文人，並請來崑班藝人在玉茗堂演出《牡丹亭》，連續二日。清代大文學家王士禎聞事作詩道：

落花如夢草如茵，弔古臨川正暮春。
玉茗又聞風景地，丹青長憶綺羅人。
望城回棹三生石，迦葉聞箏累劫身。
酒罷江亭帆已遠，歌聲猶繞畫梁塵。

陸軫重修的當然僅僅是沙井新居中的中心建築玉茗堂，而不是整個沙井新居。新堂也不僅僅是舊堂的再現，很可能超過了舊堂規模。但這新堂又是何年被毀？略訪本地一些老人，都說毀於火，具體年月和因何遭火，目前尚無資料，故不敢妄加杜撰。到 1949 年撫州城解放，玉茗堂故址上只剩下一塊高大的「湯家玉茗堂碑」，坐落於今市廣播站鹵菜門市部附近。立碑的時間是同治十二年（1873），可見新堂早在 1873 年以前就毀了。如果原玉茗堂是在萬曆二十六年（1598）落成，那麼，立碑時間與原玉茗堂落成時間相距 275 年，距陸軫捐資所建新堂落成也是 180 年。立碑人自署「西蜀居士」，與湯顯祖不沾親帶故，只是由於湯顯祖的《牡丹亭》聞名天下，劇中杜麗娘為西蜀杜甫後裔，他有意與劇中人物杜麗娘認個同鄉。此故事說明湯顯祖文章品節對後世影響之深遠，《牡丹亭》一劇在晚清仍深受人們的歡迎，並產生精神力量。

五、玉茗堂的今天與明天

解放初，玉茗堂遺址一片瓦礫，雜草叢生。正如清代文人李傳熊和秦瀛所詠歎：「遺跡指點存居民」，「往事難尋玉茗堂」。1954 年，時任江西省文化局長的著名戲劇家石凌鶴，出於對湯顯祖文章品節的敬仰，挖掘民族文化遺產的苦心，專程到撫探訪湯顯祖墓塋與玉茗堂遺址。市政府對遺址圈定了地方，並修築了圍牆，準備修復。此後，國家領導董必武，國家文化界領導田漢、夏衍和中國藝術研究院戲劇史研究專家黃芝岡，著名畫家、音樂教育家豐子愷等先後都來到撫州憑弔湯墓，察看玉茗堂遺址。修復玉茗堂的工作很久成為撫州群眾的願望，但由於種種原因，撫州市政府遲遲不見具體操作。到大躍進年代，玉茗堂遺址上豎起兩層樓的建築，但不是玉茗堂重現，只是一幢與玉茗堂沒有任何聯繫的圖書館。十年浩劫，逝去 350 多年的湯顯祖也被揪出來批倒批臭，就連那塊「湯家玉茗堂」碑，也被視作「四舊」而破除，至今下落不明。到 70 年代後期，那幢圖書館樓房成了危房被拆除，玉茗堂遺址是空空而也，不存任何一點可作紀念的遺物。

三中全會，春風化雨，撥亂反正。民族文化得以弘揚，歷史文化名人受到景仰。1982 年 10 月 22 日，國家文化部、中國戲劇家協會、江西省文化廳、中國戲劇家協會江西分會在湯顯祖故里，共同主辦了紀念湯顯祖逝世 366 週年活動。來自全國各地的研究家、學者、文藝工作者和各界人事共 1500 多人出席了紀念大會。活動內容有掃祭湯顯祖陵墓、舉行湯顯祖學術討論會，舉辦湯顯祖的生平著作展覽，演出了經過整理改編的「臨川四夢」和新編的湯顯祖歷史故事劇等。為迎接這次紀念活動的召開，撫州地方政府撥款百萬在玉茗堂遺址上修建了「玉茗堂影劇院」。該影劇院由前廳、觀眾廳、放映廳、舞臺和湯顯祖紀念館等部分組成。建築面積 3600 平方米，觀眾廳座位 1500 個。影劇院樓高四層，前廳高占兩層，三樓正中大廳為電影放映廳，四樓為「湯顯祖紀念館」。湯顯祖生平事蹟與著作在此分「少善屬文」、「忤相落第」，「宦海沉浮」、「歸里寫戲」和「玉茗流芳」五個部分進行陳列展出。

時到改革開放後的 1992 年，中共撫州地委、行署為發揮「才子之鄉」的優勢，打造「湯顯祖文化」這一世界級文化品牌，帶動撫州經濟和文化的發展，投資 2000 餘萬元，在距城區兩公里的郤家山闢地 190 畝，修建湯顯祖文化中心暨湯顯祖紀念館。中心與紀念館由四夢村、娛樂園、別墅區組成，集文化、休閒、娛樂、教育為一體。既為當地市民提供了一個好的休閒環境，同時也成為外地遊客瞭解臨川文化的重要窗口。該工程由南京園林設計院設計師設計，建有牡丹亭、梅花庵觀、麗娘墓、勝業坊、瑤臺、黃粱飯館、聽泉茶社、鼇龜、照壁、人工湖、竹林、土地廟、清遠樓、碑林、錢廊等景點。它巧妙藝術地再現了湯翁巨著中的意境情韻，讓遊客信步，恍如步入「臨川四夢」天地之中。現在中共撫州市委、市政府為更好繼承與弘揚湯顯祖的戲曲遺產，打好湯顯祖這張一文化品牌，又在新城區選了新址，投資過億興建一座新的多功能的「湯顯祖藝術大劇院」。明日的臨川，正如田漢同志 1963 年重謁玉茗堂舊址，「聞將重建玉茗堂紀念湯若士」所欣喜賦詩：「煙波樓閣春如海，明日臨川更絕倫。」〔註 17〕

（載 2006 年 8 月 22 日《撫州日報》與《湯顯祖研究通訊》20007 年第 1 期）

〔註 17〕1963 年 1 月，田漢同志到贛南視察工作，在大余憑弔了《牡丹亭》舊址，後重訪臨川，聞將重建玉茗堂紀念湯若士，賦詩云：「三百年前一義仍，敢拼肝腦向堅冰。徐聞謫後愁無限，庾嶺歸來筆有神。柳葉慣隨尋曲杖，梅花常伴讀書燈。煙波樓閣春如海，明日臨川更絕倫。」詩載《星火》1963 年 2 期。

滄桑興毀湯公墓

湯顯祖遠祖一說在安徽貴池，本為殷性，為南唐吳國創業勳臣殷文奎後裔。長子殷悅隨父仕吳任中書舍人，後因避宋大祖諱改為湯姓。但從現存《文昌湯氏宗譜》等地方文獻記載來看，應出自蘇州，是蘇州溫坊湯季珍（即萬四公）任撫州宣慰大夫，因督師追剿黃巢起義軍，在福建殉職，死後葬撫州北湯坊象山飛雁投湖形。南唐亡後，他的五個兒子都遷來撫州，有的隱居臨川溫坊（即今溫泉鄉），而隱居在臨川雲嶺湯家寨（即云山圳上湯家，今湯顯祖後裔族居之地）是萬四公之孫明六公湯復之子湯文景。湯文景十三代孫湯文德，明初遷入臨川文昌橋文昌里開基。湯文德之子湯友信、孫湯伯清、曾孫湯峻明、玄孫湯廷用均是讀書人，為臨川文昌里湯氏世代書香門第。湯顯祖為萬四公湯季珍第 23 世裔孫，係萬四公第四子明六公這一支的後裔。〔註 1〕湯廷用是湯顯祖的曾祖父。

據臨川雲山圳上湯家村湯顯祖後裔珍藏的《文昌湯氏宗譜·祖基復還記》記載，湯顯祖的太祖湯伯清（亮文）是位以德報怨而處世，以耕讀而傳家的一位讀書人。他看到明初朱元璋殺戮功臣，讀書人都不願為官，曾「自矐其目以避舉」，死後「葬宅後靈芝園」即靈芝山，又叫湯家山。以後高祖湯子高，曾祖湯廷用，祖父湯懋昭，父親湯尚賢以及湯顯祖自己死後均葬於此。〔註 2〕靈芝山實為湯家祖墳山。

隆慶六年（1572）除夕，一場大火把文昌里故宅焚毀，造成湯顯祖一家

〔註 1〕翟毓華《臨川湯學淵源考》臨川大文化協會會刊，1995 年總第九期。

〔註 2〕《文昌湯氏宗譜·祖基復還記》，光緒三十二年（1906 年）重修，臨川雲山高橋圳上湯家湯顯祖後裔藏。

「十載居無常」艱難處境。好在在香楠峰下（今實驗小學附近），其家塾旁還築有小室可容棲身。萬曆二十六年（1598）春，湯顯祖從遂昌棄官歸家，為解決住房困難，「廢里千金買宅虛」，在「小築」附近，買了金溪友人高應芳的廢宅，連成一片，擴建成新的居所，即「沙井新居」。中心建築就是玉茗堂。〔註3〕當年七月湯顯祖就移居到這一新的居所，橋東舊居僅留遺址和靈芝山墓地。

一、清代初，戰亂將墓蹂踐平

湯顯祖死後的二十八年，「甲申（1644年）鼎革」，明亡清興。1645年揭重熙（臨川人）與同鄉曾亨應、東鄉艾南英等招募鄉人，組織抗清隊伍，被清兵圍困三個月，近城許多民宅都被焚毀，幾十里外遭清軍擄掠。城被攻破後，清軍在城裏駐防，湯家靈芝山地處城外，墓冢被「蹂踐且平」，城內沙井新居也被毀。1646年冬，叛帥王得仁命人在橋東湯家「故基垣墉造馬王廟」。康熙初年，因湯家故居臨江，官府選在這設漕運碼頭，並在湯家遺址上興建儲運倉庫，這樣，湯家「數百年產業，一變為異域」。湯顯祖的後裔為討回這一祖基，打了45年的官司。從辛卯（1651年）請議歸還，到己巳（1689）定議同意，直到庚午（1690）才「遷倉告竣」〔註4〕，雖曠日持久，但終取得勝利。

二、光緒年，權知立碑彰名聲

由於湯家山的墓冢早在康熙初就遭「蹂踐平」，可以想像，湯顯祖的墓也不存在有墓碑了，也許僅是標誌性的墓堆。這時湯顯祖的後人已遷往臨川雲山、榆坊等鄉下，對墓也不能隨時守護。由於湯顯祖的文章品節光彩照人，他逝後一直受到後人的景仰。光緒二十九年（1903），江召棠來臨川任代理知縣。江祖籍江西鄱陽，後流寓安徽桐城。他為官清廉公正，有「青天」之稱。曾任上高、新建、南昌、廬陵、臨川、德化、鄱陽等縣知縣均有好名聲，上高建有「江公廟」，臨川命一條築堤為「江公堤」，表達對他的懷念。江召棠和湯顯祖一樣，都是不懼邪惡的錚錚鐵骨。他調離臨川到了南昌任知縣時，因堅拒法國天主教無理要求慘遭殺害。江對湯顯祖的文章品節深為傾慕，到臨川後，曾察看到湯墓僅有一堆墓土，連碑都沒有，頗有傷感。為了彰顯湯顯祖的文章品節，便捐貲購石請工匠，選在清明日為湯重立新碑，並親自撰寫了這樣的碑文：

〔註3〕龔重謨《玉茗堂考》，《撫州日報》2006年9月22日第4版。

〔註4〕《文昌湯氏宗譜．祖基復還記》，光緒三十二年（1906年）重修，臨川雲山高橋圳上湯家湯顯祖後裔藏。

皇清光緒二十九年清明吉立
誥贈巡撫都察院湯顯祖公字若士名賢之墓
妣吳氏夫人
妣趙傅氏夫人
權知臨川縣事江召棠敬立

保存到文革前的湯顯祖墓

江召棠為湯顯祖立的墓碑與石柱對聯

墓碑兩旁還豎了兩塊石柱，上刻有他的題聯：**文章超海內，品節冠臨川。** 江召棠為湯重立新碑，彰顯湯公文章品節，對湯墓能保存到解放後起了至關重要的作用。

三、怡茂隆，私欲不意護墓冢

1942 年 6 月 3 日日軍佔領了臨川。6 月 5 日國民黨暫編第 6、第 89 師突入臨川城內和日軍展開巷戰。6 月 5 日晚，國軍與日軍在文昌橋激戰一夜，靈芝山緊連文昌橋到東頭，是控制文昌橋這一咽喉要道的有利地形。日本兵進入臨川就佔據了這裡，並鏟平了靈芝山上的許多墓葬，挖了戰壕工事。但湯顯祖的墓卻逃過了此劫，因為這時湯墓緊挨著的建築是一家商號叫「怡茂隆」的黃煙店。店老闆為了曬煙葉用地，用竹籬笆把湯顯祖墓圈入自己家後園內，以圖長期佔用。而江召棠為湯立的墓碑石質細嫩，是作磨刀石的好石材，店老闆就地取材，用它來作磨礪切煙葉大刀的磨刀石。這樣湯墓就成了煙店院子裏的建築。日軍挖戰壕沒有摧毀掉這家煙店，湯墓也便得以幸存下來，只是保存下來的墓碑石右上角因被煙店長期作磨刀石用而磨成了一大缺痕。到解放後，湯墓的坐落地點為臨川文昌橋外太平街七號後門一號內。

四、57年，舊墓修葺氣象新

湯顯祖生前與逝後，一直飲譽文壇。清初他的劇作就開始流傳海外。自1916年以後有日本、德國、法國、英國和前蘇聯等國的漢學家把湯顯祖的《牡丹亭》翻譯成本國文字，傳播該作品。從1930年至上世紀50年代，京劇藝術大師梅蘭芳應邀到過日本、美國和前蘇聯等國演出了湯顯祖《牡丹亭》中的《遊園驚夢》和《春香鬧學》等折子戲，產生重大影響。湯顯祖的芳名蜚聲海外，湯顯祖的劇作光照世界戲劇舞臺。

建國後，隨著黨和政府對民族文化遺產的重視，宣傳湯顯祖，學習湯顯祖，繼承與弘揚其優秀的戲曲遺產的工作在文化界展開。1957年，按臨川人多以虛歲定逝者所享壽齡和湯自稱「六十八歲之兒」的說法，定他逝於1617年，國家文化部要在江西舉辦紀念湯顯祖逝世340週年的活動。為迎接這次紀念大會的召開，撫州市政府重修了湯顯祖墓，不僅將江召棠留下的墓碑洗刷一新，而且還將湯的墓地也擴大，四周栽有松樹，建有圍牆，並在墓地建造了六角型的牡丹亭。1957年11月12日省、市文藝界在南昌舉行了隆重的紀念湯顯祖逝世340週年大會。撫州專、市因湯墓的修葺工程尚未完成，紀念大會推遲到11月15日上午10時在撫州市採茶劇院舉行。參加紀念大會的有全專區各市縣文藝界代表600多人。會前，中共撫州地委第二書記李子良、地委宣傳部長谷虹、副部長靳汾、湯顯祖的後裔和與會代表前往文昌橋東靈芝山晉謁了修葺一新的湯顯祖墓。江西省委宣傳部、省文化局和撫州地委、專署及撫州地區各市縣黨政部門以及文藝界和一些學校共139個單位向湯墓敬獻了花圈。在晉謁湯墓時，中央新聞紀錄電影製片廠江西攝影紀錄站攝製了紀錄片。另外還舉辦了湯顯祖文物資料展覽。當晚，市採茶劇團演出了湯顯祖的名著《牡丹亭》中的《鬧學》和《遊園驚夢》兩個折子戲，市京劇團演出了湯顯祖的《紫釵記》。〔註5〕

五、文革中，毀墓營建冰棍廠

1966年夏，文革「破四舊」的劫難中，11年前修葺一新湯顯祖墓被紅衛兵挖平（但尚未深挖搗毀墓穴），墓碑被砸爛，六角型的牡丹亭被搗毀。臨川雲山圳上湯家村（湯顯祖後裔聚居地）在村頭修的湯公招魂墓也被造反派鏟

〔註5〕谷虹、楊佐經《論湯顯祖的生平和他的著作——紀念我國明代大戲劇家湯顯祖逝世340週年》，載《試論湯顯祖和其著作》，撫州市文聯編，1957年。

平。村上年齡最長輩分也最高的湯星魁及其子湯甲雲、湯亮雲保存多年的清同治七年（1868）戊辰與光緒三十二年重修的兩部《文昌湯氏宗譜》，造反派已三令五申勒令交出化為丙丁。湯星魁父子為躲過造反派的眼睛，在村曬穀場上焚毀「四舊」東西時，讓甲雲、亮雲各提一個譜箱，把同治七年重修的第一卷譜序丟進熊熊大火中以掩人耳目，其餘部分和另一部家譜完好無損保存下來。

1968 年經撫州市革委會抓促部的批准，在文昌橋東湯顯祖墓的墓基上建冰廠。1982 年遷墓時特叫來當年建冰廠的施工員胡雪輝來到現場。胡帶負責遷墓的傅林輝等同志到了冰廠的一間房子裏，畫了大概位置，並說當年就在此將一塊刻了字的青石板挖成了兩截，上面刻字依稀可辨，有幾個地方出現有「湯公」和「顯祖」字樣。其時「文革」還在繼續，人們思想還在極「左」陰影中，本屬寶貴的文物，文化部門無人收藏，任其丟棄在地上，只有橋下黃煙店老太婆拾去了半截當磨刀石，還有半截被橋下另一位老太婆撿去墊床腳。出土的一些瓷碗和陶缽，大多被挖爛，沒有人要。〔註 6〕還有挖到爛的棺材板一說。此說如是事實，那麼 1968 年建廠挖地基湯墓才慘遭到毀滅性的破壞。然而 1980 年我因寫作湯顯祖的傳記搜集資料也曾作過些瞭解，參加建冰廠挖地基有一位姓胥的同志曾告訴過人說，當時挖出來許多瓷碗和銅鏡一面，並無挖到墓誌銘與腐爛棺材板之說。

六、82 年，廢棄原墓造新墓

三中全會，春風化雨，撥亂反正。優秀的民族文化遺產需要繼承，歷史上文化名人受到尊崇。作為國際級文化名人的湯顯祖受到國家文化行政部門的重視。1982 年 10 月，國家文化部、中國戲劇家協會、江西省文化廳和中國劇協江西分會在湯顯祖的故里——江西撫州市召開紀念湯顯祖逝世 366 週年大會。為開好這次紀念會，撫州市政府負責修復湯顯祖墓的工作。經反覆的調查研究作出決定，將墓遷往城西人民公園內。其原因有四：

1. 原墓面積小，地勢低窪，易被水淹種樹綠化較難，環境不美。

2. 將市制冰廠遷走就要化（花）33 萬餘元（修復湯墓費用不在其中），耗費很多。

〔註 6〕傅林輝《我參與 1982 年紀念湯顯祖逝世 366 週年紀念活動的回顧》，《撫州社會科學》2006 年 3 期。

3. 考慮到市人民公園環境優美，湖光島色，景致宜人，是湯墓最適合的地點。

4. 如在公園修復湯顯祖墓，將便於旅撫貴賓和廣大遊客瞻仰憑弔。〔註 7〕

新墓由撫州市城建局傅林輝同志仿宜黃縣明代譚綸墓設計。墓冢由墓碑、墓誌銘、墓欄和墓坪組成。全部採用石雕榫接裝配式構件組合。石料取自福建江陰何厝，石雕特請莆田祖傳石刻工匠。「湯顯祖之墓」碑文由鄉賢、原中國書法家協會主席舒同書寫。

遷墓工作 1982 年 8 月 24 日秘密進行，現場具體指揮人是傅林輝。由他劃定位置，請四個工人兩人一班輪流作業開挖，挖到 25 日淩晨 2 點 35 分只見黃土不見雜物始停。僅挖到一些古磚、瓷碗陶缽的碎片少許腐爛的木屑，還有一支銀質的髮簪。遷墓人員只有將一些墓土、瓷碗陶缽的碎片、腐爛的木屑及銀質的髮簪視作湯顯祖的骸骨裝入備好的大瓷壇中。8 月 25 日晨，一輛車頭安裝了湯顯祖畫像小麵包車，載著地、市文物普查辦 4 人，市文教局 3 人，市圖書館和文化館館長各 1 人共一行 9 人，由圖書館陳旦初館長抱著靈壇坐在駕駛室，其他人員或放鞭炮或隨車拍攝經文昌橋經交到贛東大道緩緩而過，車經過街道兩旁群眾夾道相送，到公園門口，又是鞭炮相迎，直到將靈壇放入新墓挖好的墓穴〔註 8〕。

〔註 7〕《有關湯顯祖墓的三個問題》打印稿，撫州市文化教育局，1982 年 10 月 20 日。

〔註 8〕傅林輝《我參與 1982 年紀念湯顯祖逝世 366 週年紀念活動的回顧》，《撫州社會科學》2006 年 3 期。

七、九泉下，湯公何處寄英靈？

雖然新墓較舊墓氣派得多且風景優美，但湯學專家們多有微詞。首先強烈反對的是原江西省文化局局長石凌鶴。1981 年 11 月，我在上海參加首屆戲劇節的觀摩學習，曾去探望住在漕溪北路 800 號的石老先生，聊天中順便扯到為紀念湯顯祖逝世 366 週年，撫州市準備將墓遷人民公園這一信息。石老聽了當即很不高興地說：「回去告訴你們市里，300 多年的墓，能挖出什麼東西？若挖不出東西遷過去豈不就假了嗎。如沒有錢，就簡單一點，在原地方立個標誌性的東西也是好的。」我好像還聽到石老還對省文藝界一些人士說過，「若要遷墓，下次到撫州開會，我仍到原墓去憑弔。」湯學泰斗徐朔方先生，為參加湯顯祖逝世 366 週年來到撫州，會後我和他曾在人民公園湯顯祖墓旁牡丹亭中邂逅，他面對著湯墓對我說：「下次開這樣的會，我不再到臨川來！」果然，自這次後到他去世，真的沒有再來過撫州。湯學專家們這樣強烈反對不難理解，因為作為文物是已成過去不能再重新創造的東西，仿製得再精美逼真也只是贗品，毫無價值。現遷去的不是墓主的骸骨，而是一枚髮簪，幾捧黃土，這樣的墓，可以「克隆」出無數座，從文物價值上來看，委實是辦了一件毀真造假的傻事。本來不遷冰廠，僅在認定墓穴處立上新碑，原墓就恢復了，不會有人會提出「這裡是否就是湯顯祖的墓」這樣問題。

我們還應注意到，光緒二十九年江召棠為湯顯祖重立墓碑的碑文中，還將湯的三位夫人按名分列在湯顯祖名字的兩旁。這就是說，江召棠在為湯顯祖重立新的墓碑同時也為他的三位夫人重立了碑。這決不是江知縣心血來潮隨意可加上去的。那是因為靈芝山是湯家祖墳山，湯顯祖死後和他的三位夫人安葬在一塊，這無論從傳統喪葬習俗還是湯的生平理想意願來說，他的子孫將他和三位夫人葬在一起是毋庸置疑的。然而 1982 年遷的是湯顯祖一個人的墓，立碑當然也只是立湯顯祖一個人的碑，三位夫人仍留在靈芝山，與湯顯祖分開。若湯顯祖地下有知，對這位「生生死死為情多」的「情的哲人」來說，諒是無法接受的。

縱觀湯墓興毀，留下令人心痛的思索：清初（1645 年）戰亂遭受「蹂踐」，這種蹂踐到何程度？從 1645 年到江召棠立碑的 1903 年這中間經歷了漫長的 258 年，已受「蹂踐平」的湯墓是否一直有可辨認的標誌？江召棠立碑的位置是否準確無誤？1968 年建冰廠挖地基挖出了青石板和腐爛棺材板，撫州民間說法並不完全一致，沒有當事者的確切證言。青石板是否就是湯的墓誌銘？

作為國際級歷史文化名人的墓的開挖，本不可簡單從事，要具有相關的專業知識指引，應動用專業考古人員，而 1982 年湯墓的開挖僅叫 14 年前建冰棍廠時的一位施工員來指定位置，實為對文物考古工作的無知與不負責任。銀簪怎能認定就是湯的隨葬品？黃土何處不可挖到？不見死者屍骸的遷墓遷的是誰的墓？湯顯祖的後裔至今聚居在臨川雲山鄉高橋圳上湯家村（1980 年我統計有十一世至十四世孫 80 餘丁），遷他祖宗的墓為何不見他們來參加？像湯顯祖這樣的墓的遷挖是他家族私事還是由行政主管部門包辦？不經墓主後人的遷墓是否有法可依？……筆者認為，《文昌湯氏宗譜》中《祖基復還記》所說的 1645 年戰亂湯的墓冢遭「蹂踐且平」，有可能就已被毀，如果這次僅是將墓的表面蹂踐平，那麼湯墓也許還在靈芝山被鎮在冰棒廠之下。

湯公啊，你的真墓毀棄了，新墓諒你也不會承認是屬你的。你和三位夫人忠魂飄忽在何處？九泉下你何處寄英靈？！

（原載 2008 年《湯顯祖研究通訊》第 1 期）

湯墓興毀續新篇

2016 年 11 月，撫州市在推進文昌里歷史文化街區改造、修復、建設過程中，拆除 20 世紀 50 年代建設製冰廠時，發現了被覆蓋的湯顯祖家族墓園。2017 年 4 月初，我回老家黎川縣參加高中畢業同學聚會，經撫州回海南，因我受聘於撫州湯顯祖國際研究中心的學術委員和客座研究員，中心主任吳鳳雛先生帶我去了文昌里，優先讓我參觀了已發現但尚處不對外公布的湯顯祖家族墓群的現場。墓群佔地範圍令我震撼！鳳雛先生還指著標為 4 號的墓告訴我，初步確定這就是湯顯祖的墓，發掘方案正等侯國家文物局批覆。我曾要求他們，待批覆正式發掘後，望能告知我一下，我將專程來撫州，親臨現場目睹湯墓的開挖。因我 1982 年曾對湯墓的興毀作過調查，寫了《滄桑興毀湯公墓》一文，現我要為它續寫新的篇章。

此後，我倍加關注湯顯祖家族墓群正式發掘的信息。8 月 28 日，《光明日報》重磅報導：「江西省文化廳、撫州市政府召開新聞發布會宣布，湯顯祖故里江西撫州市發現湯顯祖家族墓園，該墓園共發現 42 座明清時期墓葬、出土了 6 方墓誌銘，目前基本確定湯顯祖墓」〔註 1〕。同日，《鳳凰信息》用醒目的標題驚呼：「江西考古驚世大發現！」「將震驚文化界！」我這個從撫州走出 30 年的湯學研究者，喜悅之情難以言表。

然我的喜悅僅維持了一天。第二天，《新華網》便在題為《明末戲劇家湯顯祖墓被發掘，發現其親自撰寫的墓誌銘》一文中，引用了該市負責文博工

〔註 1〕曉軍、馬榮瑞《湯顯祖家族墓園考古獲重大突破，湯顯祖本人墓地基本確認》，《光明日報》2017 年 8 月 28 日。

作的同志話說：「新考古發掘除了石棺槨、青花瓷器、石墓誌銘等外，並沒有發現湯氏家族的與更多的遺骸與更多的遺物。」〔註 2〕期盼能發掘出湯顯祖靈骨的我，看到這一報導，本並不樂觀的心更一下涼了半截！接上就迎來新聞報導的大「反轉」。《鳳凰網江西》（9 月 13 日）報導的標題是：《涉嫌違規！湯顯祖墓園考古擅自發掘、未及時上報，國家文物局將追責》。國家文物局的表態，如一瓢涼水，澆滅了所有關注此事者的熱情。一心要為湯墓興毀續新篇的我，面對輿情「反轉」中媒體報導的內容進行了思考，理出了如下幾個問題，以申我一孔之見，並就教於高明雅士：

2016 年在文昌里發掘的湯顯祖家族墓葬群

〔註 2〕何晞宇《明末戲劇家湯顯祖墓被發掘，發現其親自撰寫的墓誌銘》，2019 年 8 月 29 日。

一、湯顯祖家族墓園是湯顯祖父親捐貲買下的嗎？

現在多家媒體在報導發現湯顯祖家族墓群時，都引用了這樣一段話：「根據文獻記載，湯顯祖逝世後葬在撫州市文昌里靈芝園內。湯顯祖家族墓園自湯顯祖父親銘四公／承塘公（生於嘉靖戊子年 1528 年，卒於萬曆乙卯年 1615 年）捐貲買靈芝園葬伯清、子高諸公以來，靈芝園就成為湯顯祖家族主要成員的埋葬地。」〔註 3〕此說出自《文昌湯氏宗譜》卷首《撫郡湯氏廨宇規模記》，作者是子高公八世孫頤少由、九世孫肅思公兩人同作，時間是康熙五十二年（1713 年）。原文是：「以卒葬而論，自伯清公、子高公以下諸祖，悉葬於承塘（湯顯祖父親號）公捐貲所購之靈芝園。」徐朔方教授在《湯顯祖年譜》湯尚賢條目中加以引用，但加了說明，是「諸文原句湊合而成」。過去對此條引文我未細加研讀，在文中也是人云亦云。現我深入思考後，感到此說不僅不合情理，甚至有違現實常識。據新出土的《明故義士湯公子高墓誌銘》記載，湯子高生於宣德癸丑（1433 年），終於正德乙亥（1515 年）。停柩六年後，下葬距居屋百步之遠的家族墓葬地即靈芝園。承塘公是嘉靖七年（1529 年）十二月生，萬曆四十三年（1615 年）卒，在子高公死後安葬在靈芝園已 8 年他才出生。從子高公墓誌銘可知其下葬後沒有再遷附。承塘公要購靈芝園一般也要到壯年才有能力辦的事。也就是說，即使承塘公購靈芝園作祖墳地，那也應是子高公下葬上百年以後的事。一個本葬在靈芝園上百年的先人，到曾孫與玄孫手上再來為他們買下該地作祖坟地，這與情理不合。靈芝園當初如果是他姓之地，怎容許湯伯清、湯子高諸祖葬於此幾十年上百年？如果靈芝園本來就是湯家自己的祖墳地，何須要承塘公捐貲來購買？我不思不解後，翻出 1982 年以前摘抄的《湯氏宗譜》有關資料，特別是認真的細讀了新出土的子高公墓誌銘，原來湯顯祖父親承塘公捐貲所購不是靈芝園，而是捐貲「立墓祠」，即建了用來墓祭葬在靈芝園諸祖的湯氏祠堂。現將有關資料按撰寫的時間先後作一排列：

1. 正德十五年十二月（1521 年）由賜進士中順大夫湖廣襄陽府知府東鄉吳華撰的《明故義士湯公子高墓誌銘》記載：「庚辰（1521 年）冬十二月十有八日，其子瑩等，謹奉柩，葬於先隴之次，去家百步許。」「先隴」指祖先的坟墓；「之次」是之後。這裡明明白白告訴了子高公死後安葬在故居屋後祖坟

〔註 3〕曉軍、馬榮瑞《湯顯祖家族墓園考古獲重大突破，湯顯祖本人墓地基本確認》，《光明日報》2017 年 8 月 28 日。

地即靈芝園，距故居不過百步的距離。在子高公安葬前，其父湯伯清早已葬在這裡。該墓誌銘寫於子高公去世停柩六年後安葬的庚辰年（1521 年）十二月，應是最早也是最可靠的記載。

2.《文昌湯氏宗譜》載有賜進士雲南布政使司參政年家姻王志撰《承塘公傳》云：「他如卜宅兆以妥先靈」。此語出自《孝經・喪親章》「卜宅兆而安葬之」一句，意思是說人死安葬後，三年喪畢，應將親靈位牌移於建的宗祠內，使親靈有享祭的處所。承塘公捐貲所建的正是這樣墓祭宗祠，對先祖盡孝。

3. 清順治元年（1644 年），賜進士正議大夫資治尹都察院左副都御史姻晚生易應昌為承塘公及其元配吳夫人寫的合葬墓誌銘中說：「他如立墓祠以妥先靈」；這就更明確說出了承塘公在墓地建了祭祀先靈的宗祠。《承塘公傳》和夫人合葬的墓誌銘都是蓋棺定論其一生主要功德的文字，可隻字未提捐貲買靈芝園葬家族先祖事。

4. 湯顯祖侄孫湯秀琦康熙二十九（1690 年）撰寫的《祖基復還記》只說：「八世祖伯清公……葬宅後靈芝園」，也沒有提到靈芝園是承塘公捐貲所購，唯有康熙五十二年（1713 年）子高公八世孫頤少由、九世孫肅思公合寫的《撫郡湯氏廨宇規模記》中提到「**以卒葬而論，自伯清公子高公以下諸祖，悉葬於承塘公捐貲所購之靈芝園。**」他二人合寫這篇文章時，距子高去世 198 年，距承塘公去世 98 年，故他們在文中申明：「因思前代堂構規模，雖世遠年湮不可考，亦不無父老所常道耳聞目擊者，姑略述數語以為之。」可見他們寫這篇《撫郡湯氏廨宇規模記》，因年代年了，只據一些傳聞所寫，內容上有不準確失實之處，不能作為根據。

綜上所述，據《祖基復還記》載：「橋東之居，宜在唐宋已定，不僅在伯清子高也。」可知靈芝山與文昌里故居從湯伯清在世甚至更早一直屬文昌里湯家的「廨宇規模」。故靈芝山又稱湯家山，不是如一些媒體所說的，「曾一度稱為湯家山」，至今撫州人還稱之為湯家山，只是沒有稱靈芝山那樣普遍。從新發掘的湯顯祖為祖母魏夫人遷祔靈芝園親撰的墓誌銘中有「吾祖塋產芝」一句，可推知靈芝山因產靈芝得名。清代金溪人馮詠（約 1672～1731）有詩云：「居民百千家，中有玉茗墓。是山名靈芝，四面踰百步。」（《靈芝山湯祠部墓》）亦可互為印證。

靈芝山雖為文昌里湯家的家山，但並不是每塊地都適宜作墓葬地。「卜宅兆」，就是選好一地進行占卜，也就是看風水，趨吉避凶。早在湯伯清手上甚至更早就選好位於屋後靈芝山中的一塊小盆地作墓園。它背靠靈芝山，前面臨汝水，是前朝後靠左右抱的甲山耿向風水寶地，稱之為靈芝園。第一個安葬在此的是湯子高父親湯伯清，接上是湯子高世系以下直到湯顯祖自己、其夫人與後人都葬在這裡。到目前為止，發現文昌里湯家家族明清墓葬 42 座（其中清代墓葬 2 座），還有湯氏祠堂等附屬建築物遺址。

二、湯墓是「文革」中徹底毀掉的嗎？

1987 年 8 月 28 日《鳳凰信息》報導：「**據文獻記載，湯顯祖墓自 1616 年下葬至 1966 年徹底搗毀，時長跨越 350 年，期間歷經多次毀建，從第一次明末清初（1645 年）毀於戰火到康熙庚午年（1690 年）復建，第二次太平天國（1858 年）毀於戰火到光緒二十九年（1903 年）復建，時間間隔僅為 45 年，而第三次修繕（1957 年）更是在第二次重修的基礎上進行的，因此湯顯祖墓葬在歷次毀建的過程中，其具體位置準確可靠。**」〔註 4〕囿於見聞，我沒有查閱到這樣「文獻記載」，很想知道它的來源。我僅從《文昌湯氏宗譜・祖基復還記》中找到涉及與湯墓被毀有關記載僅這樣幾句：「**甲申鼎革，橋東蕩毀殆盡**」，「**竊念此居開於錢塘，始遷之祖，而伯清以下諸祖之墓在焉。乃踞於叛帥，而又貯以漕糧。非惟數百年祖基不能守，冢墓亦蹂踐且平。**」「叛帥」是王得仁，他 1646 年冬命人在橋東「故基垣墉，造馬王廟」。另還一條是：「**自甲申以來，所有之規模盡毀**」（《撫郡湯氏廨宇規模記》）。

結合「明亡清興」與撫州有關的史實，我在撰寫《滄桑興毀湯公墓》（1982 年脫稿，2008 年發表於《湯顯祖研究通訊》1 期）一文中，對湯墓的興毀作了這樣推斷性的描述：「湯顯祖死後的二十八年，『甲申（1644 年）鼎革』，明亡清興。1645 年揭重熙（臨川人）與同鄉曾亨應、東鄉艾南英等招募鄉人，組織抗清隊伍，被清兵圍困三個月，近城許多民宅都被焚毀，幾十里外遭清軍擄掠。城被攻破後，清軍在城裏駐防，靈芝山地處城外，墓冢被『蹂踐且平』，城內沙井新居也被毀。1646 年冬，叛帥王得仁命人在橋東湯家「故基垣墉造馬王廟」。康熙初年，因湯家故居臨江，官府選在這設漕運碼頭，並在湯家遺址上興建儲運倉庫，這樣，湯家『數百年產業，一變為異域』」。這樣看來，叛帥王得仁將湯墓徹底搗毀可能性更大。這時湯顯祖的墓一定有碑，碑

〔註 4〕《江西撫州發現明清墓葬 42 座，基本確定為湯顯祖及其家族墓園》，《鳳凰信息》，2017 年 8 月 28 日。

上一定鐫有其功名、官職身份和同穴共葬夫人的碑文。在叛帥王得仁看來，湯顯祖既為明朝官員，定有隨葬財物，趁火打劫，搬開壓棺石，撬開棺槨毀屍洗劫一空。故其家族宗譜《文昌湯氏宗譜·祖基復還記》載為「**冢墓亦蹂踐且平**」。我 1982 年我在該文中推斷：「《祖基復還記》所說的 1645 年戰亂湯的墓冢遭『蹂踐且平』，有可能就已被毀，如果這次僅是將墓的表面蹂踐平，那麼湯墓也許還在靈芝山被鎮在冰棒廠之下。」當人民公園的湯墓正受到人們祭拜時，我不識時務，作此論斷，雖不可能引起有關方面的重視，然現在看來起碼說明我不是在胡說八道。因為 2016 年文昌里改造建設過程中終於發現了被覆蓋的湯顯祖家族墓群，並「初步確定 4 號墓為湯顯祖與其傅氏夫人的雙室合葬墓」。

1980 年我為撫州湯顯祖紀念館（當時叫陳列室）撰寫陳列提綱並撰寫湯的傳記作作過調查後，已讓我感到湯顯祖墓的徹底搗毀不在 1966 年。1957 年為紀念湯顯祖逝世 340 週年，撫州市政府將清代光緒年間權知江召棠為湯重立的墓碑洗刷一新，填土做了墓堆，四周栽有松樹，建有圍牆，並在墓地建造了六角頂的「牡丹亭」。1966 年文化大革命「破四舊」中，紅衛兵砸爛了墓碑，挖平了墓堆（但未深挖），毀了六角頂的「牡丹亭」，沒有人說挖出了湯顯祖的骸骨。只是 1968 年經撫州市革委會抓促部的批准，在文昌橋東湯顯祖墓的墓基上建了冰廠，參加建冰廠挖地基有一位姓胥的同志挖出來許多瓷碗和銅鏡一面，並沒有挖出骸骨。如果姓胥所挖已觸及了湯顯祖的墓穴，那他對墓的破壞比 1966 年紅衛兵僅毀墓表要大得多。一座墓葬的「徹底搗毀」最重要的是墓主骸骨的「徹底搗毀」。墓主骸骨沒有了，原來的真墓也只是一座空墓，其價值也發生了質的變化。最近電話採訪了撫州市文博所負責同志得知，挖出的「湯臨川玉茗先生墓」、「玉茗公墓」兩塊壓棺石和「義仍湯公之墓」殘缺墓碑（筆者按：這塊其實也是壓棺石）是在 4 號墓附近。當年毀墓者是先搬開壓棺石後丟在附近然後撬開棺槨去搗毀靈骨的。這幾塊壓棺石散亂擺放在 4 號墓附近，因此斷 4 號墓為湯顯祖墓是有道理的。壓棺石沒有再搬回到原墓穴，說明湯墓搗毀後沒有再復建。因此說，湯墓「第二次太平天國（1858 年）毀於戰火」缺乏根據。光緒年間臨川知縣江召棠不是復建湯顯祖墓，只是為湯墓重立了墓碑，並豎了「文昌超海內，品節冠臨川」兩條石柱楹聯。現在「發掘除了石棺槨、青花瓷器、石墓誌銘等外，並沒有發現湯氏家族的與更多的遺骸與更多的遺物」，追根尋源就在「**甲申鼎革**」，「**冢墓亦蹂踐且平**」

和「橋東（筆者按：包括湯墓在內的廨宇規模）蕩毀殆盡」的後果。

自從湯顯祖家族墓群發現稱作「驚世大發現」披露後，無論是廣大公眾還是我這個湯學研究人員，最關注的還是湯顯祖的遺骨的挖出。可結果是遺骨不存，成了千古遺憾。對此，市文博業務負責同志作的解釋是：「這是由於靈芝園所處地勢較低，曾遭遇數次水患，保管條件很差。除了石製品、陶瓷製品等外，木棺材、絲織品以及骸骨等都已湮滅。」這樣的解釋缺乏合理性，引起我的狐疑：湯顯祖墓到底是「地勢較低，曾遭遇數次水患，保管條件很差」而「湮滅」還是「文獻記載」的「1966 年徹底搗毀」？如果是「地勢較低」「遇數次水患」造成的應不只是 4 號湯顯祖墓的骸骨被「湮滅，而是所有 42 座墓葬都遭同樣命運。可其他墓並沒有這樣遭殃。我十分敬佩有「當代湯顯祖之稱」、原江西文化界老領導、著名戲劇家石凌鶴先生的洞見。36 年前，我在上海觀摩首屆戲劇曾去探望他，聊天中談到撫州為紀念湯顯祖逝世 366 週年準備將湯顯祖墓遷人民公園事。石老聽了當即很不高興地說：「回去告訴你們市里，300 多年的墓，能挖出什麼東西？若挖不出東西遷過去豈不就假了嗎！」他的話表達的是這位江西文化界德高望重的老領導對江西文化事業的關心，他不是搞考古的，此話不一定符合墓葬考古的科學性，然沒想到卻被言中了，值得我們深思！

三、人民公園的湯顯祖墓是衣冠冢嗎？

由於靈芝園墓群的發現，湯顯祖墓得到確定，那麼 1982 年在人民公園造的新墓應叫什麼墓？不免進入研究者思考中。我看到有的新聞媒體稱之為「衣冠冢」，這樣稱是否恰當？能否有更好的叫法？墓有三種：一是真墓，即死者屍首也隨葬品的墓；二是招魂墓，是家屬希望死者靈魂安息而建造的墓穴，通常會把死者生前的遺物放進墓穴中；三是衣冠冢，是只埋有死亡者的衣冠而無死亡者屍體的墳墓。這是從春秋時代就有如此之分。如子路是跟隨孔子周遊列國的七十二賢之一。周敬王四十年（公元前 480 年），衛國（黃河以北的諸侯國）作亂，父子爭位，子路為救其主衛出公姬輒，被蒯聵殺死，砍成肉泥。死後葬於澶淵（今河南濮陽）。濮陽至今有子路墓三處：位於濮陽市區的子路墓稱為真墓；位於清豐縣西南 30 里叫招魂墓；位於長垣子路墓稱衣冠冢。而 1982 年 8 月 24 日將湯顯祖墓從靈芝園遷往人民公園，遷去的只是一些古磚、瓷碗陶缽的碎片少許腐爛的木屑，還有一支銀質的髮簪。既沒有湯顯祖的遺骨，也沒有湯顯祖的衣冠。墓葬自古既有真墓、招魂墓和衣冠冢之區分，我們就該選一個符合實情的墓葬專業稱謂。「招魂墓」似比「衣冠冢」較符合實情。在一些人看來，此乃無關大局的小事，然這樣小事卻關係到墓葬的科學性。

四、如果挖出了湯顯祖遺骸輿情會「反轉」嗎？

這是我設想的假議題。我之所以設想這樣議題，那是我與公眾尤其是撫州公眾太想湯顯祖有遺骨存在的心態使然。湯顯祖、莎士比亞和賽萬提斯三位鼎立而峙的世界文化巨像，莎士比亞墓葬在斯特拉特福三聖一教堂內，本保存完好，但也有遺骸早從墳墓中盜走一說；賽萬提斯安葬在馬德里修道院墓地，本連墓碑都沒有立，墳塋也長期下落不明。但到 2015 年 3 月 17 日，他的遺骸終在馬德里市中心的特里尼塔里亞斯教堂內找到，唯葬在祖墳地靈芝園的湯顯祖至今遺骨下落不明。這次湯顯祖墓的發掘不僅未能像塞萬提斯那樣，出現失而復得的奇蹟，而且還因違規發掘，招來輿情「大反轉」。據統計，「截至 9 月 21 日 17 時，有關湯顯祖墓被違規發掘的網絡新聞達 2452 篇，報刊文章 145 篇，論壇帖文 115 條，博客文章 66 篇，微信 563 篇。」〔註 5〕也可以稱得上是鋪天蓋地！

現在我設想：如果湯顯祖墓的發掘出現了奇蹟，挖到了湯顯祖的遺骨，輿情會出現現在這樣的「反轉」？我看未必。有湯公遺骨的存在，將震驚中外，所有熱情關注者為之雀躍，其意義其價值將大大抵消因屬「違規」所帶來的負面影響。再說，如果海昏侯墓的是「因為當時已經發現墓葬被盜，為了更好地保護文物才進行發掘的」的話，那麼湯顯祖墓早在明初「甲申鼎革」中遭「蹂踐且平」，1966 年文革中又有遭到破壞，也應屬保護性發掘的對象。也許媒體能帶著這樣諒解，在「驚世大發現」，「震驚文化界」高調聲中，繼續為之唱著讚歌。不管怎麼說，湯顯祖家族墓群在撫州的發現，怎麼說也是一件了不起的文物考古發現的成果。

事實上，僅從對湯顯祖墓的發掘的具體情況來說也是有情可原的。據負責該項目考古的江西省文物考古研究院副院長王上海披露，標為 4 號的湯顯祖墓，「券拱破壞掉了，墓葬上半部分全部破壞掉了，墓穴也搗毀了」。考古

〔註 5〕田野《湯顯祖墓發掘現反轉：考古為何要有所不為？》，【人民網】2017 年 926 日。

人員之所以下到墓穴不是去發掘而只是清理，那是為「在勘探中避免二次傷害。如果墓葬保存較好就不會下去，但是 4 號墓券頂都已經垮塌，就下去將破壞的部分清理了一下」。在清理時，「發現墓中已經沒有墓主遺物，只有垮塌的碎磚，一些青花碗有的也已經破碎，骨骼則一根都沒有了」〔註 6〕。在這種情況下，考古專業人員才下到墓室清理，其目的也是為了保護，為了搶救，沒有造成任何文物的損壞。只是這一清理，揭開了湯墓的神秘面紗，原來已是一座既無遺骨又無遺物的一座空墓。湯公遺骨去向不明，有無隨葬文物丟失也無從知道，這是歷史所造成，不是現地方行政管部門和考古人員能負得起的責任。現在促使我進行另一思考的是：這 4 號墓是否真的是湯顯祖的？42 座墓中還有沒有別的墓是湯顯祖墓？還要不要再動用更高級的考古手段進行新的勘探？另外，入葬靈芝園墓地第一人是湯伯清，他的墓是否在 42 座墓葬中了得到確定？現在其子湯子高墓已發掘出了墓誌銘，作為入葬靈芝祖墓第一人的湯伯清，其墓價值更不一般。

〔註 6〕《湯顯祖墓被毀壞 51 年後重現，墓內已屍骨無存》,【中國新聞網】2017 年 8 月 29 日。

再談湯顯祖的世系源流

對歷史人物的研究，為其尋根問祖是一項不可或缺的任務，但做起來可不是那麼簡單。對臨川文昌湯氏源流，北宋位居宰相的晏殊（991～1056）、唐宋八大家之一的曾鞏（1019～1083）、北宋參知政事（副宰相）（1178～1235）、舉人出身，官為柳州知府、中憲大夫的湯顯祖門徒章世純（1575～1644）等名儒巨公都作過考證，留下了文獻。湯顯祖自己也有文論述，還存有清修《文昌湯氏宗譜》兩部，可謂資料翔實，似乎好搞。然而文獻所載，有真有偽，湯顯祖家世源出何方？迄今仍存爭議，尚有進一步辨清的空間。先考察如下幾條文獻資料：

> 晏殊在為湯萬四作的傳中曰：「公諱季珍，字君重，號寶亭，唐季以詞賦掇科名，任撫州路宣慰，奮身追賊（指黃巢），為國盡難，作為一方保障，上嘉其『忠勇』，敕封為『公』，葬於撫郡（治所在臨川）北飛雁投湖山。而是人民俱獲安全，立像廟祀於長春地，答乃丕勳厥後，子孫播衍、衣冠濟濟、累世簪纓，莫非公之正氣所鍾是也。」〔註1〕

> 曾鞏為臨川湯氏宗譜作的譜序中說：「撫臨之湯，出於唐殷公文圭之子悅，以避國諱改而從湯，豈不以殷之與湯同出於天乙，與商之苗裔孔之宗締相聯貫乎。」〔註2〕

〔註 1〕晏殊《湯季珍傳記》，轉引湯錦程《臨川湯學淵源考》，《東方龍》1995 年總第九期。

〔註 2〕曾鞏《臨川文昌湯氏宗譜・序》，宋熙寧九（1076）。

真德秀對臨川湯氏作了考證後撰文:「臨邑湯氏肇自唐宣慰大夫萬四公湯季珍,原出自於蘇州溫坊,乃唐時名臣也,欽承簡命視事福州,捐身盡難葬於臨川。而翩翩公子五人遂遷家於撫郡,長子明一公定居撫州南門;次子明二公定居43都;三子明三公湯德,欽賜進士,官居雍州(湖北襄陽)文林郎;四子明六公定居汝水城東文昌里;五子明九公守祖墳,定居臨川溫(湯)坊,其宗支茂盛、子孫繁寓、家學淵源,吾知其必相之後人承籍。」〔註3〕

湯顯祖自己在《吉永豐家族文錄序》中作了這樣的記述:「蓋予祖茂昭公言,予江南之湯,皆唐殷公文圭之後也。公之子悅,仕南唐,以文章高世。國亡,從其君入宋。藝祖恚曰,尚不知我先人諱耶。乃改殷為湯,官其父子於宋,御醫平叔,其後也。余子多留江南者。而予先祖適以南唐使之錢王所。國亡,遂留錢塘不歸。靖康之亂,以族從康王孟後,如洪、如臨、之盱吉。以故大江之西多吾氏而大,則文圭公之裔也。」〔註4〕

明末古文家章世純,在為先生家族宗譜作序中談到課餘聽到湯顯祖講自己的家世:「因憶講課暇,側聆先生道其家來自蘇州溫坊市,萬四公蒞吾郡家於汝北彭源。其五子:明一公遷城南;明二公遷未詳;明三公遷柴埠;明九公遷湯坊,萬四公墓在焉;明六公遷文昌之橋東。又二十三世而生先生焉。」〔註5〕

那麼「撫臨之湯,出於唐殷公文圭之子悅」,根在安徽貴池,還是「肇自唐宣慰大夫萬四公湯季珍,原出自於蘇州溫坊」?當年我作湯顯祖的傳記寫到其世系源流一節,我採取哪一說?思考之後,採用了湯顯祖自己的說法。認為湯的文史知識淵博精深,曾修過宋史,對自己的祖宗來龍去脈不可能糊塗。因此,我以湯的《吉永豐家族文錄序》為主要依據,對其家世源流時作了這樣的描述:

臨川雖然是湯顯祖的故鄉,但是要追溯到他家的世系源流卻還出在安徽省的貴池縣。當初他的祖姓殷;後因避國諱改成湯。……說到殷悅之所以避諱換姓,這裡面還有一段心酸往事:「五代十國時,安徽、江蘇南部和江西、

〔註 3〕轉引湯錦程《臨川湯學淵源考》,《東方龍》1995 年總第九。
〔註 4〕《吉永豐家族文錄序》,《湯顯祖詩文集》卷二十九。
〔註 5〕江西撫州《湯氏宗譜》原序七,崇禎十五年,章世純撰。

福建一帶都屬南唐的領土。在唐代時，安徽貴池有個名叫殷文奎的，他的一個兒子在南唐做官，名叫殷悅，是個有名的才子。宋開寶七年（974）宋太祖舉兵攻打南唐，次年攻陷了京城金陵（南京），南唐後主李煜做了俘虜，從此，「四十年家國，三千里山河」歸了宋朝。殷悅也隨李煜一起投降了宋朝。有一天，宋太祖看見殷悅很不高興地對他說：「你難道不知道我的祖先有叫殷的嗎？」殷悅為了避諱便將殷姓改為湯。臨川文昌橋湯氏這支世系，便是殷文奎的後裔。南唐時殷悅的一個兄弟，被派到吳越京城錢塘（杭州）去做使者。南唐滅亡之後，他留在錢塘未歸。靖康元年（1126）遇金兵南犯，攻陷了汴京（開封），留在杭州的湯族便跟隨康王孟後避金難，流移到南京、臨川、南城和吉安一帶。湯顯祖的近祖就是當年流移支臨川最後在文昌橋邊定居下來的一支。……至於最初在臨川定居的那位祖先是誰，因元代譜諜散亡，無從查考。我們只知道湯顯祖前五代就已居在橋東文昌里了。現在臨川文昌湯氏僅尊湯顯祖前五代的湯伯清為一世祖。〔註 6〕

在製作寶塔式世系表時，我將殷文圭標示「安徽貴池遠祖」，列在圖譜最高層，而其子殷悅緊接其下，尊為撫（州）臨（川）湯氏始祖。他以下的繁衍世系我用省略號，行文用「元代譜諜散亡，無從查考」省略而過，僅將湯文德尊為文昌湯氏開基一世祖。這樣做，帶著存疑，不是個理想辦法，但尊傳主之意，圖個穩當。

隨著研究的深入，筆者查閱了《唐才子傳·殷文圭》、現存安徽貴池梅街鎮牌坊村殷文圭墓碑文，《中國野史集成》中未收的《十國春秋》卷十一中《殷文圭傳》、乾隆《池州府志·殷文圭傳》等文獻，知道殷文圭「青陽池州人」即今安徽貴池人。乾寧五年（898）中進士，後入翰林院進修。殷文圭在翰林院三年學習期滿，將要授官，因政局突變，封官無望，便逃出長安投奔揚州淮南節度使楊行密，授聘為淮南節度使的掌書記。天復二年（902）吳國建立，楊行密封為吳王，擢升殷文圭為翰林學士。天祐二年（905）楊行密病亡，子楊渥繼王位，封文圭為左千牛衛將軍。開平二年（908），行密弟楊隆演為吳國稱帝。殷文圭在楊隆演（908～920 年）任上致仕，後病歿故里。長子殷悅，原名殷崇義，生於安徽貴池馬鞍山，南唐保大十三年（955）中進士，為南唐宰相，後隨其主歸宋，因避宋太祖諱改姓湯，官任光祿卿；次子湯淨（殷崇

〔註 6〕《故鄉與家世》，《湯顯祖傳》（龔重謨、羅傳奇、周悅文著），江西人民出版社，1986 年版。

禮）；孫湯允恭，宣和六年（1124）進士，官至兵部侍郎。

據湯錦程《中山湯氏源流・巢湖世系》考證與《文昌湯氏宗譜》載，萬四公湯季珍為吳縣（蘇州）溫坊人，唐懿宗年（860～874）以鴻詞博學科（科舉考試制科之一種），歷官豫章，娶豫章邵氏為妻，生湯夔、湯升、湯德、湯復、湯英五子。公元874年唐僖宗即位，改元「乾符」，湯季珍任饒州（今江西鄱陽）知府。唐乾符四年（877）王仙芝遣義軍大將柳時璋攻江西撫州，唐僖宗恐撫州有失，搖動贛東，詔令湯季珍為撫州路宣慰使赴撫州督鍾傳部擊敗柳時璋，撫州之圍得解。唐乾符五年（878）三月黃劓率義軍進攻福州，湯季珍奉旨入閩堅守抵抗，不幸福州城失陷，死戰殉國。唐僖宗賜湯季珍為「公」，諡曰：「忠勇」，並應撫郡軍民所請，敕葬湯季珍於撫州北飛雁投湖山，即今臨川區雲山鄉清溪村湯（溫）坊。宋丞相王安石（1021～1086年）有詩盛讚：「忠貞貫日，義勇參天。英氣不滅，啟祐後賢。」

比照殷文圭與湯萬四在世的生活時間，湯萬四比殷文圭取得功名早二三十年。乾符五年（878）湯萬四沙場殉職，殷文圭還是新科進士。天復二年（902）殷文圭升為翰林學士，湯萬四已是死後第四年。可見湯萬四比殷文圭年齡大，不可能是殷文圭的後裔。湯文圭之子湯悅是南唐太保十三年（955）進士，孫湯允恭是宣和六年（1124）進士，比湯萬四生活的年代就更晚。由此可見，撫臨文昌湯氏非殷文圭後裔，而是湯萬四後裔，肇自蘇州溫坊，屬中山郡，而非安徽貴池。殷文圭與湯萬四只是同姓而非同宗。他們的遠祖甚至連姓都不同。

撫州籍學者，中國文物學會會館專業委員會會長湯錦程先生對湯姓源流研究後撰文說：「湯氏與湯姓是有區分的，湯姓是萬姓之源，他分演出了千百個氏，如：商、殷、宋、薄、杜、范、劉、唐等氏；而湯氏則是後來氏，是由御姓、樂姓、楊姓、陽姓、溫姓、唐姓、殷姓、蕩姓等40餘個姓氏演變過來的，所以湯氏是多元的起源，並不是共祖。」〔註7〕殷文圭本姓殷，是其子殷悅隨亡國之君李煜投降宋朝後，為避太祖趙匡胤之父宣祖名弘殷，自殷悅開始才將「殷」姓改為湯；而湯季珍則本姓湯，是因避唐高宗廟號，詔改湯為「溫」，因而又稱「溫季珍」。他是蘇州溫坊人，敕葬在臨川雲山清溪飛雁投湖山。湯顯祖在《吉永豐家族文錄序》一文中，對家世源流其實也並不清楚。

〔註7〕湯錦程《關於〈湯氏宗譜〉的尋根編纂問題》，《中華湯姓源流》，中國文聯出版社，2006年10月。

他在文章開頭他就交待了是「蓋予祖茂昭公言」即聽他老祖父所說。正因此原因，萬曆十九年（1591）湯顯祖在受貶赴徐聞，經過陽江境內，遇到曾有過交往的湯瑞寀。當湯瑞寀提到與湯顯祖聯宗事，湯顯祖還是很謹慎，說是「未有以應，第曰：『元季譜諜散亡』，予祖文德友信公父子耳。」故我將湯文德尊為開基文昌的始祖，根據在此。

族居在臨川縣雲山鄉高橋圳上湯家的湯顯祖後裔湯甲雲、湯亮雲珍藏《文昌湯氏宗譜》兩部，我檢閱了保存完整的清光緒三十二年（1906）續修《文昌湯氏宗譜》。該譜所載臨川湯氏遠祖之源，是從湯萬四前九代開始：一世：三十七公（中山湯氏後裔）；二世：三公；三世：念八公；四世：適十五公；五世：靖大四公；六世：恕小四公；七世：細二公；八世：伯一公；九世：少一公，十世：萬四公（即宣慰公，臨川湯氏始祖）。自萬四公始，繁衍至今，世系分明，源流清晰。而殷文圭、子湯悅，孫湯允恭未入世系，譜無其名。

宣慰公，名季珍，行萬四，生子有五：明一、明二、明三、明六、明九。唐亡後，他的五個兒子都遷來撫州。長子明一公定居撫州南門；次子明二公定居 43 都；三子明三公湯德，欽賜進士，官居雍州（湖北襄陽）文林郎；四子明六公定居汝水城東文昌里；五子明九公守祖墳，定居臨川溫坊，即今臨川區雲山鄉清溪湯家。湯復之子湯文景（千四公），五代時遷居臨川雲嶺湯家寨，即今湯顯祖後裔族居之地——雲山圳上湯家村。湯顯祖為萬四公湯季珍第四子明六公後裔，湯季珍第 23 世裔孫。萬四公生千四（即明六公湯復）；千四生伯五；伯五生春三；春三生廣一；廣一生念四；念四生廷二；廷二生亨公；亨公生書思；書思生日薰；日薰生宗悅；宗悅生志和；志和生必正；必正生日明；日明生文德；文德（臨川文昌里開基，建西塘莊）。文德生友信；友信生峻明（子高）；峻明生廷用；廷用生懋昭；懋昭生尚賢；尚賢生顯祖、儒祖、奉祖、會祖、良祖和寅祖兄弟六個。1982 年 2 月我訪過臨川縣（今為臨川區）雲山鄉圳上湯家，這裡是湯顯祖次兒子大耆、三子開遠繁衍後裔聚族而居之地，有 80 餘丁，均以農為業。輩份最大是湯星魁，時年 80 多歲，為湯顯祖第 11 世孫，最小的是湯志剛，時年 6 歲，為湯顯祖第十四世孫。

臨川文昌湯氏根在何處？源出何方？隨著地方文獻的發現，各自為據的說法也就多起來了。如 2004 年 10 月金溪縣文物工作者在左坊鎮善山湯家發現湯國慶保存的《湯氏宗譜》，譜載唐武德七年（624）自號「隱叟」的殷正行所作的《殷氏重修譜序》，記載湯顯祖先祖從周朝初就居住在臨川小槳（今雲山、唱凱、李渡）一帶。這時還是殷姓，宋初避趙宋皇帝父諱而改姓湯，譜中的「宣慰公」為殷崇禮（湯諍，殷文圭次子）。據此載，湯氏家族從中原遷徙臨川應提前近千年。

又廣昌縣文博工作者姚澄清先生根據本縣文物普查、重點文物田野考古調查及新發現的《廣昌平西湯氏家譜》中三種不同年代的《家乘》譜序記載，提出湯顯祖遠祖並非來自安徽貴池而是來自蘇州，時間為唐末梁初（883～913）之間，開基於南豐，一世祖宣慰公於後晉居官臨川，十六世祖鐵郎公於元末明初（即永、宣之間）始遷廣昌縣白水寨（今赤水鎮）。甚至還認為，湯顯祖並非生於臨川而是生於廣昌，是明嘉靖四十年（1561）避亂流寓臨川，後終老臨川。

撫州社科院於永旗與安徽貴池方志辦李劍軍合作撰文，極力認同湯顯祖遠祖貴池說，對湯顯祖《吉永豐家族文錄序》作了他們的解讀，並通過釐訂譜諜，認為舊志和現代論著對湯翁有隱曲、誤讀和錯譯，認定湯顯祖南遷客家祖先遷撫州一世乃殷文圭的次子。殷文圭長子崇義，次子崇禮，三子崇範。崇義即殷悅，自他始改殷姓為湯；崇禮，即湯淨；崇範，妾所生，仍殷姓。湯悅南唐保大十三年（955）登伍喬榜進士。湯淨與兄同榜，入宋為撫州路宣慰使，卒於任上，夫人郘氏，並葬臨川塵漿市，實執建兩郡始遷之祖。〔註 8〕

隨著新的史料發掘，見仁見智的說法還會出現，但真偽也隨之有望得到釐清。願我們本著以史為據，不帶地域的偏見，以還原歷史的客觀負責的態度對史料進行解讀，臨川文昌湯氏源流得出一種符合歷史事實，並為「湯學」研究者們所認同的說法是可以做到的。

（載《湯顯祖研究通訊》2011 年第 2 期）

〔註 8〕轉引於永旗、李劍軍《秋江雁影臨川夢，遊子歸字費哲旋——湯顯祖家族南遷客家始祖有關資料的解讀、釐訂和蠡測》，《池州師專學報》，2004 年第 2 期。

湯顯祖家族始祖萬四公墓在撫州雲山清溪湯坊

2018 年 4 月 23 日，我應邀回鄉出席「全民閱讀書香撫州」啟動儀式暨「4.23」世界讀書日萬人經典誦讀活動。儀式上推出了我的新著湯顯祖研究論文集《湯學探勝》。次日與撫州湯顯祖紀念館陳永剛館長去到湯顯祖後裔族居的雲山鄉高橋圳上湯家村，查閱 1979 年我曾借閱的一部清同治戊辰歲（1868）修但缺了譜序的《文昌湯氏宗譜》。我與該村湯顯祖第十三世孫湯廷水交談中提到：「你們都是萬四公的後裔，他是臨川湯氏家族的始祖，葬在飛雁投湖山，該山有人說是在上頓渡，但我還沒去尋找過。」湯廷水立即說：「飛雁投湖山就在離這裡不遠的清溪湯坊。」我當機立斷要陳永剛館長將車開去清溪湯坊村。帶路的是湯廷水。同車來的還有熱愛考古文化的撫州農業銀行退休幹部劉經球先生。我們找到清溪湯坊村支部書記湯財有的家，他熱情接待我們，並將擺放在祖堂上的《撫臨湯氏宗譜》（2004 年重修）端下讓我們查閱。我翻開首頁印的是「鼻祖中山宣慰公」的線條畫像，並署有「始祖萬四，宣慰大夫，唐朝忠臣，名垂千古」的文字。「中山」是最初湯姓發源地河北定縣。一說漢初在此置中山郡，本為河南籍的湯振麟功封中山郡，其後裔世稱「中山湯氏」。我們查閱《宗譜》後，支書湯財有和本族教師湯木良等三人帶我們登上屋後的飛雁投湖山，萬四公墓就葬在這裡。他們在墓地現場指著山地向我們講解這山形有似飛雁投湖的形狀。墓地見到的墓碑為乾隆二十四年重立，唐代原碑已不存在。

碑文為：

乾隆二十四年上浣　吉旦
二〇一三年農曆四月廿九日重立
唐故始祖湯公宣尉大夫諱季珍字（鈞）重萬四府君墓
孝男　明
一、六　文昌
三　材浦
二、九　湯坊
三房裔孫　仝立

「府君」是對已故萬四公的敬稱。「萬」是行輩字派，「季珍」為名，字為「鈞重」，墓碑「重」字前缺一「鈞」字。落款：一、二、三、六、九是指湯萬四的五個兒子：明一公、明二公、明三公、明六公、明九公。「文昌」、「材浦」、「湯坊」是指參加重立墓碑的是臨川文昌里明六公、材浦明三公和清溪湯坊明九公這三房後裔。明一公、明二公兩房沒有參加或沒有出資。「乾隆二十四年」為公元 1759 年，奪去了月沒刻，只署「上浣」，即農曆上旬。按傳統墓葬民俗，該碑應是該年農曆三月清明節的前三後七時間所立。碑文的「唐」是唐僖宗年乾符間（875～879）；「宣尉大夫」是萬四公乾符四年（877 年）從饒州（鄱陽府）知府調任職撫州的官名。這是個非常設的行省與郡縣間承轉機關，掌管軍旅大事，或相當於今的軍分區司令員。該年王仙芝遣義軍大將柳時璋攻打江西撫州，唐僖宗恐撫州有失而搖動贛東，詔令湯季珍為撫州路宣慰使赴撫州督刺史鍾傳部擊敗柳時璋，撫州之圍得解。乾符五年（878）三月，黃巢率義軍進攻福州，湯季珍奉旨入閩堅守抵抗，死戰殉國。僖宗李儇賜湯季珍為「公」，謚曰：「忠勇」，並應撫郡軍民要求，約於次年（乾符六年，879 年）敕葬撫治北清溪湯坊飛雁投湖山，詔令其五子明九公湯英守墓。

敕葬之初，「立廟塑像歲祭不絕」，經歷 1100 多年的滄桑之變，萬四公墓還能保存下來，實為幸事，只是墓碑與「立廟塑像」早蕩然無存。乾隆二十四年，「文昌」、「材浦」、「湯坊」三房後裔將墓碑重立。2013 年湯坊村民會同材浦一支湯氏後裔對原墓進行重修，並設計了豪華型的小墓園。新墓碑立在原碑前相間僅 40 公分。新碑文照錄乾隆二十四年舊碑文而鐫，僅增加了新碑吉立的日期：「2013 年農曆四月二十九日」。

萬四公的墓從唐乾符六年（879）敕葬壟封至今，沒有遭到人為的破壞。考其原因，大概是這裡地處偏僻的丘陵之地，萬四公「為國盡難，作一方保障」，深受當地百姓所崇敬，歷代士民對墓主有自覺保護意識。更重要原因是萬四公敕葬後，其五子明九公湯英被詔令守墓，後世子孫恪盡職守，忠誠履責為這位先祖盡孝，飛雁投湖山就在村後，盜墓賊也豈敢膽大妄為。

萬四公（季珍）是撫州臨川湯姓的始祖，城東文昌里是其子明六公的後裔。湯顯祖是萬四公第 23 代孫。《撫臨湯氏宗譜》《文昌湯氏宗譜》所載世系分明。但也有出自安徽貴池「唐殷公文圭之後」的記載。

乾隆二十四年（1759）為萬四公修墓，文昌里湯家參加了，證明他們早已認祖歸宗；飛雁投湖祖墳山也埋葬有文昌里湯家過世人（離萬四公墓地不遠就可見有墓葬）。清溪保存的《撫臨湯氏宗譜〉載有湯顯祖、湯開遠（顯祖三子）、湯秀琦（顯祖侄孫）的傳錄：《若士公實錄》《叔寧公實錄》《弓庵公傳》。宋臨川籍丞相晏殊（991～1055）作有萬四公傳云：「公諱季珍，字君（鈞）重、號寶亭，唐季以詞賦獲科名，任撫州路宣慰，奮身追賊，為國盡難，作一方保障，上嘉其『忠勇』，敕封『公』，葬撫治北飛雁投湖山。而是時人民俱獲安全，廟祀於長春地，笞乃丕動厥後，子孫藩行，衣冠濟濟，累世簪纓，莫非公之正氣所鍾是也。」北宋又一位臨川籍丞相王安石（1021～1086），在拜謁湯季珍廟時作詩讚曰：「忠貞貫日，義勇參天，英氣不滅，啟祐後賢」。宋熙寧三年（1070），南宋副承相真德秀（1178～1235）為《撫臨湯氏宗譜》作的譜序云：「臨邑湯氏以其譜請序於予，余開卷閱之，始知昭武宣慰大夫萬四公原出於蘇乃唐時名臣也。欽承簡命視事福州，捐身盡難，卜葬於臨川之汝北象山飛雁投湖形，而翩翩公子五人遂家於撫郡。」湯顯祖門人章世純（1575～1644）在《撫臨湯氏宗譜》（二修）譜序中寫道：「因憶講課暇，側聆先生道其家來自蘇州溫坊市，萬四公涖吾郡，家於汝北。其子五：明一公遷城南；明二公未詳；明三公遷柴浦；明九公居湯坊，萬四公墓在焉；明六公遷文昌之橋東。」吉水籍狀元劉同升（湯顯祖的未過門的女婿）為《撫臨湯氏宗譜》（二修）作譜序說：「汝北湯坊其始祖為明九公，是數族者皆肇自於有唐宣尉也。」考古發掘的實物是對文獻記載資料的佐證。萬四公一千多年葬在撫州北郊雲山清溪湯坊的飛雁投湖山，與歷朝名賢為他作的傳、為其家族《宗譜》寫的譜序所記墓地的地理位置、地形地貌完全一致，這就是撫臨之湯以萬四公為始祖的鐵證。不可否定，《宗譜》中名家之序真偽雜陳不是個別現象，《湯氏宗譜》有些譜序也存有辨偽之處。但清溪湯坊萬四公墓，從明九公湯英至今，世世代代子子孫孫守墓一千多年，就地繁衍生息，聚族而居，決不可能守護的是別人家的墓。

臨川城東文昌湯氏本是撫臨文昌湯氏的一支，都是萬四公後裔，同宗共譜尊萬四公為鼻祖。「乾隆二十四年」（1759）文昌湯氏還共同參加了為萬四公重立墓碑，可到了嘉慶丁卯年（1807）冬，撫臨湯氏族人合議重修宗譜時，湯顯祖六弟湯寅祖的第六世孫湯梗（1769～1810），提出獨修「文昌湯氏宗譜」，認為「文昌湯氏人文蔚起，代不乏人」，有「以文章高世者，若士公為最；以經學著名者，弓庵公為最」的優越感，顯耀本房門庭之心，並作《原譜考》「不宗萬四公」，割裂了與撫臨湯氏的宗脈，引湯顯祖幼年聽老祖父所說「蓋予祖茂昭公言，江南之湯皆出唐殷公文圭之後公之子悅，事南唐……靖康之亂以其族從康王、孟後，如洪、如臨之盱吉，以故大江之西多湯氏，大都文圭公裔也」（《吉永豐家族文錄序》）為據，改認安徽貴池殷文圭為始祖，以致撫臨湯氏認祖歸宗從此出現裂痕，以致萬四公墓就在同一鄉鎮的雲山清溪湯坊，距高橋圳上湯家村不過 15 華里，而高橋圳上湯家卻不予認宗掃祭，年輕後人多數不知葬在清溪飛雁投湖的萬四公為本宗始祖的關係。

湯梗牽頭獨修《文昌湯氏宗譜》並作《原譜考》客觀上做了一件分裂撫臨湯氏認祖歸宗的憾事！

2019 年 7 月 2 日脫稿，11 月 3 日定稿於海口勝景樓

雨絲風片

湯顯祖與新城鄧渼

鄧渼（1569～1628），字遠遊，號直指，又號壺邱，小湯顯祖 19 歲，建昌府（府治在今南城縣）新城（1914 年更名黎川）縣城南津街（今日峰鎮）人。萬曆二十六年（1598）進士，授浙江浦江縣知縣。第二年調秀水（今屬嘉興）縣知縣。後又調河南內黃知縣，召為河南道御史，巡按雲南，出為山東副使，歷參政按察使，以僉都御使巡撫順天。著有《薊門奏疏》、《南中奏疏》、《留夷館集》、《南中集》、《芙蓉樓集》、《大旭山房集》、《舞水集》、《廣農書》等行世。

湯顯祖一生交遊甚廣，結友多為聲氣相投者。鄧渼就是他晚年一位重要的忘年至交。探討他倆的交誼對瞭解湯顯祖晚年思想與生活有一定意義，但尚未見有人提及。筆者試作初探。

新城位於贛之東武夷山閩贛邊界中段，是座山間小縣，明代隸屬建昌府。湯顯祖一生雖沒有到過新城，可早在少年 12 歲前就知有個新城縣。現存的詩文中有一首他 12 歲寫的《亂後》詩，序中說：「杉關賊大入，破下縣，連數千里，守令閉城束手。臨川十萬戶，八九逃散，歷秋而定。」〔註 1〕「杉關」就在新城縣境內西北入閩第一關，閩贛兩省往來咽喉要道，自古軍事要塞，兵家必爭之地，歷代戰火不熄。「杉關賊」指的是湯顯祖 12 歲那年，被徵募上前線抗禦倭寇的兩廣民兵馮天爵、袁三等在福建閩清縣奪取倉庫起義，從杉關打進新城，南城、南豐、廣昌都失陷，十萬人煙的臨川，居民八九都逃散，知府閉城而守。湯顯祖全家逃亡在外，到當年秋才回到家中。少年湯顯

〔註 1〕《亂後》，《湯顯祖詩文集》卷 1，上海古籍出版社，1982 年版。

祖親歷了這場兵火的離亂的之苦。

檢閱遺存的湯氏 2200 多首詩文，涉及與鄧渼的僅有兩首詩和一封信。從《次答鄧渼兼懷李本寧觀察六十韻》詩序「予自辛丑蹲伏家食，得交秀水令鄧君遠遊。」〔註 2〕一句可知，湯、鄧結交在萬曆二十九年辛丑（1601）。這是鄧渼中進士後的第三年，也就是湯顯祖從遂昌棄官歸家的第三年。鄧渼中進士後，做了一年浦江縣令後，第二年調秀水任縣令。本年，鄧在秀水縣令任上到北京上計。「上計」是明代吏部對地方官員每三年進行考察的制度。湯顯祖不在官位已三年了，本可不列為考察對象，但都察院左都御史溫純，拿出前首相王錫爵的批示，說是要成全湯顯祖的高尚節操，給了湯一個以「浮躁」罪名，奪去官階，落得「閒職」處分。鄧上計後回新城老家探親，經過臨川順道訪了湯顯祖，既是對這位同鄉前輩的不幸遭遇進行慰藉，更是出於對湯文章品節的傾慕，去與湯結交以獲取教益。

鄧與湯這次在臨川相見，湯顯祖有詩文記述說:「第尊酒疏燈，上下今昔，差不惡耳……」〔註 3〕，「尊酒疏燈，久闊談宴。而良書美韻，渢渢其來。情無泛源，藻有餘縟」〔註 4〕可見湯與鄧見面後是上下古今，無話不談，論文說政，推心置腹，無情不訴，看不到被吏部奪去官階的湯顯祖，思想上有任何不悅的影響。

這次見面後，他倆便開始了書信往來，多是暢談文學。鄧渼與湯闊別不覺過去了 11 個年頭，鄧調任雲南巡按，又回新城老家探親後再赴任。從湯詩《聞黃太次計諧過別鄧直指新城，遂遊姑山，有所愛憐，特遲來棹。至閏冬仲過予，止其行，暫住芙蓉西館，立夏南旋，燕言成韻，用紀勝集云爾。十四首》〔註 5〕可知，鄧到新城有去臨川湯顯祖待上一段時間的計劃。廣昌黃太次知鄧回到了新城，因他要進京上計，特從廣昌來到新城，向鄧渼辭行。黃太次，名立言，號石函，廣昌縣赤水鎮人，明萬曆十九年（1591 年）中舉人，歷官浙江嚴州府推官、達州知府、遵義知府，後升任福建鹽運副使。他們兩人商定同遊南城從姑山，後一起去看湯顯祖。由於鄧渼到南城因事耽擱，黃

〔註 2〕《次答鄧遠遊渼兼懷李本寧觀察六十韻有序》，《湯顯祖詩文集》卷 15。

〔註 3〕《答鄧遠遊侍卿》，《湯顯祖詩文集》卷 46。

〔註 4〕《次答鄧遠遊渼兼懷李本寧觀察六十韻有序》，《湯顯祖詩文集》卷 15。

〔註 5〕《聞黃太次計諧過別鄧直指新城，遂遊姑山，有所愛憐，特遲來棹。至閏冬仲過予，止其行，暫住芙蓉西館，立夏南旋，燕言成韻，用紀勝集云爾。十四韻》，《湯顯祖詩文集》卷 16。

太次就一人先去到臨川。湯留太次住在玉茗堂，到閏十一月冬至節前後再起程去京履行他的公務。太次走後，鄧渼才來訪湯顯祖，湯安排鄧住在芙蓉西館，且從本年冬至一直住到第二年的立夏，整整半年，然後才南下赴任雲南巡按。在這半年時間裏，這兩位久別知友，論文作詩。湯共寫十四首七絕，從冬至、臘月、除夕、寫到第二年的元旦、元宵、社日、花朝、上巳、寒夕到立夏告別。從《上巳》一首說：「癸丑年逢今暮春，繞塘流水吐庚辛。超超一夜談名理，玉茗斟蘭是此人。」可見這半年他們過得是多麼的愉快。

鄧與湯的結交，特別是兩個詩文摯友「尊酒疏燈，上下今昔」在一起，無話不談，推心置腹的交流，對鄧的思想影響是深刻的。從鄧的詩文主張上考察，鄧在他的詩集自序中談到：「無李既廢，流派各別，喜瞽奔逐，實繁有徒。孝豐吳稼竳詞林老宿，見楚人而大悅，盡棄其學而學焉。予厲聲訶禁，乃止。」〔註 6〕這就是說，鄧對詩文創作，既不贊成王世貞、李攀龍的擬古主義，也不追隨公安三袁和鍾惺和譚元春以首的竟陵派。湯的詩序和答書也談到：「至於商發流品，歸於才情，雅為要論。昔人已云，楚夏殊風，俱動於魂；蘭茝異臭，並感於魄。固無容誇此以詘短，愛素而卻丹。要於沒世可選而已。」〔註 7〕鄧的這種文學主張是在他拜御史之後所形成，也正是與湯結交之後，可見受到湯顯祖的啟發。

在晚明，鄧在文學創作上是湯的追隨者和盟友。明代著名學者、詩人朱謀偉（寧獻王朱權七世孫）曾評價說：「當今之詩，撫（州）建（昌）獨盛天下，作者往往奉為師法，若湯祠部之《玉茗堂》，鄧侍御之《南中集》皆其詩選也。」朱還把黃太次與湯顯祖、鄧渼三人詩歌成就比作峨嵋、五臺、華嶽三座名山，說他們的詩「華文秀句，直超王（維）、高（適）、孟（浩然）而混一」。當然此話有點過譽。

從品格、官德方面來考察，湯對鄧的影響也是顯而易見的。鄧渼住在湯家玉茗堂半年。該堂是以玉茗花而命名。湯顯祖一生極愛這一天下奇花。因它具有「格韻高絕」、「為大人行，不與桃李爭春風」、「眾醉獨醒」的品格。湯顯祖以花的品格自喻，以玉茗為號。玉茗花又名白山茶。鄧渼對山茶花情有獨鍾。他是晚明詩歌創作中以吟詠山茶花而名揚詩壇的一位詩人。他作有《山

〔註 6〕《鄧僉都渼》，錢謙益《列朝詩集小傳記》丁集下，上海古籍出版社，1983 年版。

〔註 7〕《次答鄧遠遊渼兼懷李本寧觀察六十韻有序》，《湯顯祖詩文集》卷 15。

茶百韻詩》，為長達二百句的五言，描述了茶花的豔而不妖、長壽、高大、膚紋蒼潤、枝條如龍、蟠根離奇、豐葉如幄、有松柏操、花期長、可插瓶水養等十種美德，讚揚它「一種皆稱美，群芳孰與爭？」。鄧禮讚山茶花的美德，表達他與湯顯祖一樣崇尚玉茗花的格韻情操。

在為官施政中，鄧渼也深受湯顯祖的影響。湯顯祖貶徐聞任典史，用廉州太守周宗武清正廉潔事例告誡下屬要清廉行政，提倡為官首先自身要正，不能濫用職權，要用好的行為影響自己的子弟，否則就會「敗名滅種」。為改變徐聞「輕生好鬥」不良的陋俗，湯捐出自己薪金創辦貴生書院，發展徐聞的文教事業。湯調遂昌任縣令，建射堂、修書院，下鄉勸農，並去掉一些殘酷刑具，把囚犯放回家過春節，元宵讓他們出獄觀看花燈，並曾組織百姓棄塢滅虎，為民消滅虎患。他「因百姓所欲去留」而施政，又敢除掉「害群之馬」，打擊像項應詳（遂昌人，時任吏部吏科給事中）等這樣的地頭蛇。當朝廷派礦監稅使來遂昌擾民，湯顯祖毅然棄官歸里，其純吏名聲冠兩浙。鄧遠遊初授浙江浦江縣令，常到農村田間地頭，訪問民間疾苦；關心下屬，留意有用之才，破格選用。他辦事幹練，取信於民。百姓送他禮物，照價付錢。時值荒年，他下令停止徵糧，勸富戶開倉放糧，救活災民數以萬計；在巡按雲南時，他整肅民風，安撫邊民，懲處豪紳利用開礦橫征暴斂等非法行徑。任巡撫順天（今北京），在巡視薊昌兩鎮十五路時，撤換不稱職的將領，提出整飭邊備建議，所作所為都是以一個純吏來要求自己。

湯顯祖在南京任禮部主事時，為匡正時弊，上疏揭發輔臣申時行、科臣楊文舉，趁疏理荒政之機，貪贓枉法，掠奪荒民脂膏，並語犯了神宗，被神宗貶為廣東徐聞縣典史。一年後調遂昌任知縣，此職幹了五年後棄官歸里，始終未得官復原職；鄧渼任監察御史後，目睹閹宦當權的危害，剛正不阿，上疏痛斥：「奸輔當國，宦邪盛行，上道湮沒，人心憤抑」，「奸黨擅權誤國，為宗社安危大計，雖累百疏不為多。」對魏忠賢的拉攏利誘，不為所動，參論不止。巡城御史林汝翥因責打魏忠賢家人，被迫逃走。鄧渼代林疏辯，文中有「寧死金階，不死奴婢」句子，更加激怒了魏忠賢。魏唆使其養子和時任兵部尚書兼左都御史的崔呈琇，將鄧羅織進左光斗、楊漣一案中，矯旨將鄧流放貴州。到崇禎即位，魏忠賢陰謀敗露被誅。鄧在奉召官復原職時，不幸病故。

湯顯祖與鄧渼訂交雖在晚年，見面也就是那麼兩次，但友情能有如此深厚，何也？晚明「思想異端之尤」李贄的交友觀認為，徒以「結交親密」定義友誼是不足的，朋友所繫之重，尤在於「亦師亦友」的感情。這種彼此推心置腹、至誠相與的精神，才是真正友誼的命脈。湯、鄧正是這樣一種「亦師亦友」的交情。湯顯祖就是鄧渼心目中的師。萬曆二十九年鄧到臨川既是與湯訂交，實可看做去登門拜師。此時正是湯人生跌入低谷之時，但鄧卻是人生邁入仕途之始。萬曆二十六年（1598）湯顯祖從遂昌棄官歸家，鄧渼在這年成為新科進士；三年後，湯被吏部在對地方官考察中被追論奪去「官階」，而鄧渼這時為一方在職縣令。從京城上計回新城經過撫州去特登門拜訪湯顯祖；過了 11 年，湯顯祖已是「蹭蹬窮老」的垂暮老人，鄧渼這時在官場正春風得意，鄧又去訪湯，竟在他家一住半年，至誠相與。湯顯祖與鄧渼結交雖很晚，但情誼深厚，就在於他們的結交不僅是「相須相祐」，更是「可以心腹告語」，因為他們真正識得何謂友誼之命脈。

2007 年 9 月於海口

湯顯祖與黎川

在湯顯祖所處的明代，中國的版圖上還沒有出現叫作「黎川」的縣。而武夷山的中段、日峰山下、黎灘河邊有座宋紹興八年（1138）前就已存在的古邑，稱作「新城」，而這「新城」在民國三年（1914）全國統一地名後更名為「黎川」。因此，本文所稱的黎川即新城；新城即今天的黎川。

我為黎川籍的湯顯祖研究者，關注世界文化巨匠湯顯祖與黎川的關係是鄉情使然。據我研究，湯顯祖雖沒有去過黎川，然黎川的山、黎川的水、黎川的人與湯顯祖有著千絲萬縷的關係。

黎川是座山間小縣。在我的記憶中，宏村的會仙峰和我出生地——湖坊的仙山是黎川的名山。它們不僅高，「勢臨武夷俯閩贛」，且山名都帶有「仙」字，都流傳一段與仙道有關的美麗傳說。還有黎川「守護神」之稱的日峰山，雖高不過百米，卻為黎川人家喻戶曉。我現在要介紹的是座富有神奇色彩的簫曲峰。它高過千米，坐落在社苹鄉境內，峰巒如聚，怪石嶙峋。傳說唐時此峰有一異形怪鳥在峰巔鳴唱，婉轉深沉，聲如洞簫。簫峰得名於此，卻鮮為人知。然早在 400 多年前臨川大才子湯顯祖便為之而神往，他在《寄建武張洪沙公子游武夷六絕》〔註 1〕詩中，寫下了「簫曲峰頭慣弄簫」一句。全詩黎川洵口鄉《張氏宗譜》卷十也有載，只是詩題中「張洪沙」的後面少了「公子」二字。這是張洪沙去武夷山避暑湯顯祖寫給他的抒懷之作。「張洪沙」是明代大司空張櫄的長子張應祥，字長卿，號洪沙，湯顯祖與之交遊。「建武」

〔註 1〕〔明〕湯顯祖：《湯顯祖詩文全編》（三），上海古籍出版社，2015 年版，第 1132 頁。

是南唐在南城設置的「建武軍」，宋代改為「建昌軍」，明代改為「建昌府」，黎川是其領地。湯顯祖用其所在府名代其籍貫。從 6 首絕句可知，湯顯祖雖沒有踏上黎川土地，但對黎川的簫曲峰有著嚮往之情。

黎川「七山一水半分田」，山多，關隘多，最著名的是與福建光澤縣交界處的「杉關」。杉關是出入閩贛的咽喉之地，自古就是軍事要塞。在少年時代，湯顯祖曾經歷了一場與「杉關」相關的戰亂。《湯顯祖詩文集》開篇是他 12 歲時寫的一首題為《亂後》的詩。詩序云：「杉關賊大入，破下縣，連數千里，守令閉城束手。臨川十萬戶，八九逃散，歷二秋而定。」〔註 2〕「杉關賊」指的是從兩廣徵集來抗擊倭寇的民兵在馮天爵、袁三等帶領下，不去抗倭寇，卻在閩清縣奪取國庫中的軍糧發給百姓，博取民心，後發展成一支「虜姦婦女、扣押官員、偽造關防」的危害社會的流寇。這支流寇從杉關攻入黎川、南城、臨川。「臨川十萬戶，八九逃散」。湯顯祖逃難在外一年多，親歷了這場戰亂，記下了「寧言妻失夫，坐歎兒捐母」，「余粱尚棲廟，居然飽盜賊」戰亂給百姓帶來的痛苦。

黎川山多河也多，境內有大小河流 84 宗，主流是黎灘河。黎川的「黎」本是眾多之意。「新城」改「黎川」可謂改得「有文化」。聖潔的黎河水，不僅哺育了世世代代的黎川人，還開啟了現代「章回小說大家」張恨水文學創作的源頭。那是 1905 年，11 歲的張恨水隨父赴黎川上任，張恨水說：「在由南昌到新城木船上，發現了一本《殘唐演義》，我四叔正讀著，把我吸引住了，我接過來看下去。我就開始讀小說了」〔註 3〕，從此他與章回小說結下不解之緣。您可知道，這黎河水早在 400 多年前還哺育了世界文化巨匠湯顯祖。撫河是撫州人的母親河。湯顯祖是喝撫河水長大的。撫河由臨水和汝水交匯而成。文昌里的湯顯祖故居就在汝水岸邊。汝水上游是盱江，盱江的上游是黎灘河。由黎灘河匯成的撫河水，日日夜夜從其故居前流過，形成「遠色入江湖，煙波古臨川」的迷人景色。少年時代的湯顯祖曾在這條河上蕩著船去到滸灣春遊；青年時代 5 次乘船順流而下，從南昌入贛江再到鄱陽湖，然後從大運河進京參加科考，為人生理想拼搏；上疏遭貶的湯顯祖還駕著船頂著逆流而上，從盱江到大余，然後翻過梅嶺去嶺南徐聞；棄官歸臨川後，又駕著

〔註 2〕〔明〕湯顯祖：《湯顯祖詩文全編》（一），上海古籍出版社，2015 年版，第 97 頁。

〔註 3〕張恨水：《我的寫作生涯》，四川人民出版社，1981 年，第 5 頁。

風帆上溯盱江，陪同達觀禪師去從姑山憑弔其先逝的恩師羅汝芳；還是在這條水路，遠送來訪的達觀禪師去南昌，並在行進中的水途中就「情」與「理」的問題與達觀「幾夜交蘆話不眠」。撫河水啊黎灘河，見證了湯顯祖坎坷而又多彩的人生！

黎川是位於贛東的邊陲小縣，然而小縣藏大雅，黎川自古文風昌盛，名儒鉅子，彬彬輩出。有人查過地方文獻，從宋至清四朝，黎川籍進士有 171 人之多。黎川歷史上的風雲人物，有唐末五代年間主政撫州 27 年刺史，奠定撫州城的危全諷，其侄元德昭（吳越王錢鏐，認為「危」不吉利，遂賜姓「元」）任吳越丞相二十餘年；南宋淳祐七年京試奪冠的狀元張淵微；乾隆年間繼鄉試第一名後又高中探花的陳希曾；拔貢出身歷任五部尚書的軍機大臣陳孚恩；明代三朝直臣張櫃，還有北宋思想家李覯等。至明末，黎川文風之盛達到頂峰。湯顯祖的弟子、臨川陳際泰曾感歎：「近日文章光氣，半在新城，予遜謝不遑。」〔註 4〕

湯顯祖的成才得益於文學老師徐良傅和理學老師羅汝芳為他打下的紮實功底。湯顯祖 17 歲時負笈於從姑山從羅汝芳深造理學。湯顯祖對羅汝芳尤其尊崇，曾有言：「如明德（羅汝芳）先生者，時在吾心眼中矣。」〔註 5〕羅汝芳的老師是黎川張洵水，**那黎川人張洵水就是湯顯祖老師的老師**。羅汝芳 15 歲「以道學自任」，拜張洵水為師。張洵水老先生「豪爽高邁，且事母克孝」的人品不僅深深影響了羅汝芳，也塑造了湯顯祖的高潔品格。黎川洵口的張櫃是與湯顯祖共同經歷了嘉靖、隆慶、萬曆三朝的大臣，官至南京工部尚書，比湯顯祖大 17 歲，早於湯顯祖 24 年中進士。張櫃因直言上諫，以致仕途三起三落，是明朝的直節名臣；而湯顯祖是彈劾首輔而聞名的彈劾大臣，為此《明史》為他立了傳。湯顯祖與張櫃惺惺相惜，當萬曆十九年湯顯祖被貶到徐聞時，張櫃已是第三次遭黜回到老家黎川。張櫃去世後，湯顯祖為他寫了《大司空心吾張公年譜序》，將張櫃評價為：「公為人至性，外順內健，與人庶幾易親而可從。顧前後遭歷，未嘗不險以阻。阻而因以通，險而常以夷。」〔註 6〕

〔註 4〕轉引自王思俊：《復社與明末清初政治學術流變》，遼寧人民出版社，2013 年，第 114 頁。

〔註 5〕〔明〕湯顯祖：《答管東溟》，《湯顯祖詩文全編》（四），上海古籍出版社，2015 年版，第 1727 頁。

〔註 6〕〔明〕湯顯祖：《湯顯祖詩文全編》（四），上海古籍出版社，2015 年版，第 1450 頁。

湯顯祖在黎川有同僚、有師友，還有校友鄧元錫。鄧元錫是縣城南津（日峰鎮）人，大湯顯祖 21 歲，17 歲赴南城從姑山遊學於羅汝芳門下。明萬曆年間，江西理學興盛，鄧以王（陽明）學見著，是明中後期理學家、文學家。《明史》載：「自吳與弼後，（鄧）元錫、（劉）元卿、（章）潢並蒙薦辟，號江右四君子」〔註 7〕他是張櫝的表兄，12 歲的張櫝從鄧元錫攻讀舉子業。

黎川文士中與湯顯祖交情最深的是鄧渼。鄧渼，字遠遊，比湯顯祖小 19 歲。鄧家是黎川的名門望族。鄧渼萬曆二十六中了進士，在任秀水縣令時主動登門拜訪已棄官並被吏部奪去官階的湯顯祖，從此結成「亦師亦友」的關係。11 年後，湯顯祖已是「蹭蹬窮老」，風燭殘年。鄧渼調任雲南巡按，上任前再訪湯顯祖，並在湯家玉茗堂住了半年。他們交情完全不受各自身份、處境的影響，見面後，上下古今，無話不談，論文說政，推心置腹。他們是真懂得友誼之命脈在於「相須相祐」，「可以心腹告語」。鄧渼還給湯顯祖寫了《春日述懷寄湯義仍四十韻》五言長詩，描述了湯的坎坷人生與他的交往。鄧渼為官，關心民瘼，任人為賢，清正廉潔，取信於民。湯顯祖的文學思想、人格魅力與官德都深刻地影響著鄧渼。黎川是佛教文化繁盛之地，壽昌寺、福山寺、妙法寺是黎川三大佛家道場和理學講堂。湯顯祖鍾情佛教，在南京為官時，高僧達觀收他為方外弟子，並在高座寺為他作了「受記」。湯也精通佛理，30 歲在南京國子監讀書時就在清涼寺登壇說法。從黎川的地方文獻中，我們發現湯顯祖與壽昌寺高僧無名和尚有交往。雖然在湯顯祖的詩文中不見他與無名和尚交往的書信和詩文，但現存的《壽昌語錄》中載有無名和尚答湯顯祖的書信一封和詩一首，回信與答詩的題目都是《答湯海若祠部》。無名和尚回信的主要內容是說，為了弘揚佛法，他將宋代編撰的 5 種記載禪宗歷代法師傳法機緣的著作《五燈》進行刻印，並請湯顯祖作了序文。他將湯的序文視作美玉，對湯在序文中批評「強項魔王，癡心調達，跳出《五燈》之外，不殊一打鼓之弄琵琶」的見解尤其敬佩。該序即為《湯顯祖詩文集》中的《五燈會元序》。無名和尚答湯顯祖的詩是一首七絕：

舉措施為看起因，了知起處即心明；
頭頭總是西來意，法法全彰最上乘。

從答詩可知湯顯祖寫給無名和尚的也是一首七絕，內容是通過佛理，弘揚佛教事業。無名和尚強調要心懷西天佛祖，遵照佛法的宗旨。

〔註 7〕張廷玉：《明史．列傳》卷 171《儒林》。

綜上所述，黎川的山、黎川的水、黎川的人與湯顯祖有如此分量的關係，作為世界文化巨匠的湯顯祖，已屬於全世界，更屬於臨川，也屬於黎川！

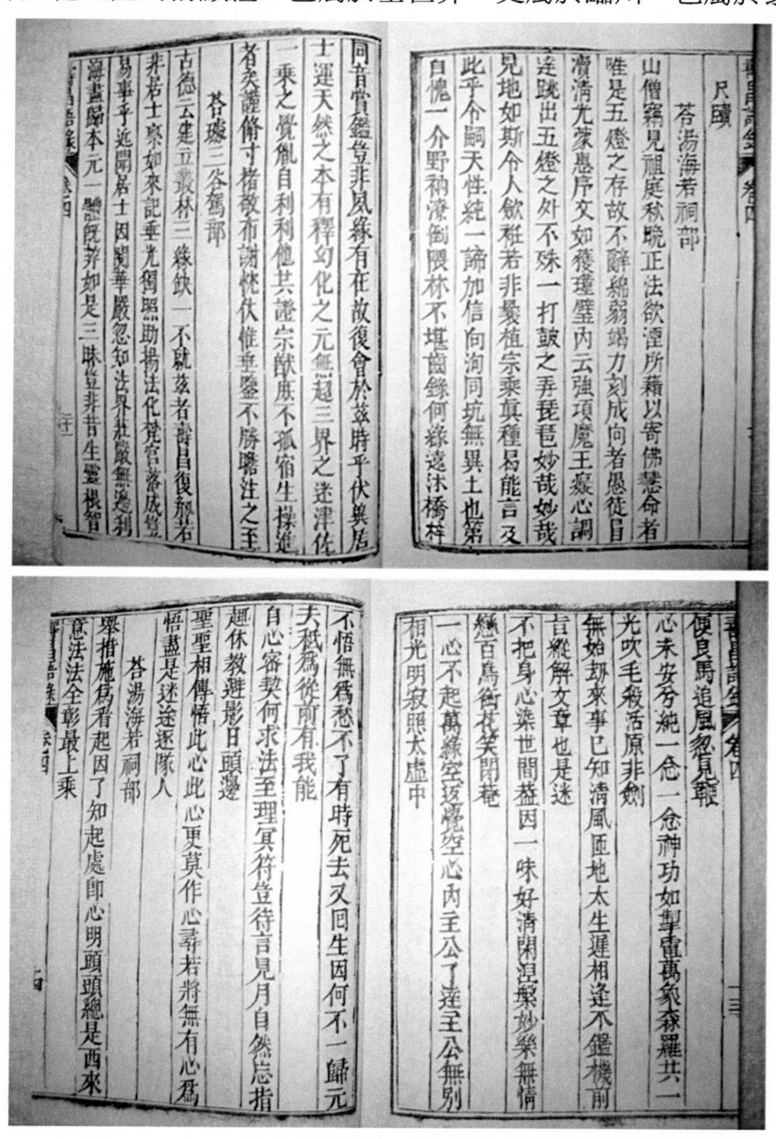

尺牘
答湯海若祠部
山僧竊見祖庭秋曉正法欲湮所藉以寄佛慧命者
唯是五燈之存故不辭綿弱竭力刻成向者愚徒旨
濱清光蒙惠序文如蔆蓮璧內云強項魔王癡心調
達跳出五燈之外不殊一打鼓之弄琵琶妙哉妙哉
見地如斯令人欽稚若非夙植宗乘真種曷能言及
此乎令嗣天性純一諦加信向洵同坑無異土也第
自愧一介野衲濩倒隈林不堪齒錄何緣遠沐橋梓
同音賞鑑豈非夙緣有在故復會於茲時乎伏巽居
士運天然之本有釋幻化之元無超三界之迷津作
一乘之覺航自利利他共證宗猷庶不孤宿生操運
者矣謹脩寸楮敬布謝忱伏惟垂鑒不勝曙注之至
答璩三谷駕部
古德云建立叢林三緣缺一不就茲者壽昌復般若
非若士槊如來記垂光獨照助揚法化梵宮落成豈
易事乎近聞居士因閱華嚴忽知法界莊嚴無邊刹
海盡歸本元一體既荐如是三昧豈非昔生靈根智

便良馬追風忽見報
心未安兮純一念一念神功如掣電萬象森羅共一
光吹毛殺活原非劍
無始劫來事已知清風匝地太生涯相逢不鑑機前
言縱解文章也是迷
不把身心染世間益因一味好清閑涅槃妙樂無情
戀百鳥銜花笑閉菴
一心不起萬緣空返覺空心內主公了達主公無別
相光明寂照太虛中
不悟無為愁不了有時死去又同生因何不一歸元
夫秖為從前有我能
自心容契何求法至理冥符豈待言見月自然忘指
趣休教避影日頭邊
聖聖相傳悟此心此心更莫作心尋若將無有心為
悟盡是迷途逐隊人
答湯海若祠部
舉措施為看起因了知起處即心明頭頭總是西來
意法法全彰最上乘

贈張心吾侍御　　王　材稚川

直道惟匡主危言豈顧身共欣迴大照何意落孤臣玉
珮丹霄隔石崖綠鬢親浮雲蔽白日誰爲叩嚴宸

寄建武張淇沙遊武夷六絕　　湯顯祖

清顏如月思如雲長要偷書水翠裙何處玉笙風颭起
寥天吹向武夷君
夜魂清啜建溪茶六月空寒碧翠霞莫作鄉人甚相喚
楚西公子字洪沙
避伏慎仙向赤闕飛鳶水外泛行塵中舉瞿酒邀靈雨
還是張家十二人
公子風流醉亦醒城頭枕嶂萬山青都將赤日木壺水

黎川張氏宗譜　卷十　贈洪沙又英公詩　一

戲寫湯顯祖概覽與思考

湯顯祖的戲劇成就與人格魅力對後世文壇影響深遠。從晚明以降的戲劇創作中，不僅出現了從思想內容到創作技巧都追隨湯顯祖的「臨川派」，而且還有了多部反映湯顯祖生平事件和《牡丹亭》軼聞逸事為題材的劇作。新中國成立後，從上世紀 60 年代到本世紀開端，戲曲與影視界識士文人孜孜求索戲寫湯顯祖，並取得頗為豐碩的成果。筆者收集了自晚明至目前為止戲寫湯顯祖的劇作（含影視）十多部，茲作一概覽：

一

（一）《風流院》與《萬花亭》

《風流院》（又名《小青娘風流院》），是晚明劇作家朱京藩開戲寫湯顯祖之先河的一部傳奇。朱京藩，字價人，生平不詳。朱以馮小青故事為本事，情節略謂：才貌雙全的馮小青被商人馮致虛納為妾，既嫌丈夫傖俗，又受大婦張氏悍妒，鬱鬱而死。死後鬼魂入風流院中，院主是湯顯祖。同院有《牡丹亭》劇中人物柳夢梅和杜麗娘，以及好讀《牡丹亭》而感傷而死的婁江女子。書生舒新彈愛好小青詩稿，企求與其鬼魂相會。南山老人乃助其見面，因此得罪玉帝，派大司命來捉拿，並將柳夢梅等也關入監獄。最後南山老人與湯合謀，鬥敗大司命，救護了柳夢梅等人，玉帝被迫允許舒新彈和小青成婚。全劇共三十四齣，為《曲品》、《曲考》、《曲錄》、《曲海目》、《今樂考證》著錄。

清康熙中前後，有郎玉甫（真名與生平皆不詳，約公元 1692 年前後在世），江東人，亦更衍馮小青事作《萬花亭》傳奇，劇情云：小青為被大婦逼死後，上天憐其多情，錄入風流院。院主湯若士又薦其為「上苑花主」，居萬花亭。因為牡丹等五位花神愛遊杭州，謫令下界，以了塵緣，仍返萬花亭。該劇已失傳，劇情《曲海總目提要》有載，莊一拂《古典戲曲存目匯考》有編目。

馮小青史上確有其人。她生於揚州，自幼聰慧，15 歲嫁杭州馮雲將為妾，遭悍妒正妻的折磨，讓她獨居孤山，不准丈夫探望。小青以讀書作詩消遣，只有朋友楊夫人來探望。後楊夫人隨宦夫離開杭州，小青壓抑成疾，且不願治療。在彌留之際，找人畫下真容，像杜麗娘一樣，在像前焚香敬酒。死時年僅十八，馮妻燒毀了她的詩稿，但楊夫人保存了小青寫給她詩和信。其中有讀《牡丹亭》感傷絕句：「冷雨幽窗不可聽，挑燈閒看《牡丹亭》。人間亦有癡於我，豈獨傷心是小青。」

明清曲壇，以小青本事作劇者很多，雜劇有《挑燈劇》《小青娘》《小青傳》。傳奇除以上兩劇，還有《療妒羹》《情夢俠》《薄命花》《梅花夢》《西湖雪》《孤山夢》《春波影》等等，但唯有《風流院》與《萬花亭》將湯顯祖寫入戲中，讓他當了「風流院」的主管。所謂「風流院」其實就是湯顯祖的「情天下」。作者這樣寫，是寄託著世俗欲望和情感期待：湯顯祖一生「為情作使」，死後矢志不移，當為「情天下」之聖，成全天下有情人皆成眷屬。兩劇中都出現神仙鬼怪登場，看似荒誕，其實是作者對湯氏「四夢」表現手法的因襲。《風流院》與《萬花樓》中的神仙鬼怪的出現與《牡丹亭》中人鬼雜出、仙佛錯綜一樣，並非在是張揚宗教禁慾，而是借宗教敘事，彰「至情」的化身。

（二）《臨川夢》與《玉茗花笑》

明清劇壇戲寫湯顯祖影響大的當數蔣士銓的《臨川夢》。蔣為乾隆二十二年（1757 年）進士，江西鉛山人，對湯的文章品節十分傾慕，乾隆三十九年（1774 年）春作《臨川夢》兩卷二十齣。這是一部描寫湯顯祖生平事件經歷的傳記劇。劇情謂：湯顯祖在京試中堅拒首輔張居正結納而下第，回家作《牡丹亭》傳奇。張死，湯得中進士，請除南京太常寺閒職。在冷衙改《紫簫記》為《紫釵記》。因上疏斥奸，貶謫徐聞典史，後升遂昌知縣令。治遂滅虎縱囚，重教親民，有善政。有婁江俞二姑讀《牡丹亭》，幽思成疾，彌留之際，託養娘將手批《牡丹亭》稿送湯。湯因家破人亡，感歎人生，又作《南柯》、《邯鄲》二夢。覺華宮天王召「四夢」主要人物上天說夢，睡神引湯入夢與俞二姑、盧生、淳郎與小玉相見。

作者通過對湯氏從科場、官場、劇場的周遭描寫，意在將湯摹繪成一個「忠孝完人」，但客觀上塑造了一個文采風流，恥附權門，守正不阿，憂憤國事，關心民瘼的循吏的湯顯祖。在表現手法上打破時空，讓劇中的人物與俞二娘與夢中與湯相會。劇中還有對湯顯祖及其「四夢」的評論。曲辭有湯顯祖的遺風，優美富麗有文采，對清代的劇壇產生過一定影響。

繼蔣之後，當代戲寫湯顯祖第一人是原江西省文化局局長、著名老戲劇家石凌鶴。他的詩劇《玉茗花笑》（又名《湯顯祖》）1962 年 8 月脫稿於廬山。劇本選取湯從官場到劇場的人生最重要轉折階段。劇情謂：湯顯祖在張居正死後中了進士，也不受宰相申時行的籠絡自請南京太常寺閒職。在此，將《紫簫記》改為《紫釵記》，搭救了秦淮歌妓小紅，結識了達觀，上疏揭發貪贓枉法的輔臣和科臣，被謫貶廣東徐聞典史。量移遂昌知縣後，滅虎縱囚，愛民如子，並開始了《牡丹亭》的創作，雖受到遂昌百姓歡迎，但遭到朝中派來遂開曠的宦官曹金的反對。湯決定上京述職後棄官歸里。歸臨川後，完成了《牡丹亭》，並在玉茗堂讓唱海鹽腔宜伶演唱該劇慶自己的五十大壽。飾杜麗娘的小紅，因演麗娘過度情真而氣絕倒地。開曠有功的曹金又來臨川，罷了湯的職務。小紅與湯惺惺相惜，情感升溫。《牡丹亭》流傳後，揚州才女金鳳鈿讀後相思，託奶媽送信薦終身。《牡丹亭》一劇的上演，達觀與湯在「情」與「理」上發生思想交鋒。湯在揚州與金鳳鈿相會，晚同觀《牡丹亭》，遭官府禁演。金請湯高歌《牡丹亭》曲，在劇的藝術境界中死於湯的懷抱。湯不負紅顏，帶小紅為金守墓。在夢中，湯與「四夢」劇中人及達觀、曹金和胡汝寧等一番糾葛，展現湯的思想世界。湯與小紅，從相救、相識、相知到相愛，結為秦晉。

此劇情節線有三：主線是湯從南京貶謫到臨川度曲；副線是金鳳鈿與湯的未了情；另一副線是湯與小紅的情愛糾葛。劇的最後湯顯祖表白：「李卓吾教我以率真，達觀師教我敢吶喊，我要揮舞禿筆，救起蒼生，寫到明天！」這是點題之筆，點出了湯顯祖是以怎樣的動機和從哪裏得到的力量來寫他的「四夢」劇作。劇本成功地塑造了一個歷史真實與藝術真實相結合的湯顯祖。此劇用詩劇演譯，這是石老的苦心考量，在他認為，湯顯祖詩樣的人生，寫他的戲應追求詩性和戲劇性的雙重審美。

（三）《湯公除霸》與《湯顯祖傳奇》

就在《玉茗花笑》問世後的第二年（1963 年），浙江遂昌縣婺劇團編劇張石泉新編了歷史故事婺劇《湯公・湯顯祖在遂昌》，因華東局柯慶施下達大寫

30 年古裝戲停演，因而能排演。1979 年，為配合法治宣傳，麗水地區文化局吳廣宏、遂昌縣文化局劉宗鶴到遂昌婺劇團，與劇團領導和編導人員討論改編方案。最後由編劇周洪良執筆將原劇集體改編為《湯公除霸》。劇本取材當地的民間傳說，參考了劉宗鶴創作的歷史小說《智懲豪強》，謂湯在遂任內，有當地豪強一項姓公子，橫霸鄉里，凡鄉民娶親，他都要強霸初夜權，民憤極大。湯決定除此惡少，擇其在京為官之父回鄉養病之際，湯以設宴為其接風為名，暗令受害民眾來縣衙擊鼓告狀。項在堂看到封封訴狀告的都是他的不屑之子罪行，為搏得「大義滅親」美名，用石灰水將該子淹死在後花園延秋亭。塑造了湯顯祖執法如山，為民除害，剛直不阿的純吏形象。該劇於 1979 年 9 月 9 日晚在遂昌劇院公演。接著赴杭州參加浙江省慶祝建國三十週年的演出，榮獲獻演獎和劇目創作獎。

2001 年 8 月廣東湛江市梁一帆與鍾達山兩位粵劇老編導合作創作了八場粵劇《湯顯祖傳奇》。該劇也以湯在遂昌智懲惡少的傳說故事為背景，劇情謂：湯在遂「借奉著書」作《牡丹亭》。初稿寫出就被傳抄，項史千金項顏讀之，託丫環採春向湯乞賜手稿正本。項顏得手本後相思入夢，慕其才華，並以玉蝶為信物薦終身。項史知情，先是拘湯入私牢，後將他投入松江，都被學生茹玉救起。項顏探看被拘的湯，隔牆直表愛慕之情，後在松江邊與湯相見。項顏見湯已是老翁，仍非湯不嫁，並拒絕父項史欲將其配茹玉的意願，寧作湯之義女隨湯掛冠歸里，獻身戲行。該劇寫了個戲有情人更有情的湯顯祖。

（四）《風雨〈牡丹亭〉》與《淚灑玉茗花》

這是撫州地區文藝工作者為宣傳鄉賢湯顯祖而作的兩部大型撫州採茶戲。《風雨〈牡丹亭〉》1964 年為撫州市文聯胡乙輝同志所寫。劇情概要是：婁江少女余二姑讀《牡丹亭》憂思成疾。其父余之善任江西巡撫提學官，赴臨川查禁，脅迫縣官吳用先交出印版，吳明禁暗保。二姑慕湯有情，託奶媽捎信委終身，聞《牡丹亭》遭禁，私奔臨川訪湯，與父交惡於「四夢臺」。經吳、湯周旋，《牡丹亭》印版雖得以保存，但二姑被父逼得投河自盡。顯祖聞之此訊，作詩哀悼。該劇以婁江青春少女余二姑，因讀《牡丹亭》斷腸而死，湯顯祖得之，賦詩致哀的真人真事為主線，糅進了臨川民間流傳的「陳、羅、張、艾」四名士故事，揭示了《牡丹亭》強烈的社會震撼力量。湯被塑造為欲衝破封建禮網羅的青春少女們的夢中情人，心中偶像。

《淚灑玉茗花》是金溪縣採茶劇團 1982 年 9 月國家文化部在撫州舉行湯逝世 366 週年紀念大會而獻演的一齣戲，作者為該團編導徐正付和陳昉。劇情謂：湯辭官歸里，目睹節女王香雲因讀《牡丹亭》，不甘青春被扼殺，待旌表建坊之際，碰坊死抗。曲友吳芝玉救出香雲私奔梨園，並結成姻眷。又婁江女子金曉卿，讀《牡丹亭》後，來臨川謁湯，遭地痞賈斯文的調戲而投河，被船家救起。當香雲和吳芝玉在萬年臺演出時，香雲被父抓走了，用「沉塘」家法處死。行刑時，被金曉卿認出香雲為早年失散的胞妹金曉鈴。曉卿感傷身世，決意以死殉曲。因《牡丹亭》振憾社會，曹巡按奉命來臨川查禁，免去了湯的官階，然湯決意繼續寫戲，以情抗理。劇取余二娘和金鳳鈿與《牡丹亭》軼聞逸事相揉和進行推衍，寫了個誓用《還魂記》打碎「女德」枷鎖，喚醒青年男女沖決思想牢籠，飛向自由雲天的湯顯祖。

（五）無場次粵劇《寶硯奇情》

在戲寫湯顯祖的劇中，《寶硯奇情》是個僅有其人而無其事的戲。作者是肇慶市藝術研究室主任李瑋。1979 年李與人合寫了歌劇《湯顯祖傳奇》（後易名《望夫石》），該劇以湯萬曆二十年（1592 年）春，從貶所徐聞量移遂昌任知縣，途經肇慶回臨川，在肇慶遇見兩個「碧眼愁胡」的天主教傳教士這一史實為線索，聯繫肇慶的七星岩，和羚羊口少婦為望遠行的丈夫歸來而化石的傳說，並與肇慶特產端硯相聯繫，虛構了梁廣、荷花的悲劇愛情。讓湯顯祖借七仙女的法力，在夢幻中重遊七星岩，在奇景中尋覓奇情，表達「心如寶硯美，情如金石堅」至情思想主題。1983 年，作者為參加廣東省專業戲劇作品評選，又將該戲重新構思，改為無場次粵劇《寶硯奇情》。該劇 1987 年由肇慶市粵劇團演出，獲廣東省專業戲劇創作評選劇本獎和廣東省地方題材優秀劇本獎。

《寶硯奇情》在形式上進行了探索性創新。他運用意識流，表觀主義的手法，打破了講求起、承、轉、合，以故事情節為主線的傳統戲曲結構方式，在「以情敘事」，借助多種現代表現手段外化人物的內心衝突，以強化人物形象塑造等方面，作了積極嘗試。湯顯祖在肇慶地方掌故上並沒有說到這個人，僅是在 1591 年春從徐聞北返時，路經肇慶時作過短暫的停留，與基督教士會晤過，留下的詩文僅有一首《端州逢西域二生》，與端州土特產端硯沒有發生任何瓜葛，可劇作者對湯的詩文和「四夢」進行了較為深入的研究，以「湯顯祖的哲學、政治和藝術思想作為塑造人物的依據」，通過合理的虛構，讓歷史上觀游肇慶的湯顯祖，與肇慶的土特產、星岩風情、硯工採蓮女的悲歡離合融會在一起，加以表現，較好的把握了湯顯祖的思想性格，使劇中「心如寶硯美，情如金石堅」的湯顯祖藝術形象有血有肉豐滿感人。

（六）歌劇《湯顯祖》

2018 年 1 月，上海音樂學院院長林在勇總策劃並作詞，徐堅強作曲，陸駕雲編劇的大型歌劇問世。歌劇通過充滿詩意的重唱、合唱和獨唱，回顧了湯顯祖雖才華橫溢，卻仕途坎坷，表現了他的率真和坦蕩、不畏強權，為國家天下、黎民百姓慷慨陳詞的堅強與柔情。該劇還應邀到匈牙利首都布達佩斯特音樂大學青年歌劇節演出，受到歡迎。他們都去的不僅是一部歌劇，更是要傳承和弘揚中國的傳統文化，讓世人瞭解中國的人文情懷和精神風骨。

（七）電影劇本《湯顯祖》

1982 年，江西的鄭伯權與王巧林、殷庭佳合作寫了電影劇本《湯顯祖》。這是第一部以湯顯祖作題材的電影文學劇本，長影準備攝製。鄭伯權是撫州金溪人，讀中學時就有詩作《一條年鞭》發《人民日報》，嶄露其文學才華，並欲試過湯顯祖的歷史劇。1982 年 5 月第五稿的故事梗概是：青年湯顯祖投師古泉山莊牟太師，與牟家丫環素貞相愛，落魄書生梅心鑒下海在羅章二戲班當了戲子。為慶太師五十大壽，梅飾演《弄玉吹簫》中肖史，受千金惠珠愛慕，受贈題詩素絹，並幽會後花園。太師得知，綁梅拷打。梅逃回祖籍遂昌又被官府捉拿下獄。

湯出仕為官，因上疏貶謫徐聞轉遂昌令。湯治遂遣囚度歲，也放了蒙冤列為重囚的梅心鑒，遭欽差范青雲反對。因惠珠投河自盡，誣梅所害，太師授意范處死梅。湯與來訪的達觀禪師謀劃，將最後五更歸監的梅由達觀帶走，湯以有縱囚未歸，引咎棄官歸家。在歸途中，目睹節女碰坊死抗；在清遠寺，遇早年戀人素貞出家在此成老尼。素貞令小尼交還了昔日湯送的信物玉茗簪，便坐化歸天。湯的經歷見聞，激起他的創作《牡丹亭》的欲望。

湯歸臨川，《牡丹亭》完成，流傳社會。為護曲意，交宜黃戲班上演，定梅心鑒飾柳夢梅，特聘杭州色藝俱佳的商笑梅飾麗娘。原來笑梅就是惠珠，當年投江幸被戲班船隻救起，流落杭州歌場。太師奏明皇上恩准，為女在臨川建烈女坊，得知《牡丹亭》對其有影射，派范青雲到臨川出巡，牌坊竣工之日又親赴臨川。湯與羅章二在玉茗堂排練《牡丹亭》，惠珠與心鑒等在《牡丹亭》藝術境界中重逢。范以《牡丹亭》影射太師有傷風化令禁演。為殺雞儆猴，還特解押已坐罪的達觀過臨川與湯相見。達觀在現實面前認識到出家不能救世，贊《牡丹亭》筆下有光明。戲在文昌橋露天舞臺開鑼，太師與范青雲明觀戲，暗布兵抓梅。梅在戲班安排下乘船逃走。牟看到場上是惠珠扮演麗娘，感到惠珠未死便有欺君之罪，立時癱倒在位。

該劇文采斐然，劇本通過湯對殘酷現實的歷見描寫，寫了一個為「情」抗「理」破浪行的湯顯祖。劇本雖未搬上銀幕，但 1986 年改為三幕電視劇《湯顯祖與牡丹亭》上了銀屏，由中央電視臺和江西電影製片廠聯合拍攝，導演王扶林，主演龔國光。

（八）電視連續劇《曠世奇才湯顯祖》

為紀念湯顯祖逝世 400 週年，2016 年遂昌資深的湯學研究者劉宗鶴先生創作的 34 集電視連續劇《曠世奇才湯顯祖》（50 萬字），展現了湯顯祖一生主要的艱辛歷程，努力塑造具有赤子之心，美好理想，以民為本，廉潔奉公，勤政為民，把遂昌建成山也清，水也清，官也清，吏也清的仙縣，為民所愛的父母官和借俸著書，創作四夢的偉大戲劇家真實而生動的湯顯祖形象。劇本先由浙江人民出版社出版，後組織製片。

二

湯顯祖一生寫了四部半傳奇，可戲寫湯顯祖的劇作（含影視）到目前已有十多部。這十多部戲寫湯顯祖的戲曲影視中，《臨川夢》與《玉茗花笑》是用戲再現湯顯祖的生平事蹟，即用戲為湯顯祖作傳，可稱為傳記歷史劇（或歷史紀實劇），其他或演化民間傳說，或敷衍軼聞逸事，多「失事求似」，姑稱之為歷史故事劇或傳奇故事劇。概覽之餘，筆者有了如下一些啟示與思索：

（一）劇作者們為何要寫湯顯祖？

寫戲是感於時而作，動於情而發。作為歷史人物的湯顯祖，能令人「感於時」、「動於情」者，何也？「文章品節」。「文章」並非湯是「八股文」的能手，也非「真奇才也，生平不多見」〔註 1〕的詩才，而是他的「四夢」傳奇，尤其是那「幾令《西廂》減色」，宣揚人性解放的《牡丹亭》。對湯的「品節」，蔣士銓概言：「臨川一生大節，不邇權貴，遞為執政所抑。一官潦倒，里居二

〔註 1〕《湯海若〈問棘郵草〉》徐謂總評，古典文學出版社，1958 年 6 月版。

十年，白首自親，哀毀而卒，是忠孝完人也。」〔註2〕蔣與湯是江西大同鄉，一生與湯多有相似處。蔣也是厭惡官場黑暗，曾因「面斥大官」而在翰林院呆了八年，不得升遷，在四十歲時，亦辭官南歸。特別是辭官後也像湯一樣，以詩文詞曲自遣，抒情寫懷，亦是因戲曲創作成就而名傳後世。因此蔣「摹繪先生人品，現身場上」，「借他人之酒杯，澆胸中之塊壘」，把湯描繪成一個「忠孝完人」。石凌鶴是資深的革命活動家和著名的劇作家。早在 1941 年就與郭沫若合作，導演了郭的《棠棣之花》，震動了山城重慶。建國後，他長期任江西文化界行政領導，仍筆耕不止，寫了不少有影響的劇作。然在極「左」路線橫行的日子裏，因寫戲他屢受批判，身心愛到嚴重的摧殘。他與湯顯祖心有靈犀一點通，有當代湯顯祖之稱。他女兒石慰春談到父親石凌鶴這個劇本時說：「父親一生寫過不少劇本，其實他最鍾愛的是不被人欣賞、一直沒得到機會上演的詩劇《湯顯祖》。他之所以傾注那麼多精力改編了湯顯祖的所有名劇，又嘔心瀝血寫了這部詩劇，是因為在湯顯祖的身上，寄託了他自己的人生追求：湯顯祖對於他，不僅是先賢、宗師，在某些層面上來說，也是他的人生座標。」〔註3〕然而並不是每位寫湯劇的作者都有他們如此境遇，更多是「四人幫」粉碎後，國家撥亂反正，時代要回顧歷史，人心呼喚歷史上的英賢，劇作者爆發了對歷史劇的創作熱情。出於對歷史文化名人、鄉賢、名宦湯顯祖的景仰，史劇作者們要將人們心目中的湯顯祖形象進行藝術化、戲劇化。

（二）當寫一個怎樣的湯顯祖？

侯外廬先生早在 60 年代研究了湯顯祖的生平與著作後曾對蔣士銓的《臨川夢》提出批評說：「清人蔣士銓以湯顯祖為題材，寫了《臨川夢》傳奇，但是這個劇本沒有把握住湯顯祖的向封建專制主義鬥爭的性格，因而是不成功的。」他倡議：「戲劇界的同志們，如果依《關漢卿》為先例，參考全集，編寫出湯顯祖歷史劇，我想必然會受到觀眾的歡迎的。」〔註4〕筆者認為，蔣是乾隆年間進士出身的封建官僚，雖對封建專制現實不滿，對湯顯祖孤貞介潔

〔註2〕 蔣士銓《臨川夢．自序》，邵海清校注，上海古籍出版社，1989 年版。

〔註3〕 陳撫生《凌空飛鶴，激情人生——記著名戲劇家石凌鶴》，《人物》雜誌 2008 年 7 期。

〔註4〕 侯外廬《湯顯祖著作中的人民性和思想性——序湯顯祖集》，《光明日報》1962 年 6 月 25 日。

用戲泄憤懣有共鳴，因受歷史侷限，還未掌握歷史唯物主義，還認識不到這是在向封建專制主義作鬥爭這一高度，要他「把握住」，有用今人思想苛求古人之嫌。「依《關漢卿》為先例」寫湯顯祖是個好建議。《關漢卿》是田漢戲劇創作的高峰，中國話劇史上的一座豐碑。寫作上的最大的特點是「彷彿」關的生平，「把情節集中在關漢卿以怎樣的動機和從哪裏得到的力量來創作《感天動地竇娥冤》一點」，並成功的塑造了個「蒸不爛，煮不熟，捶不扁，炒不熟」的「銅豌豆」的關漢卿的藝術形象。然而田漢「彷彿」關的生平是出於無奈，因史載關氏生平僅見 14 字：「關漢卿，大都人，太醫院號，已齋叟」（鍾嗣成《錄鬼簿》），而湯的生平史料翔實豐富，若也「彷彿」，便易失歷史真實。至於「把情節集中在關漢卿以怎樣的動機和從哪裏得到的力量來創作《感天動地竇娥冤》一點」，不能生硬套搬，也把情節集中在湯顯祖以怎樣的動機和從哪裏得到的力量來創作《牡丹亭》一點，這樣「步趨形似」，恐會「畫虎不成反類犬」。誠然關、湯所取得的戲曲成就在中國戲曲文化史上雙峰並峙，且都具有中國進步文人的正義感與善良，但兩人所處的時代不同，生活經歷各異，寫戲的動機與力量的來源也不完全相同。關所處的是半奴隸半封建元代，湯是處在資本主義已開始萌芽的封建專制主義晚明；關是「驅梨園領袖，總編修師首，撚雜劇班頭」，湯是進士出身的命官，因官場壯志難酬，「胸中塊壘未盡而發憤於詞曲」。藝術貴在創新，依「先例」應是像田漢那樣，把握住歷史時代的脈搏和人物獨特的感情境界，舒展開自己的藝術構思。

現有的這十部劇所寫事件大都沒有離開《牡丹亭》，這是因對「湯學」全方位研究得不夠，長期來對湯的文化遺產價值的認識還停留在寫了「四夢」，而有影響的僅《牡丹亭》一劇上。我贊同有的學者意見：「作為劇作家，湯顯祖當屬一流。然而，湯顯祖留給人們的文化財富遠不只四個半劇本。」「湯顯祖的學問，涉及了政治、哲學、宗教、文學、藝術、教育等許多方面。」〔註5〕今天我們戲寫湯顯祖，應當對湯顯祖的文化遺產進行全方位的新認識，進行多側面的歷史新發掘，把創作排演《牡丹亭》為中心事件，揭示他作劇的動機與力量之源固然應寫，科場與官場中湯所表現的氣節，突顯個性，事關他的前途命運，何嘗不可作中心事件來寫，以塑造不同歷史時期的湯顯祖。民間傳說湯在遂昌懲治惡少寫了一部不錯的戲，巧斷無賴案的故事也很具戲劇性，彰顯湯的政治智慧，又何嘗不可寫另一部戲……

〔註 5〕周育德《湯顯祖論稿．前言》，文化藝術出版社，1991 年 6 月版。

作為歷史人物的湯顯祖，不能沒有歷史侷限性。現十部劇作中的湯似乎完美無缺，然而歷史上的湯顯祖雖上過奏章，表現他對朱明王朝叛逆性，但他忠君思想又很明顯。他剛升禮部主事，就作詩表示：「臣心似江水，長繞孝陵雲」〔註6〕；大荒之年，神宗作秀到南祭禱求雨，湯作詩：「獨到山陵祈帝祖，因歌《雲漢》感吾君」〔註7〕，感激之情，溢於言表；就是身為貶謫罪臣，遊澳門時得知皇上用於淫樂的「金丹」、「紅丸」是用「千金一片」鴉片製成，他念念皇上健康，願像雲追隨龍一樣保護：「千金一片渾閒事，願得為雲護九重。〔註8〕」這是另一面的真實湯顯祖。筆者認為，掌握分寸寫他的侷限性，還他的歷史真實，並不有損湯的形象，而有助表現湯顯祖藝術形象的真實感與可信度。

（三）從「史」與「劇」的關係，看戲寫湯顯祖的得失

歷史劇是史又是劇。是「史」，劇中大的情節要符合史實；是「劇」，可在歷史可能性情況進行虛構。簡單的說即是「大事不虛，小事不拘」。這些劇作者們都知道，寫戲不虛構不能成戲，但難就難在虛構應在「歷史可能性」的條件下，即人物的思想、性格、行動必須是在當時的歷史條件下可能存在的。田漢寫關漢卿作出決斷：「彷彿他的生平」，「把情節集中在關漢卿以怎樣的動機和從哪裏得到的力量來創作《感天動地竇娥冤》一點。」〔註9〕是他動筆前像史學家一樣，充分掌握歷史資料，全面分析了元代社會的政治經濟情況和人民生活，通過研究作品的思想感情來把握關漢卿的思想性格，才能「彷彿」一個「蒸不爛，煮不熟，捶不扁，炒不熟」的「銅豌豆」的關漢卿，和一批名不見史傳的非主要人物形象來深化主題，增強作品藝術感染力，成為中國史劇創作中，「史」與「劇」完美結合的典範。

《臨川夢》與《玉茗花笑》兩位作者作劇技巧純熟，文史功底深厚，且全面掌握了湯顯祖的生平史料並有進行了深入的研究。他們的戲基本忠於史實，但也有不同程度的虛構。在寫作上，後者受前者的影響明顯。石是當代人，又是革命活動家，能用唯物辯證法和歷史唯物主義觀照湯顯祖的生平，

〔註 6〕《還祠部拜孝陵》，《湯顯祖詩文集》卷九，上海古籍出版社，1982 年版。

〔註 7〕《帝雩篇宿陵下作》，《湯顯祖詩文集》卷七，上海古籍出版社，1982 年版。

〔註 8〕《香山驗香所採香口號》，《湯顯祖詩文集》卷十一，徐朔方箋校，上海古籍出版社，1952 年版。

〔註 9〕田漢《關漢卿》自序，《劇本》1958 年 8 期。

「把握住湯顯祖的向封建專制主義鬥爭的性格」，忠於史實又不拘泥史實。劇中小紅史無其人，蔣的《臨川夢》沒這個人物，是石老虛構的，並把她貫穿戲的始終。小紅不僅為情死而復生，還為「情」衝破了地位尊卑和年齡懸殊的界限，感到她的存在是真實的。她在劇中的作用有似郭老《屈原》中嬋娟，如果說《屈原》中的嬋娟是「屈原辭賦象徵」，「道義美的形象化」，那小紅則是湯顯祖「至情」的化身，杜麗娘形象的昇華。《寶硯奇情》除湯顯祖曾在萬曆二十一年（1593 年）經過肇慶，並見到西方兩個天主教傳教士為史實外，其他劇中所寫情節全為虛構。但具有歷史的可能性，有真實存在感，且在創作方法上進行了有益的探索革新，因而受到觀眾的歡迎；《湯公除霸》取材於民間傳說故事，故事情節本身就很具戲劇性，且彰顯了湯的「以民為本」為官理念，與湯治遂其他深得民心政績交織在一起，遂昌觀眾看了很感真實親切，產生轟動效應。

概覽之下，有的戲也很想寫出湯作《牡丹亭》的動機與力量之源，但筆力所逮是「戲」而不是「人」，沒有將人物放戲劇衝突中，揭示人物的性格特徵和內心世界。湯顯祖與超級粉絲俞二娘、金鳳鈿、馮小青的情感糾葛史料記載本很感人，但演化入劇並不感人。何也？沒有很好的在「史」與「劇」的結合上，圍繞人物，寫人物的性格和命運，揭示人物在特定情勢下的精神狀態，僅是將故事傳說圖解化。電影劇本《湯顯祖》雖在湯以怎樣的動機和從哪裏得到的力量來製作《牡丹亭》上下了筆墨，但設置的對立面人物關係卻有失「可信性」。一個人的思想受師友的影響是深刻的，有的甚至是決定性的，史實上的湯顯祖「情」的思想受王學「左派」三傳弟子羅汝芳的影響是學者們的一致認同，而劇中頑固維護程朱之「理」與湯水火不容的竟是湯當年古泉山莊的座師。中國師道尊嚴是「一日為師，終身為父」。師生何以分道揚鑣，劇中缺少必要的鋪墊，因而感到不可信。有的作者歷史知識貧乏，又沒有對湯顯祖的史料進行認真的研究，劇中竟然將一個回家臨時養病的御史僅因愛女看了《牡丹亭》，對湯生愛慕之情，就把一縣之長的湯顯祖抓入私牢，後又投河處死？御史一銜是明初一度設置，後改為都察院，設監察都御史八人，秩正七品並分道置監察御史，每道設御史三至五人不等，秩正九品。這樣看來，劇中項史頂多也不過是個監察都御史，與湯顯祖平起平坐的七品官。怎可把一縣之長的朝廷命官，想抓就抓，想處死就非法處死呢？因此寫歷史人物的劇，不具備一定歷史知識，不瞭解歷史生活，看到一段歷史故事拿來就編，很容易有違歷史真實，出現有悖歷史常識的硬傷。郭沫若說：「史劇家對於所處理的題材範圍，必須是研究的權威。」〔註 10〕此話有道理，值得史劇家們深思。

戲寫湯顯祖未有窮期。2016 年，徐聞縣為紀念明湯顯祖逝世 400 週年，陳乃明、黃秀拔根據湯貶徐聞的生活素材，創作並上演了大型歷史雷劇《貴生情》。展現湯顯祖在徐聞講學弘揚貴生精神，謳歌了身處逆境的湯顯祖，關心民瘼造福一方的高尚品格。中央戲劇學院影視製作中心的 40 集電視劇《大才子湯顯祖》，中國文物學會會館專業委員會會長湯錦程（臨川籍）策劃的 20 集電視連續劇《夢仙湯顯祖》均在孕育腹中。

自 2016 年為紀念湯顯祖逝世 400 週年以來，各地電視臺錄製的有關《湯顯祖與牡丹亭》的專題記錄片就更多。

戲寫湯顯祖，「月落重生燈再紅」。

（原載江西《影劇新作》2009 年第二期，有修改）

〔註 10〕郭沫若《歷史．史劇．現實》，《郭沫若論劇作》，上海文藝出版社，1983 年版。

蹭蹬問世的《湯顯祖大傳》

為湯顯祖作傳，有如傳主人生經歷，坎坷多舛，特別是在出版問題上，可謂飽受磨難。

三十多年前，我還是小夥子，在家鄉撫州從事文學創作，1978 年 11 月江西人民出版社發函來我區組稿編寫湯顯祖的傳記，那是為迎接 1982 年全國性紀念湯顯祖逝世 365（後改正為 366）週年大會在撫州召開而定的選題，主管部門從文教界物色了我等三人承擔綱此任務。本書責編師出當代著名傳記文學家朱東潤先生門下，他要求我們要以其師《張居正大傳》為範本，用文藝筆調，寫成既有學術價值又可讀性強的文學傳記。說實在的，這時我和我的合作者沒有誰對湯顯祖的生平著作進行過全面研究，也沒有寫過長篇傳記文學，只是作為領導交付的一項任務硬著頭皮接受了下來。當初還想著：盡力而為吧，責編是行家，寄望他點石成金。然而我們遇到的是：1980 年初交去了初稿，7 個月如石沉大海。我們上門去聆聽意見，責編除談些要加強文學色彩外，不觸及書稿的任何具體內容。我們感到他根本就沒有通讀書稿。當年 8 月，我等帶著初稿與修改提綱拜訪了北京、上海和南京、蘇州等地的戲曲史論和傳記文學名家徵求意見，第二年 8 月完成了二稿。交稿後責編即拍板說馬上發稿，可又是 8 個月渺無音信。如果是書稿質量太差不宜出版，那明確告訴我們就可，可責編從未向我們談過書稿存在的問題與具體修改意見。到了 1982 年全國紀念湯顯祖逝世 366 週年紀念大會 10 月就要在撫州舉行了，這年 3 月 16 日才匆匆來信告知書稿馬上發稿付排，要我們速到出版社核對書稿中引文，要「越快越好」。然而我們還是有自知之明，感到就這樣不修改拿出去見讀者實在太粗糙。傳主是蜚聲中外的國際文化名人啊！到了南昌後我們並沒有只核對引文，而是盡可能對文稿進行加工補充修改，並重寫了一些章節，在行文風格上儘量統一些，利用這最後有限時間把亟需要改處盡可能修改。十七萬多字的文稿，一個月邊改邊叫人謄抄，交稿時我們再三要求清樣出來要通知我們校對，但到 1982 年 11 月 29 日責編來信不是通知我們去校對清樣，而是說：「湯傳倉促付印，未及重審抄稿，現發現謬誤極多，不得已而停印。」這是怎麼回事呢？原來書稿早在 10 月已印好 15000 冊，正要發行，因出版社另兩部圖書出的錯字多，發行後受到讀者與主管部門批評，出版社內部開展對圖書編校質量檢查，責編對我們書稿是「未及重審」而發排，清樣出來後又不通知我們去校對，他心虛了，這時才對印成的書稿來「勘誤」，發現差錯率超過許可範圍，因而不發行。問題出現後，責編不是實事求是承擔應有責任，而是一股腦兒往作者身上推。這時我年輕氣盛，按捺不住，於 1982 年 12 月 27 日向出版社兩位社長寫信，除主動承擔原稿錯處應負責任外，也如實反映了責編對待書稿不盡職守的行為。1983 年春節過後，我們去找責編交涉書稿處理事，他提出：一是用現稿改正錯字重印；二是在現有基礎上再修改加工提高質量。我們毫不猶豫選了第二種方案，回到單位後，我們用了較充裕的時間對書稿進行了認真的加工修改，把想到要修改補充處都盡力而為了，對所引的詩文尤其認真核對，自認書稿比前稿有所提高。1983 年 8 月 2 日我們交去了修改稿，1983 年年底和 1984 年初曾兩次詢問稿子處理情況，責編明確說：「書稿事你們不用再來問了，今年年底定會發稿。我們徵訂單都發了，再不發稿，也會失信讀者。」並說出書的廣告都做出去了，「《萬花樓》封底所列即出書目中就有你們的書」，可到了 1984 年底仍不見發稿。1985 年 6 月 28 日責編來信說：「關於湯傳，近擬重排，……而印刷廠安排不下……則將 1982 年版校訂挖補重印（此版早已校出）。這樣做也有好處，一是減少重排、重校的麻煩，也避免出現新的差錯；二是也快些，只照舊型挖補重印就行了，避開今年印刷緊張的矛盾。」可到 1986 年春節前，我們去問付印情況又變卦了，說是「人家書店不要」。經我們詢問省新華書店發行科，原來出版社根本就沒有發出「湯傳」的徵訂單。謊言被揭穿，我們向出版社領導作了反映，責編受到社領導批評後才於 1986 年 3 月 28 日以古籍編輯室的名義給我們來了信，告知「湯傳發至出版處，由他們徵訂後決定印與否」。1986 年暑假我在中國藝術研究院學習未歸，合作者告知上述情況，我氣憤難忍，於 7 月 28 日向出版社王治民社長寫了長達 7000 多字長信，翔實反映自寫該書以來責編不負責的一系列事實，同時還揭發了他曾在 1982 年不經我們同意，將書稿借給省某媒體作資料，供他們寫有關稿子用，侵害作者權益。該信引起了省出版社領導的重視，在他們的干預下，責編才將 1982 年 10 月舊版挖補錯字後印了 2000 冊應付差事。

書出來後，我核對了一下，除改了些錯字外，責編自己勘誤出來算作原稿 59 處錯，既沒有「挖」也沒有「補」。而 1982 年印成的 15000 冊也未作徹底銷毀，以致該書大量流入江西私營書商。值到不久前打開「孔夫子舊書網」，還看到登著賣此書廣告。

「湯傳」出版中的遭遇令我心寒。書雖出了，實為糟蹋，壓根就沒想到還會去修訂再版。然而機緣卻促使我將它順勢再生。

那是 2000 年 8 月，我應邀出席了由大連外語學院承辦的紀念湯顯祖誕辰 450 週年國際學術研討會，與一別十多年的原撫州師專中文系鄒自振教授在會上相逢。我在 1988 年調海南工作後不久，他也調回老家福州一所大學任教。出於同道友情，他關切地對我說：「重謨啊，你那湯顯祖傳記不能就這樣丟下，要進行修訂再版啊！」他的建議觸動了我，但當年合作者已天各一方，他們不僅年事已高且早已不從此道，要再合作修改實屬不可能。再說當年那東西雖三分之二篇幅由我撰寫，但實膚淺且舛謬不少，今天再讀，實感沒有再版的價值，只能姑作資料。這些年來「湯學」研究發展很快，新的資料、新的成果、新的觀點不斷湧出，可供借鑒太多，要出不是簡單的修補可了事，應從內容到形式有所出新——寫一本新的湯顯祖傳記。

新的傳記怎麼寫？我拿不出細緻的規劃，我僅注意這麼幾點：還是文學傳記，是文學化的歷史著作，傳主所留下詩文著作是最主要的依據；寫作範本是《張居正大傳》，記載不只是傳主的生平經歷，而是他那個時代以及他的思想軌跡；傳主影響時代的不只是「四夢」，而是多方面的文化成就；傳主自信「區區之略，可以變化天下」而從政，寫戲是「胸中魁壘，陶寫未盡」，「四夢」都是「有譏託」的政治戲，應立一個戲劇政治家的傳；為鄉賢立傳應體現點地方色彩，注意從地方文獻上發掘有關鄉土資料，還有相關民間故事傳說。我僅把握這點「譜」，敲著鍵盤，邊敲邊像。

會後回到海南，我即重啃湯顯祖的詩文，新購了斷代系列《明史》及《晚明史》、《明代政治史》等有關史料進行閱讀，繼續搜集、消化有關資料，關注海內外「湯學」研究動態，重擬了書稿提綱，且較快寫出了前五章，書名為

《湯顯祖大傳》。應移居海外朋友要求，將脫稿的前五章發往加拿大多倫多中國華人網站發表。這時我對現代化通訊工具的互聯網還是「土老冒」，剛學會收發電子郵件，不知海外網站發的文章國內也能瀏覽與下載。有一位在北京高校任教的老鄉在互聯網上瀏覽了前五章書稿，來信向我求購全書。此時我才猛醒到：在海外網站發表了的文章國內都能能瀏覽與下載，那書稿下一步找出版社正式出版必受影響，於是我要求該網站負責人，將已發的五章刪去，書稿以後也不再提供。

寫湯顯祖這樣文化大師的傳記當然不是為案頭自賞，而是要出版發行。然想起 1980 年出版湯顯祖的傳記中的不幸遭遇卻令我心灰意冷。再想當下出學術類著作，作者不僅要忍著窮愁，耐著寂寞「爬格子」，不少作者還要為籌出版經費去化緣，有的還要掏出自己工資交出版費。想到此，我中止了書稿的寫作，轉而將已有的湯顯祖研究論文、輯逸到的湯顯祖佚文及 1982 年為撫州湯顯祖紀念館撰寫的陳列大綱進行整理，結成《湯顯祖研究與輯佚》集子，作這些年來折騰在「湯學」領域的成果總結。也就是不想為寫湯的《大傳》而勞神。我將論文集《湯顯祖研究與輯佚》請中國藝術研究院李希凡院長作序。希凡老師以評論家的敏銳眼光，看出了我在書稿《後記》中透露想放棄《大傳》寫作的思想苗頭，一片希望學子能有所作為的苦心，在序文最後特意寫了這麼一段話：

> 讀完全書，我倒認為，這不應只是重謨研究湯學的最後結集，而該是他續寫一部《湯顯祖大傳》的準備，為了晚明這位戲曲大師，這是值得的，讀者寄有厚望焉！

希凡老師的話成了我續寫《湯顯祖大傳》的新動力。我咬緊牙關，熬過了熱島三個炎夏，在「龍年迎勝紀，蛇歲發生機」之際將書稿完成。該書寫作中，海南出版社有位編輯曾對書稿有出版意向，並幾次催我快寫出來。可書稿完成了交給他卻幾個月不敢表態。原因不說也知道，無非是這類書，難以暢銷，不能帶來好的經濟效益。我正為書稿出版犯愁之際，有位江西老友向我推薦知識產權出版社。說這是國家級的出版社，他在這家出版社出版出過書，沒要書號費，還給了稿酬。

經聯繫，知識產權出版社文史編輯室接納了我的投稿資料。2013 年 1 月 30 日該室將《湯顯祖大傳》作選題交社裏討論通過。2013 年 2 月 4 日下午，自稱為責編的一位女士給我掛電話，主動承諾按 8%付我版稅。這樣我便將書稿電子稿發給了她。可她拖著不與我簽署出版合同。兼任責編的該室負責人許諾待初審意見出來簽。可初審完成，又說稿子還在進行加工。直到當年 9 月 3 日書稿粗加工完成，責編才用電子郵件發來《出版合同》，一看條款我傻眼了，原來主動承諾的「自賣出第一本書開始按書價的 8%付我稿酬」改為「圖書首印不付稿酬」。我當然要與他們理論當初對稿酬的承諾。該室負責人竟說：「大學教授在我這出書都沒稿費呢。」我已感到被設局了，面前打交道的已不是「為他人作嫁」的編輯，而是不講職業道德，人格低下的奸商，跟這號人論理那是對牛彈琴，我只有寫信向該社社長反映。社長將信批轉總編，總編叫人出面「妥處」。得到的答覆是：

> 我社編輯在沒有與您正式簽訂《出版合同》的情況下，對您的書稿進行了初審及初加工等編輯工作，付出了相當的精力與辛勞。你與編輯無法就出版條件達成一致意見，我社決定對您的書稿《湯顯祖大傳》作退稿處理。

如此的「妥處」令人大跌眼鏡。出版社對稿件的處理流程難道是先對「書稿進行了初審及初加工等編輯工作，付出了相當的精力與辛勞」後再與作者談「出版條件」？啊！如此的管理水平，怎不出坑蒙作者事！但我想知識產權出版社是由國家知識產權局主管與主辦的國家級的出版單位，我應該讓主管局領導知道此事。於是我向局領導寫了信。信中我寫了這樣一段話：

> 編輯與作者事先不談好出版條件憑什麼能對作者書稿進行初審和加工處理？並為此「付出了相當的精力與辛勞」？憑作者的智商又怎會連出版條件都未談妥就讓編輯對自己書稿進行初審和加工？誠信是一個企業的靈魂和生命，是出版業生存和發展的永恆的動力，是中華民族的傳統美德，希望你們掃除殘存在出版社內的坑蒙欺詐作者的黑角落，不能讓××這樣編輯再用同樣的手段去坑蒙欺詐其他作者。

書沒有出成，書稿在這家出版社耽擱了 8 個多月，我只有為它再找歸宿。然我抱著：寧不出也決不自己出錢買書號；薄酬也行。經聯繫幾家出版社，都說這樣書應推出去，但都說這樣書不暢銷，要我自己投資或找到資助單位。說到「資助」，海南省社科聯已為此書立了項，但「不提供資助」，無奈中我只有象個沿街叫賣的小販，向有可能出此類著作的出版社或掛電話或寄書面投稿資料進行推銷。2013 年 11 月 12 日，總算找到了態度積極的北京燕山出版社。他們願以首印5000元稿費，送樣書100本，重印按9%付版稅的條件接納出版。不要我掏錢買書號，我不願上岸求人，為了書早日問世，我只有同意。出版社將書稿一接下，他們便將該書上報為2014年北京市重點書目出版。但在發行問題上又令我遺憾。經協商，我們提前終止出版合同。我的《大傳》又孑然一身，患愁何處「宜爾室家」？

好事皆隨機緣來。2015年4月22日，上海戲劇學院和上海古籍出版要增訂出版原徐朔方箋校的《湯顯祖全集》，邀請復旦大學教授江巨榮、中國人民大學副教授鄭志良還有我共同負責增訂的《續補遺》一卷的編輯工作，趕赴上海參加增修《湯顯祖全集》座談會。到上海後，得知上海戲劇學院為迎2016年紀念湯顯祖逝世400週年盛會，由葉長海教授主編一套《湯顯祖研究叢書》。長海教授閱過我呈送他的《湯顯祖大傳》後，同意將該書列入他主編的「國家重點學科戲劇戲曲學建設項目，上海市一流學科戲劇影視學建設項目」的「湯顯祖研究叢刊」，由上海人民出版社出版。我藉此機會，將讀過《大傳》的師友們的意見及自己發現書中的疏誤之處作了些修訂。

蹭蹬一生的湯顯祖，蹭蹬問世的《湯顯祖大傳》，我為它得到好的歸宿而欣慰。到目前為止，上海人民和北京燕山兩個出版社共銷售數已超萬冊；中國作家網、《海南日報》和湯顯祖家鄉的《撫州日報》等媒體對它的問世都作了報導。特別是撫州市文化主管部門還為《湯顯祖大傳》舉行隆重的首發式。令我沒有想到的是，2016年1月江西省召開全省人大、政協兩會，特派專人到上海人民出版社採購《大傳》2000冊，發給與會代表；更令我意外的是：2016年4月16日，中國戲曲學院原院長、全國湯顯祖研究分會會長周育德由中央有關部門安排，在國家圖書館向中央200多名部級領導作了一場湯顯祖的講座。講座完後周育德院長即給我發來短信說：「今天完成給部級領導的講座。大作《湯顯祖大傳》人手一冊。有人還讓我簽了名。」北京聯合大學教授、中國崑劇研究會副會長周傳家讀了《大傳》後，向他所在的北京聯合大學推薦該書為該校必讀的100本書之一；廣州《信息時報》2016年1月25在「開卷廣州．書目推薦」欄目中，向廣州市民推薦《湯顯祖大傳》；上海市傳媒2016年5月13日發布微博，在【燈下夜讀．每日一書】欄目中，向市民推薦《湯顯祖大傳》。

為湯顯祖立傳的任務我總算是交了卷，然受學識的侷限，注定了它是個膚淺且存有不少謬誤的東西。我願在有生之年對書稿作出多次修改使其日臻完善，願它成為一部能傳得下去，在世界歷史文化名人傳記中，有它一席之地！

2017 年 7 月 21 日於海口勝景樓

我與徐朔方教授在湯顯祖佚文上的糾紛

1999 年我與徐朔方教授在湯顯祖佚文問題上發生了一場糾紛。

事情的原委是：1982 年春，我去北京為江西撫州湯顯祖紀念館搜集湯顯祖史料，在北京圖書館查閱古籍《明文百家萃》，發現該書載有湯顯祖十一篇時文，均為徐先生箋校的《湯顯祖詩文集》（1982 年版）所沒有收錄。北圖藏的《明文百家萃》殘缺不全，從有關專業人員得知復旦大學圖書館有完整藏本，我通過陸樹倫教授從復旦資料室得到北圖殘缺未載的幾篇。佚文輯到後，我進行斷句、標點和箋注，並和我在撫州地區地方文獻上所發現與輯逸的湯顯祖的序文、傳贊和楹聯等佚文一起發表在 1983 年第 6 期《文藝資料》（江西省文學藝術研究所編的內刊）。這批佚文徐朔方看到後，曾於 1985 年「轉託」江西省贛劇團編劇黃文錫來信「探詢」我的意見。黃在 5 月 20 日的來信中說：「你刊在《文藝資料》上的一組湯顯祖佚文，業已算半公開的資料了。徐朔方同志想在《湯顯祖詩文集》再版時將它們補入，注明發現者——你的名字，並告出版社把應有的稿酬寄你。此事不知你是否同意，轉託我探詢你的意見。自然，不同意，他也不會冒（貿）然補入。」接信後我沒理會，既沒有給黃文錫回信，更沒有給徐朔方作答覆。此事擱下。

1986 年 10 月 5 日，時在中國藝術研究院進戲曲理論研究班學習的我，曾把所輯佚文給郭漢城老師看了，漢城老師閱後即給院《戲曲研究》編輯部的迦華、顏長柯老師寫信推薦發表。顏老師意見全發篇幅過長，先將序文、傳贊和楹聯部分刊發《戲曲研究》在第二十二期，時文部分以後再發。1987 年 7 月我修業期滿回贛，1988 年調海南後沒有從事所學專業研究工作，對佚文事已淡忘。事過十二年，徐先生重編《湯顯祖全集》，要收羅我輯逸的這批佚文，「輾轉從戲曲研究編輯部」探聽我在海南文體廳工作，於 1995 年 1 月 17 日給我來信云：「（我）正在考慮重編湯顯祖詩文集。我想把你在《戲曲研究》發表的輯佚也收羅在內。當然注明是您的輯逸，並且將由出版社直接向您寄送應得的報酬。」閱信後引起了我的狐疑：徐先生 1985 年轉託黃文錫來信是說要收羅我發表在《文藝資料》上佚文，現在為何只提發表在《戲曲研究》上的那些？聯想到 1979 年初我去遂昌採訪學者王權時，曾告訴我早在 1954 年他就寫有《湯顯祖年譜》初稿。初稿呈送恩師——當代詞宗夏承燾指教。王和徐先生都是夏承燾的高足，夏知徐先生也在作《湯顯祖年譜》的編寫工作，建議他兩人合作。於是王權便把手稿給了徐朔方。徐看了一段時間後，將稿子退給了王，說他的可以單獨成篇，不用合作了。警覺的神經令我於當月 28 日向徐發出了回信，表白了明確的態度。信的開頭特意提到十二年前曾通過黃文錫來信給我要補入我所輯佚文一節。信的最後說：「我相信，你要收羅的決不僅僅是我發表在《戲曲研究》上那些，而是我輯佚的全部，含正式刊物、內刊上所發表以及尚未公諸於世的。否則，仍會出現您所不願出現的『割愛』」。

儘管我警惕性不低，然悔氣的事卻防不勝防。徐先生無視我信中的明確態度，按他的「小九歸」，一廂情願將我發現並輯逸的 19 篇佚文收進了他箋校的《湯顯祖全集》中。該書 1999 年 1 月在北京古籍出版社出版。本年 6 月初我逛海口市解放路新華書店看到此書，順手從書架上取下翻閱，發現補遺的 11 篇時文中，只有《我未見好》、《故君子可……其道》和《孔子有見》三篇編在第五十一卷《補遺》中，注明了是我錄自《明文百家萃》，另八篇（《為人臣止於敬》、《夏禮吾能》、《上好禮》、《君子思不出其位》、《鄙夫可與》、《左右皆曰賢未可也》、《其君子實……小人》和《民之歸仁》）則出現在第五十卷《制義》中，沒有注明是我的發現與輯逸。我的這一成果變成了徐先生的東西。

為了弄清真相，我及時去信向徐先生詢問。信中說：「據北京朋友告訴我，你校箋的《湯顯祖全集》已在北京古籍出版社出版，但海南書店目前尚未見有售（按：這時我已知道對這位大學者已不能太老實了，為了探明他的態度，我不能直說已在海南看到）不知我所輯錄的湯氏佚文你收進多少？望告！」

徐先生於 7 月 1 日給我回信中裝癡賣傻：「大函奉悉，現已函告北京古籍出版社經辦同志為我寄《湯顯祖全集》一套到海南。此乃例有之事，竟因年

老昏聵而忘卻，歉甚。」不知徐先生是真的「年老昏聵」還是心中亂了分寸，書已發行了半年了，還附來了五頁的《湯顯祖全集》增訂與勘誤，請我訂正，令人啼笑皆非。7 月中旬收到北京古籍出版社文藝部寄來的《湯顯祖全集》一套四本。我翻閱了全書，細讀了《全言》和《編年箋校湯顯祖全集緣起》後以及整個編排，看出了徐先生並非「年老昏聵」，而是老謀深算，為了將我的輯逸成果變成他的東西可謂「嘔心瀝血」。8 月 8 日我去信給徐先生本人與北京古籍出版社提出交涉。明確指出書中第五十卷《制義》中有八篇「沒有實事求是注明為我發現並輯逸，違背了 1985 年通過黃文錫寫信給我的主動承諾，侵害了我的權益」。若不能協商解決將訴諸司法來裁決。徐先生心中有愧，害怕我訴諸司法，但又顯得很坦然的樣子。8 月 16 日他給我來信說：「**我想可以原諒則原諒**，如不可原諒，則不妨由法律途經加以解決。我寫到這裡心平氣和，相信法律面前人人平等，不會令您或我或出版社有吃虧或便宜。」徐先生在學界有「宗師」、「泰山北斗」之尊，豈甘心向名不見經傳的我祈求「原諒」，8 月 27 日的來信露出了他的面目，道出了他之所以這樣做的理由：「我也一樣相信法律途經解決為好，但敗訴一方要負責訟費。我在湯集中所收尊編佚文後曾作保留，現標點解釋同您不一樣。……北圖有書《制義》，何得云『發現權』，豈不滑天下之大稽。」

閱信後，他的所謂「宗師」、「泰山北斗」的光輝形象在我心中大打折扣。一個大學者，竟「昏聵」得連何謂「佚文」都糊塗了！《辭海》對「佚」的解釋是：「散佚、棄置。如：佚書，輯佚。」所謂「佚文」就是指已故作家散失、棄置的文章；「湯顯祖佚文」當然是指他以前校箋的《湯顯祖詩文集》（1982 年出版）所沒有收進的散失、棄置的湯顯祖詩文。這些散失、棄置的湯顯祖詩文誰先發現輯逸到了並公諸於世就屬誰的演繹作品，享有著作權，受著作權法的保護。收在《湯顯祖全集》第五十卷《制義》中的 8 篇時文就是 1982 年我在北圖《明文百家萃》一書中發現輯逸到 11 篇中的 8 篇，其中《上好禮》一篇，我發表稿將「純以虛運毫不著實」一句漏掉，現徐先生書稿這句也沒有，更可證明徐先生所收羅的正是我發現的這批佚文。佚文被發現已公諸於眾後就不再是佚文了。誠如湯詩《鳳凰山》我 1982 年 2 月出差上海，住吳宮飯店，在對門古舊書店購得《郁達夫遊記》，在首篇《杭州小歷紀程》就發現郁達夫引了這首詩，徐朔方校箋的《湯顯祖集》（1963 年版）詩文卷中沒有收集，是首佚詩，而徐先生從《龍游縣志》卷三十八也錄到這首佚首。因我拖到

1982 年 10 月才公布《江西日報》，而徐先生箋校、上海古籍出版社出版的《湯顯祖詩文集》是 1982 年 6 月出版，該詩已補遺。因徐先生公布時間早於我，我雖在不同地方錄到也不能算是佚文，故後來我就沒有將該首佚詩歸入我的輯佚成果之列。

徐先生提出他的「標點解釋同我不一樣」，他的正確，我的錯，「視不可信賴」。然而在古籍整理中兩個人標點不完全一樣屬正常。從我輯佚的十一篇時文看，斷句徐先生與我基本一樣，標點有部分一樣，部分不一樣。即使我錯的完全不能用，作為收羅者應是提出意見，讓輯逸者重新標點。若真是「不可信賴」你可不收羅。正是這批佚文，早在 1985 年 5 月 20 日徐託黃文錫來信就表明了：「想在《湯顯祖詩文集》再版時將它們補入，注明發現者——你的名字，並告出版社把應有的稿酬寄你。……自然，不同意，他也不會冒（貿）然補入。」並沒有提到我的標點有為「不可信賴」。這白紙黑字，至今我還保存著。可現在不僅是「冒（貿）然補入」，且收羅我輯逸的 11 篇時文就有 8 篇不「注明發現者」我的名，書出了半年既不告知也不給稿費，連「例有之事」的樣書也不寄。只是當書發行了半年，我無意在海口書店看到寫信問到佚文收羅情況時才以「竟因年老昏瞶而忘卻」，叫出版社寄來《湯顯祖全集》一部，和稿費 80 元。當我去信明確指出徐先生這樣做侵佔了我的輯佚成果，損害了我的權益，應承擔侵權責任。徐先生又以「現標點解釋同您不一樣」、「視為不可信賴」、「北圖有書《制義》」等為理由為自己開脫責任。如果徐先生這種理由可成立的話，那 8 月 16 日來中信請求我「能原諒則原諒」那要我「原諒」什麼呢？

這時我對徐先生很是惱怒，令我無法原諒他這種行為。為了維護我的正當權益，感到不將他告上法庭難以心平。我知道，打官司打的是證據和法律依據。證據我是有了，抄錄的佚文和有關信件我都保存了。為瞭解相關法律依據，我帶著有關證物去海南省高院知識產權庭向專業人員進行了諮詢，對勝訴訟充滿了信心。社會上的兩個職業律師好友看了我的有關材料，說這樣官司實為小菜一碟，若對方雇用了律師，願為我提供法律援助，即免費代我出庭。但當我寫好訴訟文書準備呈交法院時，我又猶豫了。考慮到：

一、徐先生是周育德先生的老師，而周又是我的老師，告他總不太好。

二、徐先生是湯學領軍人物，判決下來在社會上有影響，有損他的聲譽；從經濟上，儘管我無意要他作任何賠賞，但他要應訴就要請律師，律師要到海南這一花費數目不小。

三、徐先生雖是不甘心但畢竟在信中還是向我發出了「能原諒則原諒」的祈求。

四、我調海南後 10 多年基本不搞湯顯祖研究，在大特區經濟大潮沖刷下，學術情感淡泊，幾篇佚文心中不是很在乎。

「人生何處不相逢，得饒人時且饒人」。一番思考後決定放棄起訴，打算在湯學研究隊伍小圈子內讓一些人知情，相信人心不泯，會從道德上作出評判。2000 年 3 月，原中國藝術研究院研究生部主任後任中國戲曲學院院長的周育德老師給我來信並附來會議通知，云及由大連外國語學院牽頭，定於 8 月 23 日～25 日在大連召開湯顯祖的國際學術研討會，紀念湯顯祖誕辰 450 週年，希望我能參會，姑作一次遠足旅遊。我覺得這是個機會，在給周育德老師的回信中順談了我與徐先生在佚文上所發生的糾紛，並附去寫好的訴狀與徐先生的往來信件。徐先生是周育德老師大學時的恩師，我向周先生傾訴不是要難為他對這件事作「包公」，僅是要告訴他我與徐先生發生了這樣一件事及其真相。我深信人心不泯，事實清楚，證據確鑿的事，自然公論難逃。後來我曾和武漢大學鄒元江教授等聊起此事，我覺得我的這一目的已經達到。在大連會上還遇到北京古籍出版社韓敬群同志，他是《湯顯祖全集》一書責編，也應邀來參加會議。我們交涉這一問題時他態度很好，一再表示再版時一定會將這 8 篇時文注明是我所發現並輯逸，我即以禮相待，沒有提任何要求。

2001 年 8 月，由遂昌縣人民政府作東，舉辦了中國湯顯祖研究會（籌）首屆年會。徐先生也來參加會議。會議會餐那天，我和徐先生同在一桌，另還有周育德院長、鄒元江教授，遂昌縣縣長等人。在敬酒中我與所有的人都碰杯唯獨沒有與徐先生碰杯。徐先生馬上從坐位上下來，端著酒杯笑嘻嘻地走到我面前說：「龔老師呀，……」來向我敬酒，此時的我很感動，我在與他碰杯中說：「那件事已過去算了，你是周育德的老師，周育德是我的老師，你是我老師的老師……」兩人在碰杯的笑聲中一笑泯前嫌。

2007 年 2 月 27 日與福州師專鄒自振教授通話中，得知徐朔方先生去世的噩耗，我立即給浙江大學發去唁文，表達我的哀思。唁文為：

浙江大學徐朔方教授治喪辦公室：

在與朋友的電話中，驚悉徐朔方教授不幸逝世，深為悲痛。因湯顯祖研究，我與徐先生有過多年的交往，他的嚴謹治學精神令人敬佩！他在湯顯祖研究領域泰山北斗的地位無人可以替代。他的逝世是我國學術界的重大損失。

徐朔方先生千古！

唁文原稿有「雖然在學術上我們對一些問題有不同意見，有的問題幾乎要對簿公堂」一句，臨發出時，我把它刪掉。

讚美是生者送給逝者的語言花環，然而西方哲人孟德斯鳩曾說：「死者之光榮不在於受時人之讚美，而在於為後人效法。」

2007 年 12 月於海口

2016 年：撫州你將怎樣紀念湯顯祖？

我漂泊天涯瓊州已二十餘年。每當我從海口東線進入三亞，我便情不自主的就想起了臨川。

因為這邊緣中國的三亞，早在唐、宋時曾設為「臨川縣」。那發源於黎峒的三亞水也叫臨川水，那距三亞城之東約 30 多公里處是藤橋鎮，自古全島聞名的鹽漁港叫臨川港（清雍正六年才更名是三亞港）。

啊，真是神奇的巧合！我來自贛東撫州古臨川。那裡匯成撫河的水叫臨川水，距臨川縣城（今撫州市）東南約 30 公里處的大鎮也叫騰（非藤）橋鎮。我喝臨川水長大，臨川山、水、草、木我魂牽夢繞，身臨此地的我，怎不身在「臨川」思臨川！

故鄉臨川自古是「才子之地」，名賢輩出。北宋大詞人晏殊、晏幾道，政治改革家王安石、唐宋八大家之一的曾鞏等歷史文化名人都是臨川人。然嗜好「湯學」、視湯顯祖為人生座標的我，常令我想起的還是世界文化巨人湯臨川。

早在 400 多年前，湯顯祖一封揭發時弊的奏疏，被昏庸的神宗將他貶謫到了徐聞當典史。當年秋，他拖著瘦弱的病軀從故鄉臨川來到荒蠻的雷州半島當個典史。當年冬他「泛槎」登上瓊州大地，沿西線觀遊，瞭解到黎人珍藏著唐代遭貶賢相李德裕的畫像，見識了黎女紋身風俗，品嘗了瓊州特產檳榔，聽說了臨高有個「買愁村」（今美巢村），本「冬無凍寒」海南，竟在正德元年（1506）萬寧縣出現過雪景奇觀。當他駐腳天涯海角，昔日的「臨川」已改稱珠崖，但這裡著名漁港還叫「臨川港」，湯顯祖一下子便將兩個「臨川」聯繫起來，說這裡的「江珧」（製干貝的醋螺）便是故鄉臨川所沒有的特產。他在詩中寫道：「見說臨川港，江珧海月佳。故鄉無此物，名縣古珠崖。」（《海上雜詠》）。

此遊對湯顯祖的「四夢」創作影響重大。《邯鄲記》一劇，從第二十池《死竄》到二十五齣《召還》，將故事發生地點移到了海南。海南見聞、人文歷史和地理風貌成了他的創作素材，寫進他的劇作中。

我已記不清下過多少次三亞，也記不清陪親友觀遊過多少次天涯海角，每當我過了藤橋身臨珠崖三亞，瓊州「臨川」，撫州的臨川，兩個臨川便在我腦海重迭起來，看到兀立的奇石「天涯海角」、「南天一柱」便會與原玉茗堂遺址上的「湯家玉茗堂碑」和清代臨川權知江召堂為湯墓立的「文章超海內，品節冠臨川」的石柱楹聯相聯想：這些故鄉景物若能存在，在發展旅遊事業今天，也會像這「天涯海角」、「南天一柱」一樣，成為吸引海內外的遊人的景觀。

1982 年，國家文化部、中國戲劇家協會、江西省文化廳、江西省劇協在撫州臨川舉辦有史以來最為隆重的紀念湯顯祖逝世 366 週年紀念活動。為迎這次活動，撫州臨川用了兩年多的時間頃力準備。當時正服務故鄉文化藝術事業的我與人合著了湯顯祖的傳記，在湯顯祖後裔族居的溫泉湯家村尋找到了湯顯祖家傳全集木刻殘板；為撫州湯顯祖紀念館撰寫了陳列大綱，還參與了對「臨川四夢」的整理改編和湯顯祖歷史故事劇創作的組織工作。從此我與「湯學」結了緣。紀念大會期間，目睹海內外專家學者在湯顯祖墓前鞠躬祭拜，參觀湯顯祖紀念館人群絡繹不絕，我為故鄉有這樣的鄉賢而自豪。從征集到的展品展示：湯顯祖的戲曲遺產不僅 400 多年來在海內劇壇盛演不衰，而且早在十七世紀就蜚聲海外。我為湯顯祖的文章而頂禮！我為湯顯祖的品格而折腰！

2000 年 8 月，為紀念湯顯祖誕辰 450 週年，由中國戲曲學會、中國戲劇家協會、中國戲曲學院和大連外語學院等 10 家共同發起，由大連外語學院承辦的湯顯祖國際學術研討會在大連召開。我應邀出席。在這次會上得悉湯顯祖被聯合國教科文組織指定為世界 100 個文化名人之一，我高興不已，作為世界文化巨人的湯顯祖已不僅屬於撫州、江西，而是屬於全世界。

2006 年 9 月，為紀念湯顯祖逝世 390 週年，江西撫州和浙江遂昌兩地分別舉辦的「湯顯祖國際學術研討會」，我都應邀出席了。在會議期間，又傳來令我驚喜欲狂好信息，聯合國教科文組織（UNESCO）或將 2016 年在全球範圍內共同紀念湯顯祖、莎士比亞、塞萬提斯三位世界文化名人逝世 400 週年。湯顯祖與莎士比亞、塞萬提斯比肩終曉諭天下。

啊！同在十六世紀，英國出了莎士比亞，西班牙出了塞萬提斯，中國出了湯顯祖，天之降才確沒有重歐洲輕亞洲的偏心，國際文教組織既選湯顯祖為 100 個國際文化名人之列，又將他在 2016 年與莎士比亞和塞萬提斯在全球同時進行紀念逝世 400 週年，也可謂做得公平。然而讓人感到「偏心」卻在我們自己。英國倫敦有全球性國際莎士比亞學會，而我國沒有成立國際性的湯顯祖學會；上海成立了全國性的莎士比亞學會，連河北、浙江、重慶等省市及地區級的邢臺市都成立了莎士比亞學會或研究會，但我們自己卻沒有全國性的湯顯祖學會，一個中國戲曲學會支下的湯顯祖研究分會還設在在遂昌。湯顯祖故里的撫州市至今都沒有湯顯祖的學術交流聯絡機構；我國許多高等院校成立了莎士比亞劇社，中國大學生莎士比亞戲劇節都舉辦了九屆，可我們數千所高等院校卻未聽說過有哪所大學成立了湯顯祖劇社，也未聽說中國大學生舉辦過湯顯祖的戲劇節；西班牙的塞萬提斯學院遍及世界 4 大洲，北京朝陽區也有佔地 3200 平方米的塞萬提斯學院，而我們自己以湯顯祖命名的大學一所也沒聽說，更遑論湯顯祖學院遍布四大洲；上海的安福路建有塞萬提斯圖書館，但從未聽說過有我們有用湯顯祖命名的圖書館；1986 年，英國在倫敦舉辦紀念莎士比亞逝世 370 週年，應邀蒞臨有 79 個國家的代表，而我們 1982 年辦的紀念湯顯祖逝世 366 週年活動僅見一位日本的雄谷祐子，而她還不是應邀代表，只是作為日本在中國留學生對湯顯祖家鄉進行學術訪問。如此的尷尬不協調的現象，原因出在哪裏？這時，我突然想起二戰期間，有一個記者問英國首相邱吉爾：「莎士比亞與印度（時屬英國最大的殖民地）哪個更重要？」邱吉爾回答：「寧可失去 50 個印度，也不能失去一個莎士比亞。」另據記載：一天，西班牙國王腓力普三世站在王宮陽臺上，看見一個學生一面看書一面狂笑，就說這學生一定在看《堂吉訶德》，不然就是個瘋子。派人一問，果然那學生正在讀《堂吉訶德》。我想，在對待湯顯祖這樣世界級文化巨人，我們也能像他們那樣視莎士比亞、塞萬提斯的為民族的靈魂，真正認識到復興中國夢，文化與精神是具獨特作用的「軟實力」，那麼這種現象必定可得到改觀。

江西社科院不愧是江西的「新智庫」。他們早早掂量了 2016 年湯顯祖這一品牌在江西文化生活中的份量，深知 2016 年江西紀念湯顯祖責任與意義。

他們急啊，早在 2006 年 9 月就舉辦了「2016 年：江西拿什麼紀念湯顯祖」的學術沙龍，就如何打造好湯顯祖這個品牌進行了熱烈的討論。

江西高等院校的方家們也急啊，他們對湯顯祖文化遺產的當代意義認識深刻，如南昌大學的領導深感新形勢下開發湯顯祖文化資源的緊迫性，2010 年 12 月他以一校之名義舉辦的「紀念湯顯祖誕辰 460 週年學術研討會」，邀請國內外的 110 餘位湯學專家聚會南昌，就「江西的湯顯祖，世界的湯顯祖」這主題進行了研討。

我們的華僑也在為撫州急，為江西急，為宣傳湯顯祖而忙。旅居西班牙塞萬提斯故里馬德里十多年的中國文化學者、詩人項錦鴻先生，一向仰慕湯顯祖是偉大藝術成就，多年來利用自己僑文媒體記者、詩人的身份，在歐洲多國堅持義務宣傳湯顯祖，讓歐洲朋友瞭解「東方的莎士比亞」。2012 年 9 月，他又回國出席了「第二屆中國（撫州）湯顯祖藝術節學術論壇」，接上從撫州—大余—廣州—徐聞—海口—北京—南京—杭州—遂昌一路私費沿著湯顯祖的足跡去懷念這位世界文化偉人，把所感所想所聞記錄下來，準備集成《尋找湯顯祖之路》，在海外發行。他還為提升湯顯祖在國內外的知名度，打好湯顯祖這張品牌而支招：要將 2016 年設為湯顯祖年；中國戲劇界年度「梅花獎」改為「國際湯顯祖獎」；江西臨川創辦「湯顯祖大學」；拍電視連續劇《湯顯祖》，配英文字幕向世界宣傳推廣；編排《柳夢梅與杜麗娘》的芭蕾舞劇，集音樂、舞姿之美，炫舞世界各國頂尖舞臺上。

身在「臨川」思臨川的我，既為 2016 年的到來而欣喜，又為故鄉準備的現狀而焦急。嘗思：我為 2016 年紀念湯顯祖奉獻什麼？已是老態但尚未龍鍾的我，在師友們的促使下，從 2009 年出版了湯顯祖研究專著《湯顯祖研究與輯佚》後，接上苦熬海南三載之炎暑完成了 30 萬字的《湯顯祖大傳》，旨在向世界介紹一個歷史真實的湯顯祖，以紀念湯顯祖逝世 400 週年，現正在北京燕山出版社出版中。2012 年 9 月 23 日，在「第二屆中國（撫州）湯顯祖藝術節學術論壇」會上，我建言：「作為從湯顯祖家鄉走出去了一位湯學研究者，為迎接 2016 年的盛會，最希望要著手辦好三件事：一是在原址上恢復玉茗堂；二是成立聯繫海內外的湯顯祖的學會；三是創辦一個交流湯顯祖研究成果的學術刊物。」也許有人會說：「恢復玉茗堂，談何容易！」然而我要告訴你這樣一個數字：英國莎士比亞故里斯特拉福市人口不到 3 萬，現在每年接待遊客達到 500 萬。人們來此的目的是要看莎士比亞出生、工作、生活和安息的地方。中外遊客要來撫州觀遊湯顯祖故里，是想看湯顯祖「玉茗堂前朝復慕」創作《牡丹亭》的居舍，領略湯顯祖「自掐檀痕教小伶」的情景。在湯顯祖墓前憑弔這位世界文化偉人，而決不是為看那氣派的「湯顯祖大劇院」，因為這樣的大劇院雖氣派，但全國乃至全球只要有錢無處不可建？而位於香楠峰下，沙井旁的玉茗堂只能僅此一座，別地無法克隆。而湯顯祖墓又是廢棄真墓造的假墓。那西湖公園的湯墓不是湯顯祖英靈安息之處。撫州啊，當年文化行政部門的決策者，因少了一點「科學發展觀」就辦了這樣一件沒有文化的事！

還有非常重要的是，作為湯顯祖故里的湯顯祖紀念館，是宣傳、展示湯顯祖生平事蹟和戲曲成就的主陣地，應瞭解和學習目前世界最先進的陳列理念和展示方式、手段，要在國家和省從事陳列展覽專門家的親自指導下重撰湯顯祖紀念館的陳列提綱和設計方案，並據此來進一步搜求資料，以世界文化名人高標準嚴要求，重新布展。要辦一個可與莎士比亞和塞萬提斯比高低的湯顯祖紀念館。

而地處浙西南的一個山間小縣的遂昌，湯顯祖僅在這裡當了五年的知縣，卻將湯顯祖品牌打得比撫州漂亮。遂昌縣政府制定出臺了《湯顯祖文化發展規劃》，建起了比撫州內容更為充實的遂昌湯顯祖紀念館，成立了遂昌縣湯顯祖研究會，開通湯顯祖文化網，還和中國戲曲學會湯顯祖研究分會辦起了《湯顯祖研究通訊》，聯絡海內外湯學研究者。特別是遂昌利用湯顯祖文化資源開展對外文化交流做得有聲有色。近年來，共派出 3 個考察團到英國莎士比亞故鄉斯特拉福鎮進行文化交流訪問。2011 年 4 月莎士比亞出生地基金會會長戴安娜・歐文女士一行來到遂昌參加了 2011 中國遂昌湯顯祖文化節活動。在浙江省文化部門支持下，組織崑曲演藝團體，將《牡丹亭》折子戲和全本《牡丹亭》送到莎士比亞故鄉斯特拉福市和考文垂市上演。與莎士比亞故里的文化交流從開始的文員互訪、文化研究、文化遺產保護與傳承、戲劇表演等文化領域，逐步擴展到文化項目合作、旅遊推廣、教育與人才培訓。還與斯特拉福市簽署了建立友好關係意向書。遂昌先後與斯特拉福德艾為學院、倫敦大學亞非學院、斯特拉福市、莎士比亞出生地基金會等簽署了四份文化交流協議。遂昌與斯特拉福市的交流活動已安排到四年後。2014 年遂昌將參加莎士比亞誕辰 450 週年活動。2016 年遂昌還將與斯特拉福市共同舉辦湯顯祖、莎士比亞逝世紀念活動。遂昌打出的湯顯祖這一品牌發展了旅遊事業。一個

23 萬人口的小縣，5 萬來人口的遂昌縣城，去年接待的遊客 564 萬人次。遂昌打出的湯顯祖品牌見了效益，帶動遂昌經濟的發展。

2010 年 12 月南昌大學舉辦的「紀念湯顯祖誕辰 460 週年學術研討會」，有個問題提得令人深思與警醒:「湯學研究的主陣地應該在哪？湯學研究的集結號應由誰來吹響？我們期待湯翁的故鄉人能在某一天驕傲地站起來回答這個問題。」

撫州臨川是湯顯祖出生、成長和終老埋骨的故里。湯顯祖 67 歲的人生生涯在這裡度過了 52 個春秋。撫州本是中外湯學研究者的朝聖地，是理所當然的湯顯祖研究主陣地。撫州義不容辭要把湯學研究的集結號吹響。然而面對 2016 年：撫州你在準備什麼？你是否能夠把「主陣地」的角色擔當？你有沒有氣力將湯學研究的集結號吹響？

2012 年 9 月舉辦的「第二屆中國（撫州）湯顯祖藝術節學術論壇」是個有收穫的會議。與會專家學者建議，在撫州設立「中國湯顯祖研究中心」（湯顯祖學術論壇），建立「湯顯祖研究基金」，建設「中國戲曲博物館」，努力打造湯顯祖研究資料中心、文獻中心、交流中心，吸引全國和世界各地的戲劇文化學者來撫考察交流，共同努力，提升湯顯祖學術研究水平和國際影響力。這些內容已寫成了《撫州宣言》，但願這《宣言》能成為撫州的誓言，誓為迎接 2016 年全球紀念湯顯祖逝世 400 週年紀念活動，做好夠水平、上檔次、樹撫州好形象有關各項準備工作。

2014 年 2 月 28 日修改於海口勝景樓。

關於湯顯祖逝世的時間

今年是世界文化名人、我國明代傑出的戲劇大師湯顯祖逝世 390 週年。國家文化部、中國劇協、江西省文化廳、劇協江西分會、中共撫州市委、撫州市人民政府定於 9 月 21 日在撫州聯合舉辦紀念活動。然而，這 9 月 21 日並不是湯顯祖逝世的日子。撫州雲山圳上湯家村湯顯祖十三世孫湯高水、湯廷水保存的清代道光戊戌年（1838）和同治戊辰年（1868）修的兩部《文昌湯氏宗譜》都記載：「若士公，諱顯祖，字義仍，亦號海若……卒於萬曆丙辰年九月二十一日亥時」，換成公曆為 1616 年 11 月 6 日下午 9 時至 11 時。然而這個時間被浙江大學教授、我國著名的湯顯祖研究專家徐朔方所否定。早在 1958 年以前，徐先生在編著《湯顯祖年譜》中對湯顯祖的逝世時間作了一番考證後確認：湯顯祖「卒年最可靠的之記載」是其三兒湯開遠為《玉茗堂選集尺牘序》中的一段文字：「歲在龍蛇，六月既望，家嚴詞部公遂棄貌諸孤矣。」歲，即歲星；龍，指辰；蛇，指巳。「歲在龍蛇」出自漢時「歲在龍蛇賢人嗟」的籤語，《後漢書．鄭玄傳》「五年春，夢孔子告之曰：『起，起，今年歲在辰，來年歲在蛇。』既寤，以籤合之，當命知有終，有頃寢疾。」鄭玄死於庚辰（200）即龍年，後來謂命數當終為「歲在龍蛇」。「既望」為農曆每月 16 日。故徐朔方先生斷定湯顯祖逝世的時間應是萬曆四十四年丙辰六月十六日（公曆 1616 年 7 月 29 日）亥時。也就是湯寫絕筆詩《忽忽吟》的第二天，湯詩自注：「此苦次絕筆在丙辰夏杪望日」，即六月十五日。一般說來，兒子對父親去世的時間是不會記錯的。湯開遠是萬曆四十三年（1615 年）鄉試中舉，胞弟湯開先同科補弟子員。祖父、祖母亦同年而逝。父親湯顯祖因思親而患病。二哥湯大耆以國學授徐州同知，家庭重負皆落於其一身。湯開遠為照顧父親，毅然放棄入京會試，盡孝於父病榻之前。湯顯祖病逝，他尊父囑從簡安葬於文昌橋湯家山墓地。《玉茗堂尺牘》刻印在湯顯祖死後的第二年即萬曆四十六年（1618 年）。這是他應故舊門生期盼能一睹文聖遺墨而編輯。湯開遠在《玉茗堂尺牘序》中所提的湯顯祖卒年應是可靠的。徐先生以此論定也是有道理和可信的。已故的中國藝術研究院資深的戲曲史專家黃芝崗先生在他所著的《湯顯祖編年評傳》中也認為：「《文昌湯氏宗譜》所稱之『九月二十一日』，實是六月二十一日」，是在「湯寫《忽忽吟》後第七天就死去了」。但他忽略了「既望」二字是每月的 16 日。這兩位湯顯祖研究權威認為《宗譜》所載湯顯祖逝世時間「月日當有誤」卻是一致的。我對以上兩位專家的意見雖然表示認同，但又存有不解的迷惑。因為中國民間譜牒的修纂是十分隆重而嚴肅的大事。入譜者的生卒時間需要很認真的申報。像湯顯祖這樣有名望有地位身份的人入譜的生卒時間當更會慎重其事。湯顯祖作古時間正式入譜應是死後 26 年，即崇禎十五年（1642），這年《文昌湯氏宗譜》輪到了 30 年一小修。也許是因湯顯祖作古後第一次入譜緣故，劉同升、陳際泰、艾南英和章世純等都為該修作了序。劉同升（1587～1646 年），字晉卿，吉水縣人。明崇禎十年（1637）丁丑科狀元。父親劉應秋，是萬曆十一年（1583）的探花，曾任國子監祭酒等職，與湯顯祖是同科進士，兩人意氣相投，交誼深厚。湯顯祖曾將女兒詹秀許與劉同升，後因愛女夭亡而未過門。陳際泰、艾南英和章世純都是湯顯祖的得意門人。他們是有聲望的名士。他們的文學成就至今在我國文學史上都一定地位與影響。他們都為湯顯祖家譜作序，顯然是出於對師哲的懷念和尊崇。這些人對湯顯祖逝世的時間都應是清楚的，若《宗譜》所載湯顯祖的卒年「月日當有誤」，他們不可能會熟視無睹。再說湯顯祖入譜的生卒年月定是由他的三個兒子大耆、開遠和開先所提供。他們不可能提供「月日當有誤」的湯顯祖去世時間。特別是湯開遠，他是守候在父親身邊送終的一個兒子，父親卒的時間最為清楚。他不可不看到這部新修《宗譜》，也不可能不關心《宗譜》上記載的父親去世時間。然而事情偏又出在他所寫的《玉茗堂尺牘序》與《宗譜》記載兩個時間的不相符。一個人的生卒年月只有一個，從研究的角度，容許多種說法並存，但認定的只有一個。依筆者淺見，按我國傳統習慣，一個人的生卒年依家譜為據較為恰當，何況徐先生在「時」上又採用了家譜的「亥」時。若說「月日當有誤」，上述我所提幾點的疑惑又誰能解開？湯顯祖已屬聯合國教科文組織認定的 100 個世界文化名人之一。再過 10 年，就是他逝世 400 週年，屆時紀念他們的活動將是國際性的。認定湯顯祖的逝世的唯一時間對宣傳與紀念這位世界文化名人都是有必要和有意義的一件事。

2006 年 8 月於海口

二仙點化邯鄲夢（故事）

湯顯祖久困官場，乾脆丟掉浙江遂昌縣令不做，回到臨川老家寫戲本子。歸家的當年秋天，就寫完了《牡丹亭》。這個宣揚「情」可以戰勝虛偽封建禮教之「理」的傳奇一脫稿，立即就在社會上廣為流傳，致使王實甫的《西廂記》都為之減色。第二年，湯顯祖又寫了《南柯夢》，試圖以自己感受告誡世人，官場猶如一隻大染缸，不管是誰，一掉下去就要被改變顏色，弄得不可自拔。這個戲由宜伶搬演以後，看世間，芸芸眾生，為富貴利祿，你爭我奪，仍是有增無減。湯顯祖感到，要喚醒世人對功名利祿的追求，必須再寫一部傳奇，揭開官場種種黑暗，把它現形於人間。

九月的臨州，秋風習習。一天，湯顯祖正伏案於玉茗堂，冥思苦索，一陣秋風破門襲來，不禁使他打了一個寒顫。進門的家院慌張報導：「湯先生，南京有訊，士蘧公子不幸病歿……」士蘧是湯顯祖的長子，年僅二十二歲，八歲南京起大名，是不可多得的佐王之才。湯顯祖對他極為器重與疼愛。士蘧去世的噩耗如晴天霹靂，令他悲痛欲絕。不過幾天，人瘦了，眼陷了，鬢白了，淚也流幹了。湯顯祖也變得喜怒無常，時常化紙焚錢，思念超脫成仙。約一個月後，痛定之後的湯顯祖整天在玉茗堂奮筆疾書。但見素箋張張，每寫三、五行，再無法成文，只好化成丙丁。湯顯祖失去愛子後的精神狀態，使夫人傅氏十分焦慮。作為愛妻，傅氏知道，對湯顯祖說些「要愛惜自己身子」一類的勸慰話是無濟於事的，應該讓他走出書齋，換換環境，陶冶心胸。於是便道：「官人，蘧兒已死不可復生，你棄官歸家，為的是要用傳奇澆胸中塊壘，看您近一個來月，哀思太重，文不成行，何不到城郊，觀賞故鄉山水勝蹟，或許可以頓開茅塞。」傅氏不愧是湯顯祖的愛妻，她的話果然靈驗。當日晚飯後，湯顯祖獨自一人，頂著麻風細雨，信步往西門走去。約莫走了二里多路，但見湖池百畝，水光瀲灩，平如明鏡。因此地煙水景色，有似杭州西湖，所以郡中人稱它為西池。湯顯祖歸家一年多，雖久聞西池美景，卻還是第一次領略。但見水天空闊，白鷺疾飛，池湖兩岸，落葉紛紛，暝暝的煙雨中，風片帶著雨絲，把衣服打濕了。面對此景，湯顯祖即興吟成《西池》一首：

白鷺低回疾，寒塘秋葉稀。
暝煙開雨色，飛濕藕絲衣。

西池不愧是臨川風景勝地，池的中央浮著一座小島，島上有一古樸八角涼亭，叫湖心亭。亭上有供遊人棲息的石桌石椅。傳說當年在二仙橋被浮邱公超度成仙的王、郭兄弟倆，就常在這裡下棋。去湖心亭並無曲橋通入，僅一葉孤舟、半邊長槳，可供興者自己橫渡過去。這樣，平常登湖心亭的人並不多。湯顯祖欣賞這湖光島色，心情豁然開朗，遊興一下增濃了。他帶著好奇心，有心晉謁王、郭二仙對弈的遺跡，同時也領略此湖池的秋色。這時毛毛細雨，越下越大，正需藉此涼亭暫時避雨。湯顯祖便登上小舟，解開纜繩，手持木槳，渡將過去。他登上湖心亭，環顧四周，但見西下的夕陽，倒映的蒲柳滿地的菱荷，青翠的遠山，遙望半里外的二仙橋，聯想到在橋上飛昇的王、郭二仙，感慨萬端，又脫口吟出《秋日西池望二仙橋》一首：

池上映秋光，登臨愛夕陽。
鏡中蒲柳色，衣上芰荷香。
聽雨初留屐，當風一據床。
猗蘭延客語，高菊以鄰芳。
紫翠連山暝，晴陰隔水涼。
坐看人世小，仙馭白雲鄉。

吟完最後兩句，湯顯祖頓覺飄飄欲仙。他剛一搭坐石凳上，便覺困倦難支，恍恍惚惚中，只見二仙橋處升起兩朵祥雲，朝這西池孤島飄來。湖心亭上空，卻見二位道長，一個模樣，飄然來到跟前。那年歲稍長的道長，見湯顯祖便問：「若士先生，難得你有閒情逸致，到此觀賞湖光島色。」湯顯祖看見他們打扮與模樣，先不作答，卻反問道：「看二位道長，貌似一人，又來自二仙橋方向，莫非就是當年常在吾郡好善樂施的王、郭二仙麼？」年歲稍小的道長回答道：「正是，此乃吾兄道想，吾乃道意，只因少小雅慕元風道意，我隱姓改而為郭。適才先生吟哦『坐看人世小』一句，知先生已洞燭人生真諦，頗合我道家之意，故特來相見。」湯顯祖聽後笑道：「信口所吟，讓二位道長貽笑大方。當年您兄長二人，造福鄉梓，得以超度成仙，迄今郡人有口皆碑。吾生性頑愚，不懂世事，悔恨半生失腳官場，雖覺今是而昨非，然世人並不能以我為戒，我有心將人生寵辱之數，得喪之理，生死之情，化做傳奇，以醒世人，奈何自愛子夭殤，文思呆滯，不得敷衍成篇，有勞兩位道長點化愚頑。」說罷叩頭就拜，二仙見狀連忙攙扶，那王仙搶步向前，道：「啊呀呀這可使不得！先生才華名播天壤，《牡丹亭》一劇，震憾當朝。你以傳奇喚醒世人，實乃上策，貧道不可助先生於萬一，僅略通弈理，可試作表演，或許可助先生傳奇寫作。」

湯顯祖聽後禁不住大笑道：「此真奇哉，世間尚有弈理可通傳奇之理？」

郭仙聽後嚴肅地說：「先生且慢見笑，常言道：『世事如棋，王候事業都如一局棋枰』，弈理世事，自古相通，人間寵辱之數，得喪之理，生死之情，盡在其中矣。」說罷即用手在石桌上一摸，立即顯出縱橫交錯的棋枰，接上又從懷裏揣出一把把棋子。這些棋子寫的不是車、馬、炮、將、士、相，而是盧生、崔氏、宇文融、裴光庭、蕭嵩、高力士、矮力士、胖力士，瘦力士和金、木、水、火、土……等一些字樣。棋盤和棋子全是黑的，沒有黑、紅方之分。王仙舉「盧生」往右進一，郭仙即舉著「崔氏」和幾個兵卒將「盧生」團團圍住，湯濕祖對此棋做法是很感新鮮，卻又看不出個名堂，便問：「二位道長，世人有言，『觀棋不語真君子』，然道長棋局我一竅不通，不知可否發問？」王仙答道：「貧道棋局，與世人棋局略有不同，先生不通，當在理中，但只要點化一、二、便可一通百通。觀我棋局者，應是『觀棋多問真君子』。」王仙的回答，使湯顯祖觀棋興趣大增，便立即發問道：「王道長舉一棋，郭道長何以舉三、四棋呢？」郭仙解釋道：「先生你且不知，此盧生是學成文武之藝，未得售於帝王之家的落魄書生。他常道，『大丈夫當建功樹名，出將入相，列鼎而食，選聲而聽，使宗族茂盛而家用肥饒然後可以言得意也。』盧生此舉是誤入清河崔氏女後院，被崔氏管家老媽和侍女當著盜賊抓住。崔氏問他官休還是私休？」湯顯祖問道：「何為官休？何為私休？」王仙繼續解釋道：「官休送官府查辦，私休即與崔氏成婚。就這樣，剛才的盜賊，轉眼成了千金小姐丈夫，你說荒唐不？」湯顯祖聽後說：「說荒唐又不荒唐，大千世界，無奇不有，官場上昨日的座上客，今日的階下囚，我見多矣，這個我懂了。」接上王仙又舉「盧生」和幾個寫有「金」字的棋子，直進棋盤上的皇宮內，郭仙則舉著高力士、矮力士、胖力士、瘦力士，各占皇宮四方。湯顯祖又問：「此又何等通法？」郭仙解答道：「盧生與崔氏成婚後，因崔是清河高門望族，不容有白衣女婿。盧生曾數科落第，崔氏為使丈夫高中，帶著許多『家兄』前去相助。湯顯祖打斷郭仙話而問道：「進京科考，又不比打架鬥毆，為何帶些兄弟相幫？」王仙搶而答道：「家兄者，金錢也，即用金錢，賄賂佔據當朝要津的高、矮、胖、瘦四門親戚，果然從落卷翻作第一，御筆親點頭名狀元。」湯顯祖聽後，大叫起來：「哎呀呀，今科場弊端正是如此。」就這樣，王、郭二個的棋子舉到哪裏，湯顯祖就問到哪裏。通盤棋局，以盧生與宇文融進退搏擊，隱約看到官場一會兒出將入相，一會兒殺頭充軍，一會兒迴旋臺閣，一會兒生離死別。棋局的變化使人聯想當朝的苛政、人心的險詐和世風的敗壞。這盤棋局展示，猶如當朝社會的官場現形記。湯顯祖已醒悟到，高興地拍手大叫：「啊呀呀，此乃正是我所要寫之傳奇也！」這時站在湖心亭頂上的一群烏鵲，被湯顯祖夢囈中一聲喊叫，「呼」地一聲飛走了，湯顯祖也從夢幻中驚醒起來。他揉了揉惺忪的雙眼，抬頭瞭望遠山西下的夕陽，夜幕已籠罩湖池，身也被雨絲打濕了，頗有冷索之感。突然「啊氣！啊氣！啊……氣！」連連打了三個響響的噴嚏，使他從夢幻中徹底清醒，他看了亭子上下，景物依舊；再用眼搜索二仙，形跡杳然，只有向二仙橋方向遙遙致意。

回到家中，夢中之事歷歷在目。湯顯祖文思似泉湧，下筆如有神，當晚一口氣就用傳奇記下這個夢境。第二天一早，即高興地送給傅氏夫人先睹。傅氏夫人閱後對湯顯祖說：「官人，此傳奇雖直抒胸臆，大快人心，只是當年《紫簫記》問世後是非蜂起，訛言四方，致使中途擱筆。此教訓應當記取。」湯顯祖說：「你意是要要讓它喬裝打扮？」傅氏說：「正是此意。當今豺虎當道，遍地狼犬，若奸人告你含沙射影譏刺當朝，不僅此劇不能流傳，還可問罪遭難。」湯顯祖說：「夫人所見極是，我看此夢與沈既濟《枕中記》頗多相似之處，我不如以《枕中記》作為藍本，略作修改，讓傳奇一頭一尾，穿上仙家外衣，假借前朝寫當朝，我看那些狼犬又豈奈我何！」湯顯祖便立即將王、郭二仙改為八仙，改頭換尾，定劇名為《邯鄲夢》。這正是：

一腔悲憤何處訴？二仙點化《邯鄲夢》。

（原載《湯顯祖研究通訊》2005 年 2 期）

湯顯祖詩三首注釋

為了向小學生普及湯顯祖文化，選注湯顯祖詩《智志詠示子》《粒粒歌》《方圓吟》三首，前兩首入編江西省義務教育新課程小學語文《課外閱讀》（三年級下冊），填補了湯顯祖詩文未進入小學教材的空白。

智志詠示子①

有志方有智，有智方有志。②
惰士鮮明體③，昏人無出意④。
兼茲庶其立⑤，缺之所安詣⑥。
珍重少年人，努力天下事。

這首詩闡明了理想志向與聰明才智的關係，勉勵後人要少小立志，盡心於國家的千秋大業。一個人如果有聰明才智而無理想志向，或有理想志向而無聰明才智都難成大事，甚至會一事無成。

【注釋】

① 詩作於萬曆四十三年（1615）。本年三子湯開遠中舉，第二年應赴京會試，但眼看父親窮困多病，寧願放棄這科會試盡孝服侍父親在床前。湯顯祖自己感到自己在生日子有限，為教育後代如何立志、處世與傳家，特作《智志詠示子》《粒粒歌》《方圓吟》三首詩贈開遠。

②「志」指理想志向；「智」為聰明才智。全句說，一個人如果立志高遠，鍥而不捨地為自己的理想和志向努力奮鬥，便能增長聰明才智；一個聰明人只有樹立了崇高志向，才能使自己的聰明才智得到有效發揮。

③「惰士」，懶惰的人。「鮮」，少。「明體」，「體」同「禮」，意是禮的本體。

④「昏人」未覺悟的人，不明事理的人。這裡指沒有志向和才智的人。「出意」，產生出意志和志向。

⑤「兼茲」，兩者兼而有之，指志和智。「庶其」:「庶」和「其」組成複合詞組，表示上述情況出現某種情況的結果的可能性。「立」，建樹、成就。

⑥「安所詣」，哪裏有什麼造詣。全句說，缺了志向和智慧哪裏會有什麼造詣。

粒粒歌

米粒粒，我所入①，不愛惜之真可泣②。
書篇篇，我所箋③，不愛惜之真可憐④。
何足⑤可憐何足泣，窖粟藏書爭緩急⑥。
清遠樓⑦頭笑一場，後輩誰開玉茗堂？⑧
無人解種豐年玉⑨，不作書囊作飯囊。

這首詩教育後代要愛惜糧食和書籍。有糧食就有立命之本；有書能明做人道理。也就是要後人以耕讀傳家。如後人不願讀書，沒有文才，就只有不開玉茗堂，但要作一個社會有用的人，不要作社會的酒囊飯袋。

【注釋】

① 米粒粒：每粒稻米，泛指糧食；入：收入，指耕作的糧食收穫。

② 泣：歎息。

③ 書篇篇：指寫的那些文章著作；箋：本為箋注，這裡指寫作。

④ 可憐：可惜。

⑤ 何足：猶言哪裏值得。

⑥ 窖粟：窖，藏糧食的地洞；粟：俗稱小米，這裡指稻穀。全句說要儲存糧食和收藏圖書，要從長遠計，想到日後的需要。為此，湯顯祖為三個兒子分家立下原則是:「分器不分書，聊以惠群愚。」

⑦ 清遠樓：湯顯祖棄官歸家蓋的玉茗堂後的小樓，湯顯祖用於寫作的小書齋。

⑧ 玉茗堂：湯顯祖棄官歸里蓋的沙井新居的主體建築。主要用於會客、家宴和多事戲曲活動。全句說，如果子孫不肯讀書，沒有文才，就只有從此不開玉茗堂了。

⑨ 解種：指喜愛；豐年玉：比喻有用的人才。

⑩ 書囊：盛書籍的袋子；飯囊：裝飯的口袋。比喻沒有用的人。

方圓吟①

生物②鮮非圓，制物③多從方。
即使先後天④，方圓各有當。
悟者妙萬物⑤，滯者⑥差尋常

這首詩講為人處世，當方則方，該圓就圓。方外有圓，圓中有方，方圓相濟，社會才會和諧。人生自在方圓中。無方，世界沒有了規矩，便無約束；無圓，世界負荷太重，將不能自理。要遵循自然規律，適應社會發展變化

【注釋】

① 方與圓；泛指事物的形體、性狀。「方」，這裡指方法、準則，講做人之本；「圓」，是圓融、老練的處世之道。

②「生物」：指具有動能的生命體，

③「制物」：指處理事務。

④「先後天」：指先天八卦和後天八卦。先天八卦講「天道」，後天八卦論「人道」。所謂「天道」，就是不可違逆的「自然規律」；所謂「人道」就是人倫因以遵循的「法則」。先天是根本，後天是應用。

⑤「悟者」指理解，明白，覺醒的人。「妙萬物」：孔子在《說卦》中有一句話：「神也者，妙萬物而為言者也。」意思是說，神這個東西，是指天地（乾坤）造化萬物的奇妙莫測的功能而言。

⑥「滯者」指思想阻滯的人

【附】湯顯祖詩作入編江西小學語文教輔材料

為紀念明代劇作家湯顯祖，其家鄉江西省從今年起在小學語文教輔材料中入編了湯顯祖的詩作。今年 1 月江西教育出版社出版的教輔材料「義務教育新課程小學語文《課外閱讀》三年級下冊」中的「父母之愛」單元，選編了湯顯祖詩二首《智志詠示子》和《粒粒歌》。

《智志詠示子》闡明了理想志向與聰明才智的關係，一個人如果有聰明才智而無理想志向，或有理想志向而無聰明才智都難成大事，甚至一事無成。《粒粒歌》教育後代要愛惜糧食和書籍。有糧食就有立命之本，有書就能明做人的道理。

（新華社北京 4 月 22 日《文化簡訊》記者李美娟、袁慧晶）

湯顯祖研究交遊紀事

自 1979 年涉足「湯學」研究以來，曾追蹤湯顯祖生前足跡，走過了其生平活動的幾個主要據點，結識了一些專家和同道，其中還有外籍學者。在與他們交遊中，有些事至今難忘，留下了他們的品格與學識風範，對我很有教益。錄下幾件，或可為「湯學」史話添點花絮。

一、石凌鶴與湯顯祖紀念館長聯

石凌鶴同志是文藝界老革命、老作家、戲劇巨匠，江西現代戲劇事業的開拓者，有「當代湯顯祖」之稱。他的劇作，才華橫溢，僅一部「石西廂」足與「王西廂」媲美。對湯顯祖他情有獨鍾，早在 1941 年就開始了對湯顯祖的生平與著作的研究，是當代最早「湯學」研究者之一。1953 年中國戲曲研究院黃芝崗先生來臨川調查湯顯祖的資料，他就認識到湯顯祖藝術大師的價值，矢志要將「臨川四夢」搬上社會主義的舞臺。1957 年他將湯顯祖的《牡丹亭》改譯為贛劇《還魂記》。該劇情真意切，文詞精美，1959 年 7 月 2 日為中央工作會議在廬山演出，得到毛主席「秀、美、嬌、甜」四字的嘉許。1961 年由長春電影製片廠拍成了舞臺藝術片。1962 年他用詩劇形式創作了湯顯祖的歷史劇《玉茗花笑》(又名《湯顯祖》)。1957 年江西文化界在撫州市舉辦紀念湯顯祖逝世 340 週年活動，他專程從南昌趕到撫州市，在城東大平街一號後院內找到湯顯祖墓，並同時探訪了玉茗堂遺址。1982 年文化部在撫州舉辦紀念湯顯祖逝世 366 週年活動，為迎接紀念會的召開，1979 年初我和我的合作者外出搜集湯顯祖的資料，著手寫湯的傳記。當年 3 月 1 日我們到了上海，探訪了已患病留醫在華東醫院的石老，他對我們工作極為支持，躺在病床上與我們談湯顯祖，從 4 時談到 5 時。他談到，湯顯祖是屬於世界的，他生前遭劫，死後更遭劫；玉茗堂要恢復起來，不要作一般的娛樂場所，要作為旅遊事業來恢復；英國是那樣對待莎士比亞，而我們是怎樣對待湯顯祖；玉茗堂搞起來要我做什麼事我一定會做，這是我一樁心事；南昌有個撫州人對湯顯祖有研究（指省中醫院傅再希）；馬繼孔（當時江西省委副書記）要把「四夢」都進行整理改編重立舞臺上，像贛劇《還魂記》那樣，有時間我也一定會搞；對湯顯祖要把他放到他所處的時代歷史來考察等內容。

石老建議，傳記初稿完成後，應上京聽取有關專家的意見。1980 年 8 月 15 日我又到了上海，聽了他對書稿的一些意見，並持他寫好給中國藝術研究院張庚和馬彥祥兩院長的信上京求訪，補充資料。石老還說到他有個《湯顯祖》歷史劇的劇本，是詩劇形式，他那沒存底，北京馬彥祥處有，代他取回送我。他對馬老的信是這樣寫的：

彥祥兄：

您好，念念！

拙作《洪波曲》已改為《雷電頌》可望於本月末脫稿。知關錦注，謹以奉聞。

茲介紹江西撫州地區的龔重謨同志前來晉謁，他們寫湯顯祖的傳記，請予指導！

拙作《玉茗花笑》，不知老兄有何見教？該印本交他們參考，因彼等亟需，故特索取。乞諒！此致

敬禮！

弟：

石凌鶴

一九八〇年八月十五日痹手書。

這時石老正用痹手對《南柯記》進行改譯工作。他與我的談話中，表示要抓緊有生之年把「四夢」改譯完，自認按《還魂記》「保護麗句，譯意淺明」，「重新剪裁，壓縮篇幅，牌名仍舊，曲調更新」的改譯路子，是尊重原著，重新把「四夢」復活在當今戲劇舞臺的成功之路。然而他認為，當今戲曲編劇，能有他這樣古詩文功底可勝任對「湯劇」進行改譯的人已不多了。他擔心一些編劇把「四夢」這樣古典精品改得面目全非，因此他要抓緊有生之年將「四夢」都改譯完。1982 年他將改譯完的「四夢」與詩劇《玉茗花笑》結集為《湯

顯祖劇作改譯》，交由上海文藝出版社出版。他寫信給我，要我寄給湯顯祖的畫像和手跡照片，因他知道我已搜集到了這些東西，該書出版後，他親筆簽名贈書一冊寄我。時間是 1983 年 5 月。

為了紀念湯顯祖逝世 366 週年的活動，撫州地區在玉茗堂遺址上興建了玉茗堂影劇院，內設湯顯祖紀念館。因陳列大綱主要是我所撰寫，1982 年 10 日 22 日石老來到撫參加紀念活動，在他參觀了湯顯祖紀念館後我去到他住的招待所，徵求他對湯館陳列意見，並把來不及實施的一些構想，如在展館進門的湯顯祖塑像兩側用木版鏤刻概括湯顯祖生平與著作的長聯向他談了，並請他來撰寫。他聽後很是支持，並當即答應，並風趣地說：「你對我命提作文，我一定按期交卷」。果然到 1983 年 5 月第一稿就寫出來了，並發表在《新民晚報》1983 年 5 月 19 日五版。聯為：

上聯：百代宗師，雄才博學，正氣塞蒼冥。多回拒結權臣，毋惜春闈落第，留都彈首輔。憑教貶謫到邊隅，弗辭逆旅瘴蒸，興修書院，招來俊彥論文，其似孤鴻橫晚照。宦海何曾浪少寧，《紅泉》、《問棘》，獨傲儒林，勸農陌上，夜話桑麻，深耕綠野。僻塢春風唱採茶，遺愛平昌，歌賡陶靖節。格理還真，傾華廈仰尊湯若士。

下聯：半生廉吏，厚德仁懷，精誠充宇宙。幾次擒捕猛虎，敢於除夕釋囚，縣令斥中涓。但願冠歸故郡，長守家山清秀，主座樂壇，指點伶工按譜，恰如群燕奮朝暉。世間只有情難訴；俠劍誅邪，猶憐小玉，尋夢梅根，心驚螞蟻，醉醒黃粱。明窗皓月觀儺舞，緬懷沓磊，幻覺武陵源。知音顧曲，遍寰中爭演《牡丹亭》。

6 月 20 日我收到他的來信，並「附報一紙」即刊發其楹聯的《新民晚報》。

同年 8 月 19 日就楹聯事他給我回信中說，他早將長聯和宣紙由他侄女從上海帶回江西交江西社科院院長姚公騫繕書，姚原是江西師大歷史學教授，他們交誼深厚，姚的楷書或行書都具功力，可為楹聯生色。石託姚繕寫並請江西省博物館裱好送撫州湯顯祖紀念館。姚院長看了楹聯後提了些意見，石老吸取姚的意見，反覆斟酌修改為《重訂湯顯祖紀念楹聯》，和姚聯名再發在《新民晚報》1983 年 11 月 2 日 5 版：

上聯：宦海從來浪不寧，為堅拒權臣市利，甘拋棄鼎甲科名。便坎坎坷坷弗自嫌，楚楚酸酸勿自憐。曾釋囚除夕，獵虎親民。點綴紅泉舊本，樂得君子山前，短衣搴衛。繼志古今賢令，更虔誠演武修文，勸農陌上；桑麻夜話，綠野舒懷。何須佛道逐流，乃長嘯低吟，紫簫檀板；皓月瓊漿，北腔南調。梨園傳頌千秋筆。

下聯：世間只有情難訴。須揭穿禮教網羅，敢劈開綱常桎梏。盼花花草草由人戀，生生死死隨人願。且譜曲臨川，振聾發聵。標題玉茗新詞。果然牡丹亭畔，高冢豐碑。欣看中外瑤臺，爭獻演誅邪劍俠，尋夢梅根；螞蟻驚心，黃粱醉醒。好在大同伊始，其朝飛暮卷，雲霞翠軒；雨絲風片，煙波畫船。華夏齊歡百姓家。

最後的定稿是對「重訂」稿的個別字詞又作了調整後由姚教授用行楷書寫成大條幅寄我。聯為：

上聯：宦海從來浪不平，為堅拒權臣市利，甘拋棄鼎甲科名。便坎坎坷匆自嫌，楚楚酸酸弗自憐。曾除夕釋囚，拯民獵虎，點綴紅泉舊本，虧得君子山前，短衣蹇衛，踵步古今賢令，更留連偃武修文，勸農陌上；桑麻蔽野，彩練舒空。何嘗佛道依違，盡長嘯低吟，竹簫檀板；築擊弦冰，石磐鐵硯。梨園傳頌千秋筆。

下聯：世間只有情難訴，須揭穿禮教網羅，敢劈開綱常桎梏。盼花花草草由人戀，生生死死隨人願。乃臨川譜曲，發聵振喑，標題玉茗新詞，果然牡丹亭畔，高冢豐碑，欣看中外歌臺，爭搬演鋤奸義俠，尋夢梅根；螞蟻緣槐，黃粱醉醒。好在大同伊始，恁朝飛暮卷，雲霞翠軒；雨絲風片，煙波畫船。華夏歡騰萬眾家。

種名：湯顯祖紀念堂　惠覽

落款：石凌鶴、姚公騫撰書。一九八三年三月十七日

姚公騫院長還附來一信云：

重謨同志：

茲遵凌鶴兄之囑，寫就湯館楹聯一對，寄上請斧正，如不合用，請退回，並於收到日，由您處寫一函致上海石凌鶴同志，免其懸念為禱。匆匆，順致

敬禮。

姚公騫（八三年）三月十七日

楹聯為 232 字，比雲南滇池大觀樓對聯還長 52 字，比四川灌縣青城山廟對聯少 62 字，是名副其實的天下第二長聯。撰寫這樣的長聯在中國楹聯史上

當屬佳話。石老對長聯的創作極為認真，一個耄耋老人，偏癱手痹，對稿子不厭其煩反覆修改，還掏錢買宣紙託人書寫好貼上郵票寄來，我們卻沒有給他任何報酬。此種唾手而得的好事，迄今思之，尚存愧疚，諒湯顯祖紀念館已代補還了人情。

我調海南工作後，和石老還有三次書信往返。他在信中鼓勵我「從事新省文化前途大有可為」。最後一封信是 1989 年 4 月 5 日。石老於 1995 年 3 月 8 日駕鶴西歸，距今已是十有三年，可知他那為之嘔心瀝血的楹聯今作何處理？！

二、趙景深教授品高學博，熱誠助人

趙景深是久負盛名的戲曲史家和戲曲理論家。他不僅學識淵博，且無私助人獎掖後進的品德為學林所稱頌。1979 年 3 月 6 日上午我在上海博物館拍了湯顯祖行書詩卷手跡後，曾慕名去拜訪了他。他家在淮海中路 425 號，我見著的是位質樸、平和、仁慈的長者，毫無名家架勢。趙易林有《趙景深與書二三事》一文，談到其父生前「愛書如命，但與眾不同的是，對前來借書的學生、同好，特別是青年，父親總是慷慨支持，從不吝嗇出借」。「父親備有一本登記簿，將借出的書登記一下，時間久了不見還，他會給借書者寄明信片催還。」我正見證了此事。當趙老知道我的來意後，二話沒說，便進到他的藏書室，取出包紮好的黃芝崗先生撰寫的《湯顯祖編年評傳》打印稿，借給我們三個月，僅要我在他的一個借書本子上寫下了借條。當 3 個月的借期已過，沒收到我們的還書，他於 6 月 11 日向我來信催還：「蒙曾借去黃芝崗《湯顯祖編年評傳》油印本二冊蒙見五月歸還，現已過期。我上課將到湯顯祖，懇掛號將此二書寄還為感。」接此信，我們怪不好意思，立即寫信致歉，並掛號將書稿寄還。

趙老為了儘量讓我們有所收穫，還特意寫了一紙字條，叫我們去找上海文藝出版社責任編輯金名同志，要他破例取出他的正在出版中的《曲論初探》手稿，其中有篇《湯顯祖傳》，讓我們抄錄。趙還告訴我，日本山口大學的岩城秀夫教授著有長篇《湯顯祖研究》全面論述了湯顯祖的生平、劇作、戲曲理論及在文學史上的地位。全文收入在他的《中國戲曲演劇研究》一書中。並告訴了岩城秀夫的地址，說：「你給寫信，我也會給岩城寫信，他會送給你的。」回到撫州後，我於 1980 年 9 月 29 日給岩城秀夫先生寄去一信，10 月 30 日岩城給我回了信並寄出了他的特精裝的日文《中國戲曲演劇研究》一書給我。

1979 年 4 月我在臨川縣溫泉榆坊湯家湯顯祖侄孫後人處尋到了湯顯祖家傳全集殘版，我及時去信給他告知了尋找過程並附上拓片請他鑒定。他收到後非常高興，來信說已特意請上海藝術研究所蔣星煜先生作了鑒定，並將鑒定結果和我們尋找經過在《文學遺產》上發了一篇短文。從而引起了「湯學」研究者與文物界的關注。

1981 年 12 月 6 日我去上海參加戲劇節，第二天我帶了撫州特產南豐橘子去看了趙老，提到想請傳記文學專家朱東潤教授為我們《湯顯祖傳》題簽書名。他二話不說，立馬給朱先生寫了一封短信並告訴朱先生的住址。第二天我持趙老的信找到朱先生家，他很爽快地就寫書名題簽讓我帶回。

1982 年年初，我為湯顯祖紀念館搜集陳列文物資料，想起趙老曾對我說過，他演過崑曲《牡丹亭》的折子戲。2 月 19 日到上海後我又去他家，開門見山提及要借他當年演出湯的「四夢」劇照，他又二話不說，把珍藏多年的 1959 年演出的崑曲《牡丹亭・學堂》和《邯鄲記・掃花》的劇照共五張借給了我們。另還告訴我，在美國哈佛大學的鄭培凱寫了題為：《現實與理想：分為縣官與劇作家的湯顯祖》和《想像與捕捉：湯顯祖劇作中的戀愛與生命》，示意可通過渠道要到。

1979 年我根據地方文獻資料結合湯氏詩文寫出了《玉茗堂考》的初稿，寄給趙老請他指正。過了幾月後，我突然收到《文學遺產》退回來的稿子。原來趙老看了稿子後，為了鼓勵我，將稿子推薦到《文學遺產》。

趙老是在寓所上樓時失足跌倒，旋即送華東醫院搶救不治於 1985 年 1 月 7 日去世，我是讀到 15 號《新民晚報》金名同志的文章才得知，便及時寫信給復旦李平、江巨榮兩教授，表達我對趙老的哀思。

三、訪俞振飛大師未晤，寄來為紀念湯顯祖逝世 365 週年而作的一詩一詞

1982 年 2 月，我在為湯顯祖紀念館撰寫陳列大綱時，想起梅蘭芳和俞振飛兩大師在 30 至 50 年代應邀到日本、美國和蘇聯等國家演出《遊園驚夢》和《春香鬧學》等《牡丹亭》的折子戲，引起了轟動。這是湯顯祖的戲曲影響當代世界曲壇的盛事。他們的演出劇照和相關資料是紀念館陳列所不可或缺的內容。我打聽到梅葆玖和梅葆玥姐弟這時正在上海加盟上海京劇院合排一

個傳統戲赴香港演出。2 月 17 日我與地區文博所幾個人外出參觀與搜集有關文物資料到了上海，正好順便去找梅葆玖瞭解情況。我先找到離休在上海的江西文化界老領導石凌鶴，他次子石慰蒼是上海京劇院辦公室負責人，由他安排與梅氏姐弟見面。2 月 18 日下午 1 時半我趕到華山路 250 號中賓部，在餐廳有北京京劇團的團長劉景毅、梅葆玖、梅葆玥還有一個梅先生的一個女弟子進行了簡短的採訪。葆玖先生說，對梅先生的生前事只有許姬傳先生最瞭解，他是梅先生的秘書，現仍住在梅先生家，葆玖馬上要出國演出，4 月份回到北京，約我 4 月到京找他。這樣我就改而去訪俞振飛先生。從石陵鶴老局長那問到了余先生家的可靠住址後，當天晚上我就去敲開余先生家的門，接待我的是他的夫人——著名的程派京劇演員李薔華老師。薔華老師雖 50 開外，但顯年輕，氣質高雅，風韻猶存。她遺憾地告訴我：俞先生在外地，你有什麼事用紙寫上，等他回來我轉交他處理。這樣我便在留條上寫上我的姓名和工作單位，我對李薔華老師講了我的來訪意圖，撫州正在玉茗堂遺址上建玉茗堂影劇院，要辦湯的生平著作的陳列室，10 月文化部將在撫州舉行紀念湯顯祖逝世 365 週年（後改為 366）活動等信息，需要俞先生提供當年與梅蘭方芳先生赴海外演出湯顯祖的《牡丹亭》有關盛況資料，並希望他能為這此紀念活動題詞，我個人正在寫湯顯祖的傳記，也希望能得到余老的墨寶。回撫州後，我收到了俞先生 1982 年 4 月 2 日寄來打印的信和作的一詩與一詞。信云：

> 囑件因事繁拖到延至今，深感到疚！今書就《蝶戀花》一闋，交郵寄來，希於收到後見復是盼。我最近遷居新居，新地址紙附來。
>
> 祝
>
> 好！
>
> 俞振飛
>
> 四月二日

信後還附上了他新遷住址，寫的是：

> 我已於本月十五日遷入新居。
>
> 地址：上海市法華鎮路 9 號 904 室。電話正待安裝。原號碼作廢。
>
> 專此奉告。並望按新地址通訊。
>
> 順頌
>
> 春安！
>
> 俞振飛 1982 年 3 月 16 日

《蝶戀花》詞是用毛筆書寫在宣紙上的條幅，云：

玉茗堂中詞客住，
堂外江流，日夜奔何處？
豈為風懷歌豔句，
人間多少情須訴。
花發花辭明與暮，
後四百年，海曙紅桑助。
生死相因心不負，
萋萋芳草春來路。

臨川湯若士先生還魂記作於明萬曆戊戌，距今三百八十四年矣。滄桑巨變，換了人間，有非先生所能逆計者。餘生平常演此劇，因用原著第一齣標目《蝶戀花》原韻，以廣其意，並伸後學景仰之枕。

壬戌春三月滌叟俞振飛敬題，時年八十有一。

收到信與填詞我很是感動。余老是蜚聲中外藝術大師，我僅是外省素昧平生的名不見經傳的青年，居然很當成一件事兒，又是寫信又是填詞，且把新搬的地址都告知，實很令人感佩。體現其德藝風範。詞意表達了他對「四夢」執著熱愛和對湯公的無比景仰深情。這條幅我視作珍貴墨寶，請人裝裱，不論家搬到哪裏，都把它掛在我的書齋。另他還附一較大條幅，書的是他作的一首律詩，是給湯顯祖紀念館的。詩云：

重見臨川玉茗堂，流風餘韻付霓裳。
花間四夢留詞筆，檻外九江看豫章。
曲苑方開新境界，歌壇好認古滄桑。
誰知嘯詠平生意，但供心香為奉常。

一九八二年冬為湯若士先生逝世三百六十五週年紀念並建玉茗堂劇場敬賦一律以志景仰之忱

滌叟俞振飛　時年八十有一

這條幅從湯顯祖紀念館開館至今一直掛在館內名家題聯、題詞行列。這一詩一詞至今還沒有在正式報刊發表，甚為珍貴。

2020 年 3 月 13 日整理於海口勝景樓

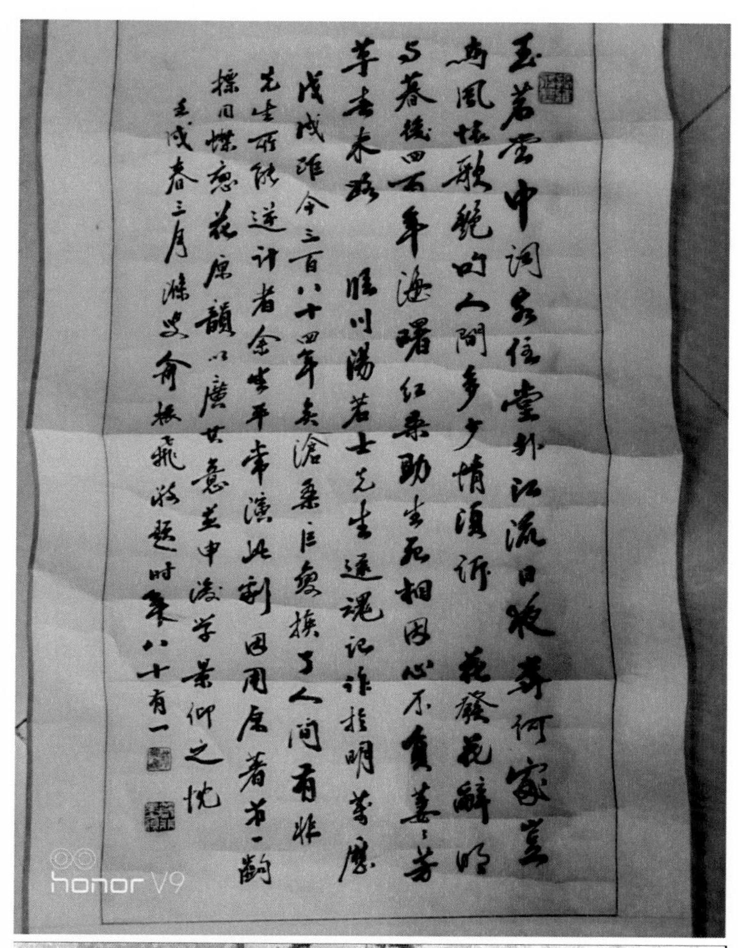

（余先生生活照與劇照由撫州湯顯祖紀念館提供）

重見臨川玉茗堂流風餘韻付霓裳花間四夢留詞筆檻外九江看豫章曲苑方開新境界歌壇好認古滄桑誰知嘯詠平生意但供心香為奉常

一九八二年之冬為湯若士先生逝世三百六十五週年紀念並建立玉茗堂劇場敬賦一律以志崇仰之忱

滌連 俞振飛時年八十有一

（本頁照片由撫州湯顯祖紀念館提供）

四、終生嗜湯似癡迷的王權

王權，字馨一，遂昌人，麗水地區第一中學語文老師，退休後住遂昌縣城。他是個「湯學」迷，從青年時代起就仰慕湯顯祖的文章品節。湯顯祖以玉茗花自喻，其父知他嗜湯，特從城西葉家花園採玉茗花一株，植於庭前假山之上；湯是江西人，王以豫章為字。王權的先祖是南宋愛國詩人王鎡，湯公治遂時有王叔隆持王鎡《月洞詩集》請湯作序，湯欣然寫下《王鎡月洞詩序》一文，並還寫了「林下一人」匾額送遂昌王氏宗祠，並保存至今。由於湯的治遂好政聲和王對湯文章品節的傾慕，加上湯對王先祖這層好關係，王對湯崇拜無比。他是遂昌最早湯學研究者，早在 1954 年成寫約 7 萬餘字的《湯顯祖年譜》初稿。初稿寫好後，曾送給了恩師夏承燾指教。王和徐朔方都是當代詞宗夏承燾的高足，夏知徐朔方也正在作《湯顯祖年譜》的編寫，建議他倆合作。王權便把手稿給了徐朔方。徐看了一段時間後，將稿子退給了王，說是他的可以單獨成篇，不合作了。

徐雖沒有與王權合作，但他看了王的手稿還是有些收穫，如他的《湯顯祖年譜》中一條「清趙吉士《寄園寄所寄》卷七，列湯顯祖為舉業八大家之一。餘七家為王鏊、唐順之、瞿景淳、薛應旂、歸有光、胡友信、楊起元」。就是從王權手稿中得來的，徐在一處注明「為王馨一先生所見示」，但徐的《湯顯祖年譜》無論是 1958 年的初版本還是後來的修訂本都沒有這樣的注明。

1972 年 2 月 15 日我第一次訪遂昌，在縣文化部門介紹下去拜訪了王權老先生。他對湯在遂昌的歷史資料掌握很全，令我獲益良多，同時還提供了遺愛祠的楹聯和湯顯祖在遂智懲惡少即項應祥用家法處死不屑之子的民間傳說等一些鄉土資料。

1982 年 3 月 24 日我為湯顯祖紀念館搜集文物資料而二上遂昌，25 日到松陽訪鄭建華回來，27 日下午回到遂昌以訪王權，28 日中午他殷勤請我吃飯，天熱黃酒進口甜，我開懷暢飲而酩酊大醉，睡在他家床上到晚 7 時 15 分才醒來回旅館。3 月 29 日中午，買好一個小塑料桶到王老家，在他侄兒的幫助下，將他家居易軒假山的兩棵玉茗花小苗帶土裝入桶內，移植撫州，放在我住的文昌橋頭住所花盆內培植（惜後未能培育成活）。王老作詩一首相送：

> 義仍先生長遂五載與民同樂，近日重謨同志自臨川來遂採訪當年政績，相見之下，不勝欣喜，爰書俚句，少伸微意。

愛民如子縣成仙，若士風流四百年。

今日龔君重戾上，英姿勃發踵前賢。

當年 10 月國家文化部、中國劇協和江西省文化廳在撫州舉行紀念湯顯祖逝世 366 週年大會，王老未受邀請，他不顧年過七十高齡，拄著拐杖來到撫州，我向當時負責大會會務的省文化廳晏亞仙同志介紹了王權情況後及時補發了邀請，作正式代表參加大會的一切活動。參會期間，他詩情勃發，無論是參觀湯顯祖紀念館還是晉謁湯顯祖墓他都即興抒懷。在湯墓前他吟頌：

平昌末學詣臨川，展墓興悲涕淚漣。

浩氣長存遺愛在，千秋功業口碑傳。

王曾對我說，這是他生平最為幸運且開心的一次有意義活動，此後與我來信中多次表達出難忘的高興心情。

1986 他從遂昌黨史辦劉宗鶴先生處得知我去中國藝術研究院戲曲理論研究班深造，他想到 11 月 20 日是湯顯祖逝世 370 週年，北京定有紀念活動，特撰一楹聯寄我，云：

縱觀志乘自唐代到清朝時越千年關心仙縣民瘼孰若贛來一令，

歷覽輿圖從西歐至東亞路超萬里屈指人間劇作誰如天上雙星。

楹聯對仗工整，表達了對湯的為政為文的敬仰與懷念之情。

我調海南後還和他保持了一段時間聯繫。1989 年 12 月我向他贈送了全家照片。1990 年春節他寄來《奉懷重謨仁兄嶺南》一首：

少長名都學養深，壯遊南北樹雄心。

知君功顯海南島，仙縣人爭聽好音。

此後便中斷了聯繫。現在我還保存了王權來信 10 多封與夏承燾題簽的《馨一詩詞》打印稿一冊。他的來信幾乎每信必有詩。1998 年他去世我沒有得到信息，未能寄隻言片字表達哀思。至今尚存憾意。2006 年 9 月我去到遂昌參加紀念湯顯祖逝世 390 週年國際學術研討會，得知王老在遂昌城青年路 49 號居易軒的故居也遭拆遷，那 3.5 公尺高，每年臘盡春初能綻放 200 餘朵單色白花的玉茗樹再也看不到了，很是遺憾。王老地下有知，定會扼腕歎惜！

五、為洗刷祖宗罪名而研究湯顯祖的項兆豐

項兆豐是明代遂昌項應祥的 33 世孫。項應祥是萬曆八年（1580）進士，從建陽知縣起家，遷戶科給事中，官累應天巡府。1979 年初我初訪遂昌，聽

遂昌文化界人士說他也在研究湯顯祖，且觀點與遂昌其他研究者有分歧，相處關係不和諧。2 月 16 日晚我在縣委宣傳部小劉同志帶領下登門拜訪了兆豐先生。知他原是處州師範語文老師，1958 年因政治上受到不公正的對待而去了公職，此時是城關蔬菜隊的菜農。此君文史功底不錯，個性倔強。在如此艱難的處境中還對遂昌的多個歷史人物進行研究，其中費力最多是湯顯祖。他之所以研究湯顯祖，緣於一樁公案。300 多年來在遂昌傳說湯任知縣時，接獲百姓狀告項應祥的一個公子犯案累累。因項為朝官，湯難以處置。湊巧項因病告假回鄉，湯以設宴為其洗塵為名，暗布置受害者前來告狀。酒過數巡，正高興之至，大堂鳴冤喊聲不絕。項問湯何故？湯故意說：「我們難得相聚，有事改日再處理吧。」項說：「為官之人，上為朝庭效勞，下替百姓分憂，豈能因私而忘公，湯乘機提議：「不如一邊喝酒，一邊處理公務。」博得席間士紳一致贊成。大門一開，受害佃農哭哭啼啼，紛紛呈上訴狀，打開一看，訴的都是項家的一個兒子欺凌佃戶，姦淫婦女，並對新婚女子強佔「初夜權」等罪行。項為掩飾家醜，博取大義滅親的美名，當晚就用石灰醃死在後花園延秋亭中。

這個傳說故事我在王權處聽過了。此時我又聽項講述了一遍。由於這傳說故事情節生動，彰顯了湯顯祖「因百姓所欲去留」的為官之道。故在民間流傳 300 多年不衰。參照湯寫給項應祥的《復項諫議徵賦書》和沈德符《野獲編》所披露的湯顯祖革職原因，徐朔方說「不會純屬虛構」。1963 年遂昌婺劇團張石泉以這傳說為蘭本，創作成婺劇《湯公除霸》，劇中直接用上了項應祥的名字。這樣就引起了兆豐先生的特別關注。他找來《項氏族譜》、《遂昌縣志》、《湯顯祖集》和《明史》等文獻資料，白天下地勞動，晚上在燈下研究湯顯祖。寫下了《漫談湯顯祖的革職》、《湯顯祖在遂昌》、《湯顯祖和牡丹亭》、《論達觀對湯顯祖思想的影響》和《項應祥殺子考》等文章。在《項應祥殺子考》一文中，根據族譜記載，項應祥共有四個兒子，長子天爵生於萬曆六年，死於萬曆四十年，次子天衡生於萬曆十三年，死於崇禎十六年，三子天琦生於萬曆十五年，死於順治三年。以上三子都死於湯氏離任後，不可能存在被殺之事，唯有四子天倪只書一個「殤」字，無生卒年的記載，是個懷疑對象，然而三子天琦生於萬曆十五年，那天倪最早已只能出生在萬曆十六年。湯顯祖是萬曆二十五年離開遂昌，那時天倪只是一個十歲的孩童，怎能有強佔民女初夜權的荒唐事發生？因此誰要是在文中引用了這個傳說，就視作屈辱了他的祖先，必須據理力爭，嚴詞遣責。連趙景深、徐朔方這樣大家也毫不客氣。

我在遂昌記下這個故事，回到撫州寫了篇《湯顯祖在遂昌》一文，刊登在當年《撫河》雜誌第二期上。文中也介紹了這個傳說。遂昌縣文化館看到後在文藝專刊上以民間故事的名目轉載了我這篇文章，湊巧這時張石泉寫的《湯顯祖除霸》更名《湯顯祖》由遂昌婺劇團隆重上演，我這一文與《湯顯祖除霸》一戲在遂昌引起了強烈反響，兆豐先生看到後自當很不客氣地來信我地區文化局和地區文化站，指責拙文是「利用傳說，鍛鍊人罪」，並要自費親訪臨川。儘管我們去信叫他不要為此問題專訪臨川，增加經濟困難，然而他於第二年夏還真的就來了。我在文昌橋頭附近找了家旅館讓他住下，撫河之濱、文昌橋畔、湯公墓址都留下他的足跡。我們也談到對文章的各自的意見，分歧仍存在，但不僅沒有罵架，且私誼卻似有加深。在兆豐先生看來，有這《族譜》記載，項氏四子可不能有強佔民女不法之事，不容臆說誣前賢。然而修譜有譜戒，若因淫亂被家法處死者，當譜削其名，即譜上根本不可能有記載。項應祥是否還有「譜削其名」之子，諒是研究者還可探討的問題。

1982 年 3 月 24 日為湯顯祖紀念館搜集資料二上遂昌，27 日晚和縣史志辦的劉宗鶴陪同下去看項兆豐。走進他的書房，「已無涕淚憂家國，餘有詩書伴病貧」的楹聯掛在臥室兼書房的牆上，很是醒目。這是一個歷盡磨難的知識分子晚年心境寫照。隨著撥亂反正，兆豐先生得到了政策落實，1987 至 1989 年到了杭州的一所中學教書。在杭州 3 年，他在浙江圖書館古籍部閱覽室裏查閱了並積累了大量湯顯祖在遂昌事蹟的資料，對湯顯祖的研究已沒有停留在為祖先洗刷罪名上，而是深入對湯在遂五年所作的詩文進行彙編箋校。該書他耗時六年，為了求訪資料，不惜私費足踏大江南北，行程萬里。書列入浙江省藝術科研項目。2000 年 8 月下旬在大連外語學院舉行的紀念湯顯祖誕辰 450 週年國際學術研討會，兆豐先生應邀參加了會議，帶來已印出《湯顯祖遂昌詩文全編》清樣 100 冊。該書是研究湯顯祖在遂昌最為翔實的基礎資料，受到大家的肯定。2006 年 8 月，江西在湯顯祖故里撫州召開紀念湯顯祖逝世 390 週年學術研討會，我們又重逢了，會結束後又同車到了遂昌。可此人有點怪，他到達遂昌在大會會務組報到後卻沒有參加會議，且再也不露面，然他嚴謹治學，求真據理的精神令我欽佩！所著文章鮮明有個性，確是文如其人。

六、四個日本學者的湯顯祖情結

由於趙景深先生的關係，1980 年 9 月 29 日我給日本山口大學岩城秀夫先生寫了一信，1910 月 30 日岩城先生就給回了信並寄出了他的精裝日文《中國戲曲演劇研究》一書給我。信中說：

尊敬的龔重謨同志：

9 月 29 日的信已收到。您說，撫州市文化館有計劃搜集整理關剪的資料。湯顯祖是貴國最偉大的戲劇家，他的表彰他的詩文和戲曲方面的成果，是很有意義的事業，不勝欣喜。

我研究明代戲曲經過了多年，特別尊敬湯顯祖。我元來是外個人，雖然念貴國文學也是還沒到到好成就，不值一顧，可是您卻來信需要拙著《中國戲曲演劇研究》，特為光榮，感謝不盡。

今天把拙著另外寄上，請您雅正。

我希望有機會訪問貴地，參觀湯顯祖的舊址，搜集資料，供以後參考。

我不善中文，請念辨認。敬請臺安！

日本國山口大學人文學部

岩城秀夫敬上　1980.10.28

然而岩城先生訪撫州的願望沒有親自實現，而是委託他的一個同事代他撫州之行。1984 年 10 月 22 日我突然接到山東大學留學生樓 415 號署名阿部泰記的來信。信是這樣寫的：

龔重謨先生：

初次寫信，寬恕無禮。我是日本山口大學的副教授，岩城秀夫是我的上級。我這次在山東大學留學，學古典小說。出國以前，岩城託我看貴館資料。我值到現在沒空跟你聯繫，他再向我寫信問事好辦不，所以我不顧非禮向你商量這件事。我不是研究戲曲的，是研究小說的，可是讀過湯顯祖集，向他的重視情感的戲曲觀感到與趣。如果有你想挺我向岩城要求的事情，或者貴館有我回國以後轉告訴岩城的資料，我想這去看，你允許照相，我留下給岩城看。

上面直截了當的寫了我想和你商量的事，我的漢語水平不夠，請恕冒禮，我等著好消息

祝

秋安！

阿部泰記 1984.10.22

接信後，我於 10 月 28 日向阿部泰記寫了回信。我在信中提到：「撫州自宋明以來，在中國歷史上出了不少文化名人，除湯顯祖外，還是王安石、晏殊、晏幾道父子和曾鞏等。但目前能看的只有湯顯祖墓和湯顯祖紀念館。其他人還能看到一些有關遺址。您來的時間最好在下月（11 月）中旬 15 號以後，因為湯顯祖紀念館已騰出作出土文物展覽，要到下月 15 號後才可重新開放。撫州離南昌僅 100 公里，乘班車兩個半小時可抵達。」11 月 25 日阿部來信告訴我他人已到上海，已訂了 11 月 28 日晚 9：05 時到江西的火車票，29 日 13 時到南昌，30 日可到撫州。由於當時的撫州還不是對外開放城市，因他人在上海，沒有攜帶山東大學開給他進入到撫州的相關「文書」（公函）。他在撫州僅呆了不到 3 個小時，僅看了一下湯顯祖紀念館，由行署外事辦買單我作陪的請他吃了一餐便飯。由於那時我思想上「左」毒還未清除，本打算回贈給岩城的書和一些資料也不敢交他帶去，怕日後因此惹下麻煩。

為湯顯祖而來訪撫州的外國學者中，熊谷祐子（女）是大家印象最深的一個。她是日本東北大學到復旦大學留學的高級進修生，師從趙景深的高足陸樹倫。

1981 年 12 月 14 日我在上海參加戲劇節，抽空去看了趙老，談了對「湯傳」幾章的寫法。他要我 19 日下午 4 時再到他家去，說李平會來，李是他帶的研究生，專攻中個戲曲，已升為副教授。14 日下午我準時到趙老家，李平與陸樹倫已在坐。他們告訴我，有日本留學生熊谷祐子要到撫州去，託我關照，提供幫助。12 月 27 日晚 7 時多我從上海回到撫州，我家人告訴我熊祐子已來到了撫州，住在地區招待所，明天就要回去。我立馬趕到招待所，和她聊了一個多小時。根據她的要求，我第二天帶她看了城外文昌橋東還被冰廠所佔的湯顯祖墓遺址和城內玉茗堂遺址，並為她購好下午去南昌的汽車票。

熊谷此行收穫不大，僅她拍了一些照片，時間太緊，可看的東西太少。熊谷回到復旦後，她的導師陸樹倫來信我說：「這次她去撫州，蒙你熱情接待，不辭辛苦為她介紹情況。她甚是感激。在此，也請接受我的謝意。」

1982 年 2 月 21 日我在上海為湯顯祖紀念館搜集文物資料期間。曾去陸樹倫家，告訴過她 10 月文化部、中國劇協和江西文化行政部門要在撫州舉行紀念湯顯祖逝世 365 週年紀念大會，要他為我提供 1967 年以來有關研究湯顯祖文獻資料目錄，並想瞭解日本現在有哪些人從事研究湯顯祖，以及他們的研究成果。熊谷祐子從陸樹倫處得知我這一想法，於 2 月 25 日主動給我來信：「聽說，今年湯顯祖誕生 365 週年紀念會在您處開幕。而且你們希望瞭解關於學湯顯祖在日本的研究情況，我希望能夠幫助你們。」後來熊谷來信告訴我，在日本對湯顯祖研究有所建樹的只有岩城秀夫和八木澤元。因她知道岩城的《中個戲曲演劇研究》一書我已有了，僅複印了岩城的新作關於湯顯祖的詩文主張的論為和八木澤元的《湯顯祖的戲曲》等一些文章。陸樹對將在撫州召開的全國性紀念湯顯祖活動這一信息很是重視。他知道，這是讓熊谷瞭解中國戲曲的一次難得的學習機會。7 月 9 日給我回信中特提到：熊谷最近去了敦煌，八月回國，九月份再來，她的進修時間決定延長到年底。如十月份江西召開紀念湯顯祖的會，要我為她能得到邀請作些周旋，她很想參加這此紀念會，費用一律由她自己負責。此事陸還另託了南昌文化界的一些人，我們都努力了，結果上面還是沒有同意。後來熊谷還是來了，那不是作被邀請的代表，而是按教育部的有關規定，她向復旦外事辦提出來江西進行學術訪問的申請，學校同意後發文給江西外辦，由江西省外辦同意後進行安接的訪問活動。10 月 22 日熊谷來撫出席紀念會，在參觀了湯顯祖紀念館寫下了「玉茗香千里，四夢傳古今」的題詞。在撫期間，陸樹倫邀我、熊谷和她自己三人在新遷的湯顯祖墓前合影留念。從陸樹倫教授給我來信，我感到陸為了讓熊谷來撫出席湯顯祖的紀念會而延長了熊谷在中國的進修時間。82 年 11 月底熊谷學成回國。回國前，她特用毛筆寫了一信給我。信中說：「通過會議，瞭解到了中國的學術動態，親眼目睹了是有客觀性、考據性的學術作風蓬勃復興這一點尤其令我興奮。」信的正文上方空白處寫了四句四言，云：「落葉紛飛，蕭瑟寒秋；歸期漸漸，別情依依。」時間為壬戌冬日。可見，熊谷的兩次撫州之行給她留下深刻印象，並對這裡產生依依惜別之情。

還有一位是有澤晶子（女），是我在中國藝術研究院學習時的同學，1986 年她從日本來中國藝術研究院進修中國戲曲的高級進修生。有時上大課時會同在一個教室。那是她還是個 20 多歲的小姑娘，因她是外國人，都住在恭無府的海棠院，見面點點頭而已。1987 年 7 月我畢業離京回江西不久調海南，他進修期滿後回國在東洋大學任教，一別 20 年沒有再見面。2006 年我應邀出席在浙江遂昌召開的湯顯祖文化節暨湯顯祖國際學術研討會，她以日本東樣大學教授在北京大學訪問學者身份到遂昌參加會議。撫州方面對她完全陌生，不可能受邀到撫州參加會義，因而撫州湯顯祖學術研討會的有關論文資料她就不可能得到，她希望能看到，我為她要了一份，還送了我發在《撫州日報》上的《玉茗堂考》。她對中國傳統戲劇表演的形式有很深的研究，論文《中國傳統演劇樣式的研究》令她獲博士學位。遂昌分訣後她回到北京大學，便將其博士論文《中國傳統演劇樣式的研究》寄來贈我。該書約 30 萬字，收集了許多珍貴照片，可謂圖文並茂，2006 年由日本研文出版社出版。書中第二部第一節內介紹了湯顯祖《牡丹亭》。我收到後，用電子郵件發給我早撰寫的《湯顯祖作劇理論探勝》一文作回禮，請她指正。他收閱後回信說：「昨天的已經拜讀了。很有趣。我想給學生講課時，可以給他們介紹您的文章了！」

七、田漢兩訪湯顯祖故居遺址作的詩篇

1982 年 6 月 27 日田漢著作編輯出版委員會給我來信云：「據悉田漢同志曾到臨川訪湯顯祖故居遺址時曾有詩篇，今特專函懇請賜予協助，代為搜集以便編在《田漢文集》。倘目前還能找見其墨蹟，請予以照相。」接信後，我立即找了當年曾親自參加接待的胡一輝等同志進行瞭解，將瞭解情況於當年 7 月 10 日回信告知。主要內容如下：

田漢同志曾二次來到撫州。第一次是 1959 年 4 月 16 日，由省文化局局長石凌鶴同志陪同從瑞金去南昌經過撫州作作停留。田漢同志在玉茗堂遺址上「湯家玉茗堂」石碑旁手撫摸著石碑照了像，後去到文昌橋東靈芝山憑弔了湯顯祖墓。回到北京後於 6 月 3 日作詩抒懷，並書成條幅寄到撫州。詩云：

雨絲風片過臨川，邀得青年拜墓田。
莫道夢痕無覓處，《還魂》新入弋陽弦。

直把歌場作戰場，先生何止擅文章。
十年一劍磨成日，再訪湯家玉茗堂。

杜麗何如朱麗葉，情深真已到梅根。
何當麗句鎖池館，不讓莎翁有故村。

「邀得青年」一句的「青年」指的是撫州市政府派出的陪同人員傅豫泰（時為撫州市文教局副局長）和陳行洪（市宣傳部幹事）等五位青年同志。

第二次來是 1963 年年初，田漢同志偕其夫人安娥、著名電影導演鄭君里和中國戲劇史專家周貽白在南昌看了石淩鶴改譯的《牡丹亭》後，去到大餘縣考察《牡丹亭》故事發生的軼聞舊址，留下了「留得牡丹亭子在，晶瑩應不讓金沙」的詩句，於 1 月 5 日來到撫州。中共撫州地委為田漢同志在地委小禮堂舉辦了一場報告會。報告會由地委副書記韓增田主持，地委常委、宣傳部長谷虹出席了會議。前來參加報告會的有撫州地市文藝界同志和部分中小學的文藝老師計 300 多人。田漢同志在會上談了湯顯祖的生平，和《牡丹亭》的社會意義，說它是「無腳走天涯」。還談到徐聞和大余均有湯顯祖的文物。晚上觀看了市採茶劇團自創的現代劇《紅松林》和傳統劇《錯弓緣》。田漢同志的報告約三個小時，錄了音，後由陳行洪進行了整理，並打印發給地市領導。

當時撫州市正準備復建玉茗堂與蓋湯顯祖紀念館，市領導請田漢同志題字。田漢同志因身體不適，但一口答應。離撫後到了南昌即寫了「玉茗堂」和「湯顯祖紀念館」兩幅題字與一首詩作寄到撫州市。詩題《重訪臨川聞將重建玉茗堂紀念湯若士》：

三百年前一義仍，敢拼肝腦向堅冰。
徐聞謫後愁無限，庾嶺歸來筆有神。
柳葉慣隨尋曲杖，梅花常伴讀書燈。
煙波樓閣春如海，明日臨川更絕倫。

2008 年 4 月於海口

主要參考文獻

1. 《湯顯祖詩文集》，徐朔方箋校，上海古籍出版社，1982 年。
2. 《湯顯祖集全編》，徐朔方箋校，上海古籍出版社，2015 年。
3. 《湯顯祖戲曲集》，錢南揚校點，上海古籍出版社，2010 年。
4. 《湯顯祖年譜》，徐朔方著，上海古籍出版社，1980 年。
5. 《湯顯祖研究資料彙編》，毛效同編，上海古籍出版社，1986 年。
6. 《湯顯祖編年評傳》，黄芝岡著，文化藝術出版社，2014 年。
7. 《湯顯祖評傳》，徐朔方，南京大學出版社，2011 年。
8. 《文昌湯氏宗譜》，臨川縣雲山圳上湯顯祖後裔珍藏。
9. 《臨川縣志》，〔清〕同治九年修，藏原臨川縣圖書館。
10. 《撫州府志》，原臨川縣圖書館藏。
11. 《瓊臺志》（明正德），海南出版社，2006 年。
12. 《定安縣志》，光緒四年版。
13. 《明史》，南炳文、湯綱著，上海人民出版，2003 年。
14. 《晚明史》，樊樹志著，復旦大學出版社，2003 年。
15. 《明代政治史》，張顯清、林金樹著，廣西師大出版社，2003 年
16. 《明代八股文史探》，龔篤清著，湖南人民出版社，2006 年。
17. 《明代科舉圖鑒》，龔篤清著，嶽麓書社，2007 年。
18. 《中國近世戲曲史》，〔日〕青木正兒著，中華書局，1954 年。
19. 《中國戲曲通史》，張庚、郭漢城主編，中國戲劇出版社，1980 年。

20. 《中國戲劇學史稿》，葉長海著，中國戲劇出版，2005 年
21. 《中國文學史》，游國恩等編，人民文學出版社，1993 年。
22. 《插圖本中國文學史》，鄭振鐸著，人民文學出版社，1963 年。
23. 《中國文學史》，人民文學出版社，1963 年。
24. 《中國文學批評史》，郭紹虞，上海古籍出版社，1982 年。
25. 《湯顯祖與晚明政治》，鄭培凱撰，《九州學刊》，1987 年。
26. 《萬曆野獲篇》，沈德符著，文化藝術出版社，1998 年。
27. 《列朝詩集小傳》，錢謙益著，上海古籍出版社，1983 年。
28. 《明實錄》。
29. 《紫柏老人集》，〔明〕釋真可撰。
30. 《陽秋館集》，〔明〕帥機著。
31. 《續焚書》，〔明〕李贄著，中華書局，1959 年。
32. 《利瑪竇中國劄記》，〔意〕利瑪竇、〔比〕金尼閣著，何高濟、王遵仲、李申譯，廣西師大出版社，2003 年。
33. 《利瑪竇的記憶之宮：當西方遇到東方》，〔美〕史景遷著，陳恒、梅義征譯，上海遠東出版社，2005 年。
34. 《利瑪竇與中國》，林金水著，中國社會科學出版社，1996 年。
35. 《利瑪竇傳》，羅光著，臺灣學生書局，1983 年。
36. 《馬可波羅行記》，馮承鈞譯，上海書店出版社，2000 年。
37. 《湯顯祖傳》，龔重謨、羅傳奇、周悅文著，江西人民出版社，1986 年。
38. 《莎士比亞傳》，〔蘇〕M．莫洛佐夫著，許海燕、吳俊忠譯，湖南人民出版社，1984 年。
39. 《塞萬提斯評傳》，朱景冬著，百花文藝出版社，2009 年。
40. 《堂吉訶德》，楊絳譯，人民文學出版社，1979 年版。
41. 《湯顯祖傳記之研究》，費海璣著，臺灣商務印書館，1974 年。
42. 《湯顯祖研究與輯佚》，龔重謨著，海南出版社，2009 年。
43. 《羅汝芳評傳》，吳震著，南京大學出版社，2011 年。
44. 《王弘誨傳》，鄧光華著，海南出版社，2017 年。
45. 《王弘誨研究》，王力平著，海南人民出版社，2008 年。
46. 《李贄年譜考略》，林海權著，福建人民出版社，2005 年。

47. 《中國古典戲曲論著集成》，中國戲劇出版社，1982 年。
48. 《元曲選》，臧晉叔著，中華書局，1979 年。
49. 《中國大百科全書》，中國大百科全書出版社，1983 年。
50. 《論湯顯祖劇作四種》，侯外廬著，中國戲劇出版社，1962 年。
51. 《湯顯祖劇作改譯》，石凌鶴改譯，上海文藝出版社，1982 年。
52. 《臨川夢》，〔清〕蔣士銓著，上海古籍出版，1989 年。
53. 《牡丹亭研究資料考釋》，徐扶明著，上海古籍出版社，1987 年。
54. 《論湯顯祖及其他》，徐朔方著，上海古籍出版社，1983 年。
55. 《湯顯祖研究論文集》，江西省文學藝術研究所編，中國戲劇出版社，1984 年。
56. 《〈牡丹亭〉之謎》，謝傳梅著，中國文聯出版社，2007 年。
57. 《曲論初探》，趙景深著，上海文藝出版社，1980 年。
58. 《美學概論》，王朝文主編，人民出版社，1981 年版。
59. 《張庚戲劇論文集》，文化藝術出版社，1984 年。
60. 《吳梅戲曲論文集》，王衛民編，中國戲劇出版社，1983 年。
61. 《中國歷代文論選》，郭紹虞等主編，上海古籍出版社，2001 年。
62. 《湯顯祖紀念集》，江西文學藝術研究所編，1983 年。
63. 《湯顯祖與徐聞》，曾權主編，中國文聯出版社，2005 年。
64. 《貴生鼓情》，吳凱著，準印贈閱本。
65. 《寶硯奇情》，李瑋著，中國文聯出版社，2000 年。
66. 《遺愛集》，遂昌縣文聯、遂昌縣湯顯祖研究會編，1985 年。
67. 《遂昌縣志》，劉宗鶴總纂，浙江人民出版社，1996 年。
68. 《湯顯祖遂昌詩文全編》，項兆豐編著，2002 年。
69. 《遂昌湯顯祖研究文選》，遂昌湯顯祖紀念館編印，2006 年。

附　錄

《湯顯祖研究與輯佚》序

李希凡

海南龔重謨同志寄來了他的《湯顯祖研究與輯佚》的文稿，諄囑我作篇序。重謨，江西黎川人，可說是湯顯祖的大同鄉，又在湯顯祖故鄉臨川（今撫州市）做文化工作二十餘年，而且有一年多的時間，就是住在湯氏玉茗堂遺址上蓋的撫州市圖書館（後改建為玉茗堂影劇院），這對重謨來說，是一種緣分。何況臨川歷史上人才輩出，僅北宋一代，如大詞人晏殊，晏幾道父子，大政治家王安石，唐宋古文八大家的曾鞏，就都出身臨川。正是在這樣文化氛圍裏，重謨感受了湯顯祖的魅力，積累了湯顯祖有關資料，終於在粉碎「四人幫」後的 1978 年，迎來了文化部和江西省要在撫州市舉辦湯顯祖逝世 366 週年的紀念活動，而且是全國性的紀念活動。重謨同志奉命與其他同志合作，要寫一本《湯顯祖傳》，他們雖然沒有一個人完全閱讀過湯顯祖的詩文劇作，卻勇敢地承擔並完成了這項任務，我想，這該是重謨研究湯顯祖的開始。

儘管《湯顯祖傳》寫得既艱苦，出書又經歷了各種磨難，但深入湯顯祖的戲劇世界，卻使重謨萌生了獻身戲曲研究的渴望：「在湯傳的寫作實踐中，我深感學識孤陋，功底淺薄，產生了要深造學習的欲望。」（本書後記）這時恰好文化部所屬中國藝術研究院研究生部正在擴招，不只從大學文科畢業生中招取碩士生，還開辦了在職幹部的進修班。這是藝研院老院長們的一個英明決策，文革後，藝術領域理論人才斷檔，大部分各藝術門類的幹部雖有實踐經驗，卻缺乏理論修養，為了搶回這文革的斷代，就開設了兩年制的進修班，提高他們的理論水平和文藝素養。這一措施，在 80 年代至 90 年代，為全國藝術界培養了一大批理論人才以至領導幹部。重謨考的是 1985 屆進修班，我是 1986 年 11 月調到藝研院接替老院長任職並主持工作的。即使在我的十年任職內，也獲益匪淺。不只藝研院各所所長、副所長，大部分選自第一屆、二屆研究生班，科研項目帶頭人也多數來自他們中間。據我所知，全國各省一部分文化廳局長，藝術研究所長，骨幹研究人員，也都是出自藝研院研究生班或進修班。正因如此，在我們接班時，院務和科研規劃，我們都自己承擔，獨藝術教育，自知力所不逮，決定暫不接管，仍留給老院長張庚先生擔任研究生部主任，王朝聞先生等繼續帶博士生、教課。

重謨稱他「在中國藝術研究院的兩年寒窗」，信哉，斯言！當時藝研院尚「借居」在恭王府，研究生部只在東南角的一座小樓上，宿舍是一所板房，有「塞拉熱窩」（夏）和「耶魯撒冷」（冬）之譽。只不過，那個時代的求知者，本就是在艱苦環境中長大的，並未在意這些。重謨在回憶中只講了他學習上的感受:「有學養深厚的老師授業解惑，有豐富的專業文獻資料可供借閱，開了眼界，提高了專業素質。」（本書後記）而本書《研究篇》的代表作——《湯顯祖作劇理論探勝》，就是他 1986 年暑假未歸，在「塞拉熱窩」完成的。

我雖在大學期間曾受教於戲曲研究名家馮沅君先生，但因酷愛古典小說，並未在戲曲史方面下工夫，即使對湯顯祖略有涉獵，也是因為他在明清啟蒙人文思潮中佔有突出地位，而且在明清文藝洶湧的「情潮」中，他是以「情」反「理」的「至情說」的首創者，並給予曹雪芹《紅樓夢》以巨大影響。在我主編的《中華藝術通史》中，湯顯祖自是明代戲曲最富時代精神的代表人物，明傳奇，是中國戲曲發展的第二座高峰。《通史》明代卷主編蘇國榮同志，是這一章的執筆者，他譽湯顯祖為「戲曲大師」，並闢專節評析他的「四夢」。在明代卷的討論中，關於湯顯祖「四夢」是否都是浪漫主義創作，曾有過不同意見的討論。不過，因為是「通史」，這樣的問題很難展開。

讀了重謨同志的《湯顯祖研究與輯佚》，特別是《湯顯祖的作劇理論探勝》和《也談湯顯祖的「情」》，對我很有啟發。他雖然也談到湯顯祖劇作的浪漫主義，卻是從中國民族傳統藝術的「創意」，來探索湯顯祖詩文和作劇的理論內涵和特點的。關於中國戲曲，他師承張庚先生的「劇詩」說，綜合湯氏「四夢」的創作實踐，概括出「情」「意趣神色」「自然靈氣」「虛實結合」的藝術內涵，又歸納湯氏劇論自成體系，富於實踐性和哲理深度的三大特色。

我對戲曲理論沒有研究，但重「意」，是中國文藝的傳統。而且以藝術家和藝術品的「意境」創造為審美的最高成就。詩文書畫如此，小說戲曲也不例外。清葉燮所說:「抒寫襟懷，發揮景物，境皆獨得，意自天成。」湯顯祖所謂的「意趣神色」，也是來自「自然靈氣兒」。這和他的「至情說」緊密相關。我們都知道，在晚明的人文思潮裏，湯顯祖是「異端之尤」的李贄的崇拜者，湯顯祖的「至情說」，也可說是李贄的「童心說」的延伸。重謨認為，湯顯祖是以情為世界觀，以情為文藝觀，正是把握到了晚明浪漫思潮的突出特點，而湯顯祖的《牡丹亭》，則是以情反理的代表作。湯顯祖認為，「情」是人性的根本：「性無惡無善，情有之。人生而有情，思歡怒愁，或出於徵，流乎嘯歌，形諸動搖，或一往而盡，或積日而不能自休。」在湯顯祖看來，人的一切，人的一生，無不以情為主，所謂「天下聲容笑貌大小生死，不出乎情」，「世總為情」，「生者可以死，死者可以生」乃「至情」也。「生而不可與死，死而不可復生，皆非情之至也。」儘管這是湯顯祖的浪漫情懷，但在反對程朱理學「窮天理，窒人慾」的人文思潮中，卻起了振聾發聵的影響。而他的傑作《牡丹亭》，也正是這「至情」說「因情成夢，因夢成戲」的藝術結晶。杜麗娘和柳夢梅的生死戀，是怎樣震撼了當時的男女青年呵。

我有幸在 1983 年全國短篇小說評獎期間，看到了南崑著名表演藝術家張繼青的《牡丹亭》全劇的演出，從晚上看到深夜，深為她的「至情」的表演所感動。我想，重謨同誌概括的湯氏曲論所闡述的「意趣神色」，都是來自情的根本，而所謂湯劇的「哲理深度」，總也離不開他的「至情說」的極致發揮。本書中《湯顯祖的作劇理論探勝》和《也談湯顯祖的「情」》，是可相互補充的。它們不只是劇作理論的探討，而且是劇作實踐的總結。

作為一本研究湯顯祖的論著，即使「研究篇」，也涉及湯顯祖生平際遇的各個方面，如湯顯祖和利瑪竇、與李贄，以及湯顯祖的致病和死因，重謨都有他自己的看法和確鑿的考證，並不盲從權威，自成一家之言。至於「輯佚篇」，更是他在臨川多年工作中親自考察的積累，彌足珍貴。

讀完全書，我倒認為，這不應只是重謨研究湯學的最後結集，而該是他續寫一部《湯顯祖大傳》的準備，為了晚明這位戲曲大師，這是值得的，讀者寄有厚望焉！

二〇〇九年三月九日於北京

《湯顯祖大傳》序

周育德

龔重謨先生《湯顯祖大傳》完稿，囑我為之寫序。我很慚愧，自知在湯顯祖研究方面視野不廣，見解不精，不具備為此書作序的資格。不過，龔重謨先生是我的老朋友了，他的新作將問世，我有先讀的機會，說幾句閒話還是可以的。

湯顯祖是晚明文壇和政壇上的重要人物，是世界級的文化名人。湯顯祖在世的時候，他的活動已經受到許多人的關注，已經有人研究他、評論他，甚至給他作傳，因為他有過上《論輔臣科臣疏》的壯舉，寫成了轟動全國的《玉茗堂四夢》。湯顯祖逝世後，他的戲曲作品在舞臺上傳唱不絕，他的文學成就、思想成就也被更多的人知曉，成為中外文學史和戲劇史界重要的研究對象。發展到現在，對湯顯祖的研究逐漸地成為一種專門的學問。隨著對湯顯祖研究的深入，大量的論著以不同的形式問世，有人也提倡給湯顯祖作傳。文化史家鄭振鐸先生老早就說過：「關於湯顯祖，至少要有一部《湯顯祖傳》，一部《湯顯祖及其四夢》，一部《湯顯祖的思想》，一部《湯顯祖之著作及其影響》等等。」（《中國文學研究·研究中國文學的新途徑》）就是提倡對湯顯祖作全面的研究。

20 世紀 50 年代以後，湯顯祖研究的成果逐漸豐富。作為綜合性的學術成果，黃芝岡先生的《湯顯祖年譜》和徐朔方先生的《湯顯祖年譜》先後發表。傳記形式的研究成果也接連問世。我讀過的就有龔重謨、羅傳奇、周悅文著《湯顯祖傳》，黃文錫、吳鳳雛著《湯顯祖傳》，紀勤著《湯顯祖傳》等。這些湯顯祖傳記都具備一定的規模，但都還不能稱作「大傳」。黃芝岡先生著有《湯顯祖編年評傳》，徐朔方先生著有《湯顯祖評傳》，都是傳記體的重要論著，可是也都沒用「大傳」之名。我體會所謂「大傳」者，一是其規模大，一是其學問大。我孤陋寡聞，讀過的歷史人物「大傳」，僅有朱東潤先生的《張居正大傳》一種。其規模確實夠大，其學問也確實夠大。

現在龔重謨先生所著《湯顯祖大傳》就要出版了，當然是令人矚目的事。《湯顯祖大傳》是龔重謨先生多年來有關湯顯祖研究成果的一種綜合性的表述。

不同的讀者對這一本書的希望和要求是不同的。作為對湯顯祖有一些瞭解的人，我希望在這本傳記中能看到一些新鮮的東西，至少能看到比以往出版的幾種湯顯祖傳記更多的東西。書稿讀過之後，我得到相當的滿足。

《湯顯祖大傳》確實提供了我不曾見識過的許多內容。

作為傳記，不能不對傳主生活過的地方做盡可能準確而全面的描述。此書對湯顯祖生活過的幾處重要地方都有比前人更加生動而詳實的論說。我感興趣的南京國子監、徐聞貴生書院、遂昌相圃書院、遂昌啟明樓、遂昌遺愛祠、臨川玉茗堂、臨川文昌橋、臨川靈芝山湯家墓地等，龔重謨先生都有認真的考察，有比前人所著詳細得多的敘述。

作為文化名人的傳記，不能不對傳主的文化成果作出應有的介紹與評價。學術界對湯顯祖作品的研究，關注最多的是《玉茗堂四夢》，而四夢之中說得最多的是《牡丹亭》。對其餘幾部劇作的研究就顯得很不夠。《湯顯祖大傳》中，用了足夠的篇幅介紹《南柯記》和《邯鄲記》，對此「二夢」，尤其是《邯鄲記》，所作的論述比我看到的所有的論文都要深入透徹。在現有的研究成果中，關於湯顯祖詩文的研究也比較薄弱，讀罷此書覺得龔先生對湯氏詩文著作的研究也比較用功。

作為在晚明文壇和政壇上有著重大影響的人物，湯顯祖活動的社會背景很深，他的交遊非常複雜，傳記中要作全面敘說是不容易的。此書關於湯顯祖的交遊涉及了政治界、文化界、宗教界、戲曲界的眾多的人物。對這些人物的品格、行事做了盡可能客觀和詳細的評說。對譚綸、張居正、李贄、真可等幾位的研究與評說尤其準確而可信。作為傳主的社會背景，此書對已有的年譜雖有所採納，敘述的方式則大有區別。

湯顯祖研究中有好多問題是在爭鳴中的，論者見仁見智認識不同。《湯顯祖大傳》中就涉及了這種爭鳴的問題，並表述了自己的見解。比如，戲曲史上的「湯沈之爭」就是一個有爭議的話題。此書以《隔空論戰沈璟》為題，專開一章，「隔空」一詞很有意思，因為沈璟和湯顯祖之間確實沒有過直接的接觸。此書最後一卷，對明清以來各種劇作中出現的湯顯祖形象的評說，以及對「湯學」的梳理，都是很有見地的。

凡此種種，都可以說明《湯顯祖大傳》取得了可喜的成就，有超越前人的進步。

龔重謨先生有魄力寫一部《湯顯祖大傳》，不僅因為有多種研究成果可以借鑒，還因為他自己有著在湯顯祖研究方面的多年積累可供發酵。

我和龔重謨先生相識，也是受湯顯祖研究的牽引。1981 年春天，為了完成湯顯祖研究的論文，我到臨川考察。當時，徐朔方先生還囑我到臨川看看 1979 年龔重謨先生在臨川縣溫泉公社榆坊大隊湯家村發現的湯顯祖著作板片。為此，我到撫州劇目工作室拜訪了龔重謨先生。龔先生慷慨地拿出由他負責收藏的湯作板片三十餘片，並允許我拓印了八片。後來徐朔方先生就此寫了一篇《關於湯氏家藏〈玉茗堂集〉板片》。龔重謨先生還送我一本當地的刊物《撫河》雜誌，裏面刊載有他寫的《玉茗堂考》。這是一篇很嚴肅的論文，很可以做撫州建造湯顯祖紀念館的參照。1986 年，龔重謨先生到中國藝術研究院研修戲曲理論，我們在恭王府裏朝夕相處就熟悉起來。後來他調到海南工作，因相距遙遠，好多年沒見面了。2000 年，在大連舉行的湯顯祖研討會上，我們又一次相會。湯顯祖研究會成立後，在遂昌和臨川多次舉行的湯顯祖研討會上，我和龔先生見面的機會就多了，每次見面都能聆聽到他的高見。

龔重謨先生在湯顯祖研究方面不斷地有新的發現、新的發明，發表在不同的刊物上，而且有專著出版。龔重謨先生給我的印象很深刻，我覺得他是一位刻苦的、認真的、執著的、個性鮮明的學者。他的一些觀點，未必能獲得大家的共識，但是他能以充分的理由堅持自己的見解。他在《湯顯祖大傳》中提出的一些觀點，也可能會引起不同的議論，但是要想說服龔重謨先生也是不太容易的。龔重謨就是龔重謨。

數日前，在撫州舉行的湯顯祖藝術節上，又一次見到龔重謨先生。蒙先生不棄，將大作賜我，讓我先睹為快，並要我作序。慚愧之餘，寫下以上的文字。

2012 年 10 月 12 日於北京

（作者係中國戲曲學院前院長、中國戲曲學會湯顯祖研究分會會長）

湯顯祖傳記的一部力作
——龔重謨《湯顯祖大傳》讀後

江巨榮

去年 9 月，龔重謨兄《湯顯祖大傳》在北京燕山出版社出版，當月底，重謨就惠寄一冊送我，讓我先睹為快，不由喜出望外。一翻書，就被書中清新的標題、豐富的引證、富含文學描寫與個性語言的文字所吸引。幾天讀下來，強烈感到這本《大傳》有分量、有見解，文字清新凝練，可讀性強，是湯顯祖紀傳中的一部力作。因此不揣簡陋，拉雜地寫下一點感想，算是個人的讀後感吧。

為湯顯祖作傳，明代人有，清代人有，現代研究者不僅有多種，而且材料更豐富，內容更翔實。但還沒有一人許以幾十萬字的規模，以「大傳」為目標而作的「湯傳」。重謨寫湯傳，以「大傳」為目標，以「大傳」為已任，這本身就反映了他魄力宏大、目標高遠。然而，他的成功並不是為自己設定了宏大的目標，而是為理解傳主、表現傳主，歷時數十年，做了非常充分的準備，花了大量的工夫。這包括研究歷史背景，研究明代政治思想，相關的政治宗教人物、詩文戲曲作家的著作與行實，更要熟悉湯顯祖的詩文、戲劇作品，包括古代文獻和今人所寫的各種年譜、傳略、資料彙編，還需要有傳主生活過程的實地調查等等。有了這些準備和積累，所作《大傳》，才從他的故鄉家世、少年師友，到京試挫折，到宦海浮沉，到寄情詞曲，到蹭蹬窮老，到玉茗留芳，全書以六卷二十八章的規模，把湯顯祖的一生真實、完整、鮮明地表現出來。這在已見的湯顯祖傳記著作中，已跨越了很大的一步。

這二十八章，不少自然是其他湯傳已有的，但《大傳》比已見的文字更加翔實豐富，視角也多不同。有不少章節，則不見於已有湯傳，而是出於重譔研究和實地考察所得，尤其顯得新鮮與珍貴。如首卷「故鄉與家世」，這在所有湯傳中都是必有的文字，但《大傳》於家世源流的考證，無疑比所有的傳記都要詳細，對湯家文化氛圍的描述比其他傳記都要豐富而富於個性特色。這是湯傳研究深入一步的一個例證。

讓我們更感興趣的理應是作者根據文獻研究和實地考察結果而在《大傳》裏展現的新內容。周育德先生在《序》裏提到《大傳》對南京國子監、徐聞貴生書院、臨川玉茗堂、臨川文昌橋、靈芝山、遂昌相圃書院、啟明樓、遺愛祠的描述都比前人所寫詳細而生動。我也有同感。這種詳細和生動，與相關的章節相聯繫，其實都表現了新的含義。我們可以舉出第七章所記述和分析的《問棘郵草》，第十章《觀政禮部》，第十一章赴任太常博士所涉人與事，所記初遇達觀，第十二章所記南下徐聞的經歷和環境，瓊州海南的風土人情，第十三章所述掛冠歸里的心理狀態，第二十三章記達觀與李贄的殉難，第二十五章修史明志與史書校訂，這些章節與內容，有的是以往湯傳沒有寫的，有的是雖有觸及但取捨不同，表現內涵不同，也就有不同的意義。譬如徐朔方先生《湯顯祖評傳》所寫的《問棘郵草》，主要反映湯顯祖熟讀《文選》受到的文學影響及他的探索和突破，重點在「評」。《大傳》則以其中的詩反映湯顯祖科舉不利時的失落傷感，嘲笑考官是好龍的葉公，自己在感歎命運如花落時如何保持自己耿介的個性和不失貞心，科舉得失、人生出處進退之間的心理矛盾，即便如其中的《廣意賦》，《大傳》也發掘出傳主自寬胸懷、自比賈誼的意涵。重點在「述」。兩種寫法視角不同，各有內涵，無高下粗細之別。這裡無非說明，重譔的《大傳》更注重把未曾觸及的內容發掘出來，把湯顯祖的生活和思想充實起來，以構成湯顯祖重要的生活情景，與傳記文體更貼近。這就使他的《大傳》不只形體大，而且內容更新鮮、更厚實。

《大傳》雖然內容豐富，章節繁多，但各章各節連接自然，氣脈貫通。這除了依據傳主生平履歷做了科學的劃分，以醒目的標題提示內容，顯得綱舉目張外，我覺得《大傳》在敘述傳主行實特別注意做前後的思想鋪墊、過渡，和做一些重要的階段性總結。如湯顯祖在徐聞創建貴生書院，並在書院講解「天地之性人為貴」，按重譔所說，就是以人為本，就是要尊重人的價值，尊重個人存在的權利和意志表達，「飲食男女」「七情六欲」，人的本性、天性，就是作為人存在的基本權利和意志訴求。因此，他的《貴生書院說》是湯顯祖打著貴生旗號的一份最初「情」的宣言書。《大傳》強調闡述「貴生說」的「情」和人性內涵，就為書寫湯顯祖「情治遂昌」和「四夢」之「情」做了理論鋪墊，使湯顯祖的政治活動和戲曲實踐有了思想靈魂，章節之間顯得氣脈連貫。

《大傳》寫湯顯祖科舉坎坷、仕宦浮沉，萬曆 25 年準備上京參加政績考核時，雖然朋友對他的前程非常樂觀，但他自己非常清楚，並做好棄官歸里的打算，寫到此，《大傳》以湯氏《感宦籍賦》為中心，用串解的通俗文字專門講述湯顯祖對官場的體認和感受。他感受到，官場是公侯卿相、皇親國戚和有錢人的天下。官場寵辱不定，賢奸顛倒，無公理正義可言。升遷極不公平，獎罰無是非標準，沒有背景又不行賄的中下級官員若有閃失，便一輩子翻不了身。所以，他對仕途不抱幻想，做詩說：「況是折腰過半百，鄉心早已到柴桑。」《大傳》說，這篇賦「不僅僅是抒情言志的辭賦之作，更應看成是顯祖已起草好的辭官報告書。」《大傳》依據這一賦一詩都作於這次上計前後，足以反映湯顯祖官場進退的心態，它也是傳主入世和出世思想轉折標誌。於是，把這樣的詩賦擴充為專門章節，既寫活了人物，也發掘出文獻的意涵。

再如，湯顯祖與達觀的交往、與李贄神交，在各種傳記中都已寫到，也都比較重視。《大傳》創新之處，既寫到與達觀的南京初遇（十一章）、臨川與達觀的情理之辯（十五章），還用二十三章概述了這一雄一傑對湯顯祖思想、精神的影響，彼此人格精神、文學思想的溝通與呼應。當兩位雄傑都被迫害至死時，《大傳》集中了湯顯祖為他們所寫的多首詩篇，突出地引錄了湯顯祖的《偶作》:「天道到來那可說，無名人殺有名人」，憤怒、哀悼之情達於高潮，這使湯顯祖與達觀、李卓吾的神交之情得到昇華。湯顯祖說過：「見以可上人之雄，聽李百泉之傑，尋其吐屬，如獲美劍」，到這裡也就有生動具體的體現。全章可以看作是這兩位雄傑對湯顯祖思想影響的總結。

這些內容，在其他的傳記文本中多少都曾寫到，但重謨一面把它們寫得更翔實更豐滿，一面溝通了前後章節、前後生活思想的內在關係，因此讀來有起伏、有波瀾，而又前後呼應、融會貫通、脈絡清晰。

歷史人物傳記的核心是歷史，其內核是真實。湯顯祖的生平事蹟，其政治、文學、戲劇、交遊活動，學界有廣泛的研究。徐朔方先生的《湯顯祖年譜》《湯顯祖詩文集箋注》《湯顯祖評傳》都是經過深入、縝密的學術考證撰成的，它們無疑是所有為湯顯祖作傳者的基本材料和基本依據。《大傳》的史實框架，就是建立在包括徐先生在內的所有歷史成果的基礎上的。除此之外，為把湯顯祖寫得更真實更可信，重謨自己也為傳主的生活思想釐清史實，做過很多的文獻查證和實地考察，出版了《湯顯祖研究與輯佚》。如書中，他考述過湯顯祖在肇慶遇見的傳教士不是利瑪竇，湯顯祖和李贄未曾在臨川相會。還寫過《湯顯祖與鄧渼的交誼》《玉茗堂考》等研究文章，發現了十一篇湯顯祖所製時文和序、銘文章。重謨是江西人，與傳主是同鄉，很早就開始注意收集與湯顯祖相關的歷史文獻。他還長期在海南工作，對徐聞、瓊州半島的山川地理、歷史人文十分熟悉。作為湯顯祖傳的作者，他有許多得天獨厚的條件，因此，所作《大傳》在史料的收集、史實的考證和人文地理環境的描述上就有更多、更新鮮的補充。

例如，在湯顯祖家世、臨川故里的考證上，《大傳》補充了家譜、方志的許多資料，讓讀者瞭解了湯家祖先的來龍去脈、湯氏故居的興替變遷，瞭解了玉茗堂、清遠樓這些與湯顯祖生活、戲曲寫作密切相關的遺址的原有圖景。關於湯顯祖的科考，重謨利用自己發現的萬曆十一年進士考試中湯顯祖的試卷，於傳中全文引錄分析，使我們在 400 多年後，仍然可以看到湯顯祖如何應試，如何闡述經義、表達見解。湯顯祖在徐聞，其思想、行事，我們瞭解得都比較少，研究也很薄弱，重謨特地做了實地調查，與湯顯祖的詩文互相印證，寫過《湯顯祖在嶺南》，對湯顯祖是否遊過海南作過考辨。《大傳》沿用了這些成果，仍舊用傳主的詩文證實，貶謫徐聞前寫的詩只是五指山的神遊，貶謫徐聞後實從西海岸線南下環島而行，在臨高、儋州、崖州、萬州等地上岸做了考察。傳中重謨發揮了熟知海南的優勢，文中寫來，可以感到作者對一些地名、環境、風土人情幾乎瞭如指掌，文字也格外新鮮活潑，這恐怕是別的湯傳作者難以做到的。這些史蹟的發掘和考證，增加了《大傳》的歷史價值。

值得注意的，還有《大傳》所記湯顯祖從徐聞過肇慶是否與意大利神父利瑪竇相遇，並作《端州逢西域兩生破佛立義偶成二首》。徐朔方先生考證，湯詩所說的「西域兩生」是利瑪竇和彼得利斯，湯顯祖與利瑪竇曾在端州（今肇慶）見過面。重謨曾作文說：湯顯祖在肇慶遇見的傳教士不是利瑪竇。《大傳》延續自己的觀點，認為詩中寫的外國人「碧眼愁胡」，而利瑪竇此時固然碧眼，但已剃鬚，不留長鬍。湯過肇慶，利瑪竇尚在南雄傳教，無法相遇。利瑪竇在中國已超十年，精通漢語，不需要翻譯相助。如此等等，證明湯顯祖詩中所見，不是利瑪竇，《大傳》據以否定湯顯祖會晤利瑪竇之說。不能不說重謨的考證非常縝密，如湯顯祖之離徐聞返臨川，重謨就有萬曆二十年（見論文）、與二十一年（見《大傳》）兩說，有待商榷。此一問題，中外資料目前都不夠完善，一時恐怕難以定論。但重謨提出的異議，有文獻依據，可以促進我們的思考和研究，日後定可以求得更可信的結論。

現代傳記文學的奠基人朱東潤先生說過：傳記文學是歷史，也是文學。是歷史，就要真實。所謂「傳人必如其人，傳事必如其事。」是文學，則必須寫出對象的人性，寫出人性真相的流露。為了寫出真實有個性的人，就需要以清新、鮮活、生動、雅俗共賞的語言，適度的文學描寫，把傳主的思想、行為、個性表現出來（見《八代傳敘文學述論》）。重謨在《大傳》中表現了這樣的努力。

例如，在述及家庭對湯顯祖的思想人格的影響時，重謨不僅敘述了湯家傳統，祖先的人生態度，樂善好施、不求聞達的家風，還特地描寫了撫州太守招宴湯父尚賢的一樁傳說：

太守舉行鄉飲宴，賓客早已坐滿，菜也上了幾道，湯尚賢卻遲遲未來。蘇太守叫人催請，尚賢卻婉言謝絕。最後蘇太守親自出馬相請，湯尚賢才不得已赴宴。蘇太守見了他感歎地說：「你真是個可聞不可見的人啊！」並給他的居所題了「可聞不可見」五個字。

在這樣的家庭背景和父親薰陶下，《大傳》寫道：「從湯顯祖這個家庭，我們可以看出其對湯顯祖的思想及生活道路所給予的深刻影響。祖輩高隱自賞的情操，是湯顯祖秉性耿介品操自貞的淵源；那樂善好施的家風，是滋潤湯顯祖同情人民思想感情的雨露。」

傳記中父親的一段故事，及對湯顯祖秉性的一段分析，就把傳主的人性真相呈現出來了，給人以十分深刻的印象。

《大傳》寫萬曆八年湯顯祖落第到南京國子監重做老博士，先寫了落第後湯的臨川少年好友三人合計，到南京做番旅遊，一面觀賞留都美景，一面安慰湯顯祖。南京有被視作兄長的帥機在，吃住有接待，盡可玩個痛快。五人見面，飲酒唱和，海闊天空。「汪洋探丘索，沉鬱挾風霜」，是年輕人的率真品性。接著寫到國子監：君子亭外有枝竹，庭內欄杆一側也長出一枝竹。學生們怕它會穿破亭屋簷而長，便要砍去。戴洵不同意，後該竹伸出亭外彎曲而長，並沒有穿破屋簷。戴洵以此為題，命湯顯祖寫一篇賦。湯顯祖欣然命筆，寫下《庭中有異竹賦》，賦詞以竹喻人，要像竹一樣正直，不要趨炎附勢，又要像欄杆一側這枝竹一樣，能屈能伸，蓬勃向上。傳文這樣寫小事，寫細節，寫帥機，湯顯祖留下的不太被注意的詩賦，恰恰形象地突出了湯顯祖與朋友的情誼，展現出湯顯祖的內心思想，讀來有景、有人，更有情趣。

再舉傳主生平最後歲月的一段描寫。「大限來臨之年，他還常走出玉茗堂，拄著拐杖，支撐著瘦弱的病軀，站在四通八達的交叉路口。北風吹開他的衣襟，他意識到氣候將要反常了。他迎風遙望北方，彷彿看到刀光劍影，似聽到炮火的雷鳴。那東北地區滿族部落羽翼已豐，愛新覺羅・努爾哈赤已選在龍年之始，在赫圖阿拉即大汗位，國號大金（史稱後金）。湯顯祖望著南來北往的行人，他感歎著：終日為生計而奔波的人們啊，這個世態要變了，你們是何心情？他在詩中說：偶向交衢立，長風吹我襟。不知來往客，終日是何心？」

文字簡潔洗練，樸實無華。其中固然有一些聯想和想像，有一些文學的描寫，但大致不離真實。其中的文學描寫，也在文學傳記可控的範圍內。這裡《大傳》著墨不多，卻形象地寫出了湯顯祖「天下忘吾屬易，吾屬忘天下難也」的真情，把一位蹭蹬窮老、而始終關心世事的老人寫得有血有肉，令人難忘。

不過有的情景描寫似乎文學多於歷史，想像超過真實。如十二章寫湯顯祖從臨川經大庾嶺抵廣州，描寫一路水光山色和傳主行蹤思緒，如聞如見，生動優美。有的固然有湯詩為證，有的含有作者的合理想像，有的還包括當前學術討論中的一些尚待證實的見解。如到南安驛站，《大傳》寫湯顯祖來到後花園，臺池掩映，花木扶疏，牡丹亭，芍藥欄，等等美景，與《牡丹亭》所寫相似。在後花園，聽到前任杜太守之女為情而死的故事，因此「陷入深深的思考，以此為題材寫一部傳奇劇的構想在他的腦海中萌發。」這已經使人產生疑惑了：引起湯顯祖寫作《牡丹亭》的誘因是南安府衙後花園的見聞？

但重謨終究是嚴肅的學者，他接著說：傳說畢竟是傳說，隨著《杜麗娘慕色還魂》話本的發現，《牡丹亭》依據話本進行改編已成不爭的事實。問題是作者接著又引錄大余學者謝傳梅的觀點，證明早在南宋年間，南安就流傳幾個版本的官宦小姐鬼魂與現實青年男子相愛交歡的故事，故事發生的時間、地點與中心人物、主要情節和《牡丹亭》有著驚人的相似，實為《牡丹亭》故事的最初雛形。這個故事雛形被擴展為話本《杜麗娘慕色還魂》，湯顯祖加工為《牡丹亭》又使故事臻於完美。由此可見，南安後花園故事是《牡丹亭》故事之源。

這個問題在這裡無法展開討論。但謝傳梅的《牡丹亭之謎》所據《夷堅志》故事，其實是一個多見的女鬼魅人的故事，各地多有。《謎》書所列南安府衙後花園的結構形制也在清代中後期，所以我贊同徐扶明的看法：南安有牡丹亭、杜麗娘梳粧檯、杜麗娘墳墓和梅花觀，都是《牡丹亭》影響的產物。重謨不能割捨現有的南安傳說，或許出自一種文學愛好。所以他用了一個巧妙的說法：「南安的見聞是《牡丹亭》無字之藍本」。藍本而無字，還是藍本嗎？這只能看作重謨的幽默吧。

《大傳》雖有若干史實與觀點值得作深入的研究，但《大傳》無論在史實考證、文學表達上都取得了成功。它的出版，反映了重謨兄湯顯祖研究的新高度，反映了我國戲曲研究、湯顯祖研究的新成果，引人關注，值得慶賀。

（載 2015 年 4 月 1 日《撫州日報》）

（作者係復旦大學教授、上海古代戲曲學會副會長）

後記

我自 1979 年涉足「湯學」研究以來，在為湯顯祖立傳之餘，常有些思考，寫下些小文章；或拜讀了研究者（有的是權威）的宏論，我不盲從，從而發聲爭鳴；更多是為應邀出席撫州、遂昌、徐聞、大連等地舉辦的湯顯祖學術研討會而搜索枯腸的交卷。這些文章，膚淺得很，一鱗半爪，邊邊角角，沒有系統，且謬誤不少。現篩選結集成冊，作繼《湯顯祖大傳》之後，獻給宗師、我人生座標湯顯祖的又一份禮物。

「湯學」博大精深。湯顯祖不僅是世界一流戲劇家、詩人，首先他是政治家，在政治、哲學、文學藝術、歷史、教育、宗教文化和道德人格等領域都有很高建樹。我在對「湯學」尋幽探勝中，能有這樣一點微不足道的成果，與賢達們對我的鼓勵、扶持和幫助分不開，我當感恩！

中國藝術研究院的李希凡、郭漢城、沈達人、周育德等恩師對我「湯學」研究非常關心，並為我的論著或提簽或作序；葉長海教授將《大傳》（修訂版）納入他主編的《湯顯祖研究叢刊》（國家重點學科戲劇戲曲學建設項目，上海市一流學科戲劇影視學建設項目）出版。

1979 年，我從《文昌湯氏宗譜・譜序》所載廨宇規模，結合湯氏詩文寫出了《玉茗堂考》的初稿，寄給戲曲史家、復旦大學趙景深教授指正。過了幾月後，突然收到《文學遺產》退回來的稿子。我納悶：稿子我沒投《文學遺產》，怎會從那退回來？原來是趙老為扶持我，將稿子推薦給《文學遺產》。文稿中引的古文我有標點斷句錯誤處，都為我作了改正。稿子雖未用，但對我鼓舞很大。

1984 年，中國社會科學院哲學研究所的研究員羅慧生（魯迅好友許壽裳的女婿，廣東人）來撫州搜集王安石生平資料。對王安石的祖籍，本是臨川人早成定論，這時卻冒出了東鄉上池人（王安石的侄子遷徙地，上池村時屬於臨川縣）一說。我陪羅先生去訪東鄉縣上池村作調查。在交談中，他知道我在從事湯學研究，便對我說；「你能否就湯顯祖劇作中對時間的處理來探索一下『臨川四夢』？」還說外國有家叫《時間》的雜誌，要我寫好寄給他，他為我翻譯成英文，推薦到這家雜誌去。回京寄給我一篇關於論時間的論文給我參考。我很費力地寫成了《試論湯顯祖戲劇中的時間》一文。第二年我到中國藝術研究院學習，去拜訪了他，他看了稿子提了修改意見，可因我學習緊張，無暇顧及修改；後又工作調動，沒有搞戲曲研究工作，論文塵封 10 多年，到 2001 年 8 月湯顯祖研究會成立，並在遂昌舉行首屆工作年會，我從箱底翻出作出席年會論文。

思想異端的李贄對湯顯祖思想與戲劇創作的影響是深刻的。李贄與湯顯祖見面與否一直是研究者命所關注的問題。1982 年，我曾發現同治年間修的《臨川縣志》中載有李贄撰《醒泉銘》。我從文中內容推斷湯顯祖可能在湯顯祖棄官歸家當年與李贄在臨川會了面。徐朔方先生據此就肯定「湯顯祖罷官的第二年，他和李贄曾在臨川相會。」從此被視作定論為研究者廣泛引用。後我查閱了林海權先生著《李贄年譜考略》，原來這年李贄在南京，根本沒有外出，於是我寫了《湯顯祖與李贄未曾在臨川相會》一文。我中國藝術研究院 88 歲高齡沈達人老師，在為我寫《湯學探勝・前言》中，不僅要細讀了 30 萬字書稿，還在《前言》寫作中，為我找史料作證據的補充。他加了這麼一段話：「此外，1957 年出版的容肇祖《李贄年譜》也明確記載，萬曆二十七年（1599），李贄住在南京的『永慶禪室』。是年冬，山東河漕總督劉東星召李贄赴濟寧。當時李贄已是 73 歲的古稀老人，故而覆信其子劉用相（字肖川）說，『此時尚大寒，老人安敢出門』。『自十月到今，與弱侯（焦竑）刻夜讀《易》』。李贄整整一年未離開南京。」這就使我的論據更加充足，更令人信服。

《湯顯祖在肇慶遇見的傳教士不是利瑪竇》是向權威進行挑戰性的論文，引起了香港非物質文化遺產諮詢委員會主席、原香港城市大學中國文化中心教授鄭培凱先生的關注。他為驗證我說法是否正確，特委託他的一位回意大利探親同事到利瑪竇家鄉查閱利瑪竇的日記。後來鄭教授告訴我，經查看利瑪竇萬曆二十七年（1599）前後的日記，沒有與湯顯祖相見的記載。這就有力支持我的說法，使我持論更具信心。

《湯顯祖在徐聞研究》一文，是湛江市社科聯為迎 2016 年紀念湯顯祖逝世 400 週年，於 2014 年列入的規劃項目，蒙他們聘我完成此任務，並給予經費資助。

《湯學探勝》與《湯顯祖大傳》是互為印證、互為補充的兩種論著。《湯學的興起與發展》、《戲寫湯顯祖概覽與思考》、《湯顯祖在嶺南》、《湯顯祖在徐聞研究》等論文在先，後改寫吸收進《大傳》中。二著表現形式雖不同，但內容緊密相聯，他們使命都是為把我國最具標誌性的文化符號之一——「湯學」宣介出去，彰顯中華文化的獨特魅力，讓世界瞭解一個文化的中國、多彩的中國、博大的中國！

祖國地分兩岸。中華文化是兩岸同胞共同的精神財富。文化交流是兩岸人民血脈相連的精神紐帶。拙著在兩岸都出版，引領兩岸同胞通過傳承、弘揚優秀中華傳統文化，築牢精神紐帶，建設美好精神家園，實現心靈相通相融，攜手共圓中國夢，是兩岸「湯學」研究者的共同使命！

「苦酒入喉心作痛，夢裏無她夜未央」。此韻或吟出這些年來我在「湯學」領域的遭遇與感受。當賀苦酒飲盡，此後，將借南山之陳釀，伴我詩琴歲月而暢心乾杯！

2017 年 12 月 29 日於海口勝景樓

2021 年 4 月 23 日改定